文学鲁军新锐文丛

王月鹏 卷
空 间

山东省作家协会 编

山东文艺出版社

《文学鲁军新锐文丛》编辑委员会

主　任：王红勇
副主任：张　炜　杨学锋
委　员（以姓氏笔画为序）：
　　　　刘　强　许　晨　李　军　李纪钊　李春风
　　　　李掖平　杨发运　张丽娜　陈文东　苗长水
　　　　武学海　罗寿宪　赵德发　高艳国　葛长伟
　　　　傅　勇　谭好哲

编辑说明

编辑出版《文学鲁军新锐文丛》，是山东省作家协会按照中央和省委省政府关于促进文化大发展大繁荣的部署要求，实施的一项文学战略措施，是围绕"多出精品、多出人才"中心任务，发现文学新人、培养青年作家的系统工程。"文丛"第一辑、第二辑分别于2001年、2012年编选出版，入选的20位青年作家脱颖而出，得到文学界广泛关注，已经成为"文学鲁军"的中坚力量。为深入学习贯彻习近平总书记文艺工作座谈会重要讲话精神，贯彻落实《中共中央关于繁荣发展社会主义文艺事业的意见》要求，进一步加强作家队伍建设，培养优秀青年作家，推出更多文学精品，在省委宣传部的支持下，省作协确定将"文丛"编辑出版工作制度化，缩短出版周期，加大扶持力度，并于2015年启动了"文丛"第三辑的编选工作。

省委及省委宣传部领导对"文丛"的编选工作非常重视，省委常委、宣传部长孙守刚多次听取汇报，对编选工作作出重要指示。省委宣传部副部长王红勇担任编委会主任，对编辑出版"文丛"提出指导性意见，给予了大力支持。

为保证"文丛"编选工作的科学性、权威性和规范性，省作协组成了由有关领导、专家等参加的编委会。编委会对入选青年作家的人员构成、文学导向的宏观把握、题材和体裁的合理布局、风格形式的丰富多样以及总体设计的协调统一等方面，进行了认真研究，确定了编选方案。

在各市、大企业文联作协和省作协各专业委员会及有关单位推荐的基础上，10月中旬，省作协组织专家对申报"文丛"第三辑的书稿进行了初评，评出19部候选作品。为确保评审客观公正，11月中旬，省作协又组织以中国作协和省外专家为主的评审委员会，经过认真审读、充分酝酿讨论，以实名投票的方式评选出10部入选书稿。经向社会公示后，最后确定10位青年作家的作品集入选《文学鲁军新锐文丛》第三辑。入选的10部作品包括6部小说作品集、3部诗歌作品集和1部散文作品集，既有实力作家的代表性作品，也有崭露头角的新人新作，均具有较高的思想性、艺术性、可读性，是我省近年来涌现出的优秀青年作家代表作品的一次集中展示和重点推介。这里需要说明的是，我们在征集作品时确定，入选作家原则上须为1974年以后出生，特别优秀者年龄可适当放宽。在评选过程中，根据参评作家的实际情况，为确保"文丛"第三辑的总体质量，对入选的优秀作者在年龄上适当放宽。

近年来，山东文学界非常活跃，新人佳作不断涌现，这次编选难免有遗珠之憾。但我们相信，通过我们与全省广大青年作家一起努力，会不断向社会推出更多优秀的青年作家和作品，使"文丛"的思想品质和文学艺术水平不断提高，把"文丛"打造成国内有影响的文学品牌。

省作协领导班子成员和有关方面专家参与了《文学鲁军新锐文丛》第三辑的编选出版工作。省作协主席张炜对"文丛"的编选工作提出了具体指导性意见。省作协党组书记、副主席杨学锋主持了"文丛"的策划、评审与编辑出版工作。省作协党组成员、纪检组长李军，省作协党组成员、副主席葛长伟，省作协副主席谭好哲、李掖平参与了"文丛"的策划、评审与统筹。省作协副主席赵德发、苗长水、许晨，副巡视员杨发运、张丽娜等对"文丛"的编选提出了许多建设性意见和建议。叶梅、胡平、彭学明、冯秋子、牛玉秋、水运宪、大解、任芙康等著名作家、评论家参加了"文丛"的终评工作,陈文东、孙书文、丛新强、房伟等参与了"文丛"的初评工作。省委宣传部文艺处对"文丛"的编选工作给予了指导。省作协创联部承担了"文丛"的征集和通联工作,省作协办公室承担了编委会的行政工作,省作协山东文学社承担了评审会的会务工作。山东文艺出版社对"文丛"的出版工作给予了大力支持。在此,谨向所有为《文学鲁军新锐文丛》第三辑编选出版工作给予大力支持和付出辛勤努力的单位和个人表示衷心感谢。

编者

2016 年 4 月

目 录

卷一 此在

影子　　　　　　　　　　003
血脉里的回望　　　　　　009
卑微的人　　　　　　　　020
瞬间城市　　　　　　　　031
失败的寻访　　　　　　　035
西沙旺　　　　　　　　　040
虚掩的门　　　　　　　　046
齐国故地　　　　　　　　051

卷二 彼在

海边栈桥　　　　　　　　061
何处是归程　　　　　　　063
空间　　　　　　　　　　074
童话书　　　　　　　　　086

世界并不是一个倾听者　　127

速度寓言　　133

玻璃作为一种阻挡　　142

看地球　　154

在蓝天与大地之间　　163

徒然的稻草　　175

卷三　何在

旧站台　　187

寻找戈多　　191

雾里的人　　198

如水的月光　　206

在广场　　208

一滴酒里的世界　　213

然后　　221

话语的可能　　230

声音的态度　　236

卷一

此 在

影　　子

　　我是在散步时留意到那个村庄的。一个守候在路边的村庄，普通得像一幅褪了色的挂图。那天让我突然停下脚步，并且忍不住弯下身来的，是一小片新鲜的泥土。因为一座老房子刚被拆掉，房基下的泥土裸露出来，像是一个新鲜的伤口，在暮色中闪着微润的光。接下来的日子，这样的光一次次地闪现，在我散步的时候，也在我的睡梦中。一栋又一栋的房子被拆除，村庄渐渐显得空旷，我的心思也变得空旷起来。以前，我的散步是没有规律，也没有固定路线的，自从留意了那个叫作望庄的村子，哪天倘若没去看一看，心里就会有一种说不出的惦念。我是以散步的名义去看望那个村庄的。

　　那天，村里好像在开一个群众大会。村里的人都聚在学校操场上，临时搭起的主席台上坐着一排人。我听到扩音器发出的声音在风中颤抖，写着"望庄拆迁动员大会"的红色横幅，在风中呼啦啦地晃来荡去。

　　第二天，一群陌生人出现在村里。村头炸油条的老汉说，那是县政府的机关干部，每人分包几家拆迁户，正在进家入户宣传拆迁政策。

　　第三天，村里似乎安静下来。我走在村子的街巷中，偶尔看得见狗，却听不到狗叫的声音。那些时常蹲在墙根晒太阳的人，也见不到了。他们躲在家里，门和窗都敞开着，有的在院落里抽烟，有的四仰八叉地躺在炕上看电视。这个村庄，像是被注入了什么似的，无边的沉默里，有某种东西一触即发。我不知道那是一种什么东西，但我知道一定有那样的一种东西存在着。甚至，那已是一件尽人皆知，唯独我尚不知晓的事情。这种预感让我备感孤单。走在村街上，远远地看见前方有个身影在移动，于是我觉得心中的孤单有了长度，比两个人之间的距离稍长一些，比脚下的道路略短一些。过了一会儿，前方那人在某个路口转弯，突然就不见了踪影——长度一下子消失了，距离感却蓦地大了起来，无限地大，没有边际地大。我的心随之空空荡荡。方向消失了，我不知道该去往何处。

第四天，沉默。

第五天，沉默。还是沉默。

第六天，还是沉默。

第七天，村里的广播喇叭开始响起来，不知疲倦地喊着这样几句话："农村的出路在于城市化，农业的出路在于工业化，农民的出路在于市民化。"广播喇叭像一朵朝着天空绽放的花朵，发出的声音却是向下坠落的，直接击中了整个村子，击中了村里的每一家每一户，击中了正在村里四处游逛的我。我不是村里的人。我只是一个局外人。路边的电线杆贴满形形色色的广告，有治疗性病的，有拉选票的，还有关心别人隐私的。老屋的残墙上留有一片火烧后的炭黑，隐约可辨出宣传标语："一人超生，全村结扎！"在这些字的上面，又重叠了一些歪歪斜斜的字，比如："望庄要想富得快，就得狠抓水果猛抓菜。"若干层的标语上面，如今又覆盖了一个大大的"拆"字，字上还画了一个红色的叉号，像是一个不由分说的警告。当我走遍附近村子，才发觉这种写着"拆"字的墙，原来已经有很多了。路边偶尔可见树木，高高的枯枝擎着零星的喜鹊窝。站在这样的树下，举步和驻足之间，仰望和低首之间，突然就有了一种无所依傍的、更为空旷的感觉，并且从这空旷里生出一种难言的滋味，说不清是寂寞还是落寞。小桥、流水、人家、鸟语、蛙鸣，还有成群结队的萤火虫，这些童年随处可见的平常事物，如今越来越显得珍贵。它们都躲到哪里去了？阳光是柔软的，乏力的，我看到那些从天空洒落下来的阳光被风吹得摇曳起来，让人眼花缭乱，渐渐地就生出了幻觉。村子里到处都是制服的影子，西装革履的影子，房屋倒塌的影子，老农步履沉重地走向远方的影子，声音的影子，风的影子……村子成了一个影子的世界。影子们交错斑驳，时而真实，时而恍惚。我能够感觉到影子的存在，却无法真实地把握和说出它们。

……

最先被填平了的，是村头的那方池塘。推土机用了整整一周的时间，昼夜不停，终于将池塘填成平地。那些不时鸣叫的青蛙，不知藏躲到了哪里。还有牛，那些失去了农田的牛，它们就那样用一双含泪的眼睛看着你，一直看得你想要落泪。还有村庄后面的那片土坟，那里有村里人的列祖列宗，现在被搬迁进了公墓。

目睹一个村庄的消失，我有一种说不出的伤感。我不知道除了伤感，我还能够做些什么？

我见过望庄早期的照片，远山与屋舍还有田埂是同样的色调，给人一种青涩的感觉。

这个村庄已经存在很久了。这个村庄从存在那天起，就一直在遭受着这样或那样的事情，譬如风云雷电，譬如自然灾害，譬如战争和苦难。望庄全都挺了过来。半个多世纪以前，这里曾经遭遇过一场巨大的水灾。雨水瀑布似的从天而降，昔日安安静静的海，愤怒地向着岸边奔涌。农田被淹得没了踪影，望庄像一叶扁舟在水里飘摇。面对这场不知要漫延到什么地步的灾难，村里居然没有一户逃走。在他们心里，人的命运是与这个叫作望庄的村子联系在一起的。眼看着水进了院墙，快要淹没土炕的时候，水位却突然不再增长，海也渐渐安静下来。大水很快就退了，村人在海边看到一只受伤的巨龟。他们请来老兽医，很认真也很虔敬地诊疗，直到巨龟重新回到大海。那次水灾，人没有撤退，村庄也没有遭受什么大的损失；最后退走的，是水。望庄留存了下来。

若干年后的今天，望庄终于支撑不住了。村里人也说不清楚，究竟是一种什么样的、来自何处的力，让村庄永远倒下去的。一只看不见的手，连同他们自己的手，将村庄拆卸得支离破碎。一座座屋舍倒塌的地方，裸露出古老大地的新鲜伤口。

村庄是被村人亲手拆除的。政府出台了鼓励政策，凡在三十日之内自己动手拆掉房屋的，除了应得的拆迁补偿费之外，每户还可得到两千元的额外奖励；而且，拆除下来的木头、门窗和砖石等物料，仍然归户主所有。于是，有人就说，早拆晚拆都得拆，与其等着别人来硬拆，还不如自己早点动手，毕竟自己熟悉这房子的脾性，不会把砖瓦木料拆坏……也许，他们心里还在盘算着某年某月会有某个机会，可以利用这些废弃的房料重新盖一栋房子。他们知道，政府正在别处给他们盖着崭新的安居楼房。他们知道，有外商看好了望庄的土地，一个很大的工业项目将在这里落户。他们并不知道，有关方面已经做出承诺，三个月之内，把望庄拆迁完毕，然后开始在原地动工建设工业项目。

望庄别无选择。望庄人别无选择。农民迁入楼房，新闻媒体称之为"安居工程"，他们过上了一种被反复宣传和参观的生活。生活被托举到了空中，我看到农人的根裸露在楼房与土地之间。一个老农说，住在楼上，离土地远了，接不着地气，心里一直憋闷发慌，总觉得不真实，也不踏实，像是活在别处一样，睡觉也不安稳。

想起那部叫作《三峡好人》的影片。作为情感寄托的往日家园已经破碎，重建的家园又怎能弥补这种创伤？在废墟之上，在民工群中，流行歌曲一遍遍地响起。这般错位的，还有"烟、酒、糖、茶"。它们属于生活物品，代表着物质和幸福。然而它们的出现，总是伴随尴尬、苦涩和不幸。这份不对称，究竟折射了怎样的意味？很多生活的真相，其实是既难以躲避，又经不住追问的。夔门这个印在人民币背面的影像，因为苦难因为背井离乡而虚幻，同时因为血汗的浸透而真实。在虚幻与真实之间，仍然是有梦想存在的。就像民工明知下黑矿九死一生，还是义无反顾地去了。这里有无奈，更有他们对生活的不绝望。对"好人"的强调，恰恰使"好人"这个问题成为一个问题。是什么使"好人"得以彰显？所谓"好梦"又是建立在怎样的基础之上？这是一个被忽略了的问题。因为这背后隐藏的真实是别样的真实，陌生的真实，让人心痛的真实。

这样的一份真实，如今就发生在我的身边，发生在那个叫作望庄的村子里。

原来的望庄，很快变成了一个建筑工地。一排简易工棚，由木板搭起的连铺，每间屋子大约容得下二三十个民工。工棚的两侧，分别是一个小卖部和一个小吃部，门前立着笨拙的木板牌子，上面歪歪斜斜地写着"新东方百货店""亚细亚烧烤屋"的字样。

望庄是两年前通上柏油路的。先前从望庄到城里是一段土路，晴天里沙土飞扬，雨天就变得坑坑洼洼，到处是积水。农民要到城里去卖自家栽种的樱桃，摩托车即使挂在最低的挡位，跑到城里时，两筐樱桃也会颠簸得破碎一多半。如今路面变得平整，像是村庄的一张终于舒展了的脸。摩托车踩足油门，也不必担心樱桃会有什么破损。路是修好了，但修路的真正目的，更像是为了开发建设村里的土地。在柏油路修好的第二年，望庄的樱桃树就全被砍伐掉了。

望庄曾是全县出了名的光棍村，后来据说要征地拆迁搞开发，有的人就开始争着嫁到这个村里来。考大学是农家孩子摆脱庄稼地的一条路子，而对于那些考不上大学的农家孩子，嫁到望庄不失是一个很好的出路。她们希望换一种活法，盼着政府早点征地拆迁。只有失去了土地，拆除了农房，才会摇身变为城里人。她们并不确切地知道，成为城里人之后，会有一种什么样的生活在等着她们。

老槐树最终还是死掉了。在这之前，村庄前方小树林里的空地先被盖上了厂房，然后树木的死亡面积开始逐渐地扩大。终于，那片小树林的树木全都死光了，然后厂房也就顺理成章地扩建，直到把那片小树林的领地全都占据下来。据说，那些树木是被厂房里排出的某种物质给毒死的。这样也好，砍伐树木本来需要经过严格审批，树木既然已经"自然死亡"，在空地上建厂房也就顺理成章。接下来就轮到老槐树了。我一直觉得，老槐树是一个隐喻，很多人忽略了对它的解读。站在望庄中央的这棵槐树，据村里最老的人说，在他小的时候，这棵树就已经很老很老了。老槐树默立在村中央，风吹来，树叶哗啦啦地响，像是在对村人追述着什么。有月光的夜晚，老槐树的影子显得坚定、静穆，让人生出几分敬畏。望庄的拆迁，本来是要先从老槐树下手的。政府召开拆迁动员大会之后，第一个动作就是安排有关方面去砍伐老槐树，结果谁也不敢去，这个事情就落了空。倒是有个人站出来想试一试，他是方圆十几里出了名的天不怕地不怕，因为打架斗殴被判过刑。就在他驾驶推土机冲向老槐树的时候，推土机突然偏离了方向，陷进路边的水沟里。推土机这么结实的庞然大物，怎么莫名其妙就掉进路沟里呢？大家于是议论纷纷，有人说推土机是被风刮倒的，因为当时老槐树的叶子突然哗啦啦地响作一片。树叶之所以响动，是因为风。好大的风。让人疑惑的是，那些风究竟来自何处？怎么突然就有风了呢？从那以后，再也没人敢打老槐树的主意了。三个月后，望庄所有的房屋都被拆除，老槐树孤零零地留存下来。留下来的老槐树，周围很快拔起一栋又一栋的厂房和高楼。它被钢筋混凝土围得水泄不通。到了夜晚，倘若有些月光,树影就越发显得憔悴和孤单。再后来,老槐树枯朽了。

我亲见了一棵树的消失。我亲见了一个村庄的消失。然而,我无法完整地说出这个消失的过程。

(原载《散文》2009年第4期)

血脉里的回望

一

　　转眼三年了。那本厚厚的《王氏家谱》被搁在办公室书架上，像一截裸在空中的根。有时候，我注视着那本家谱，觉得整个世界都是枯竭的，有一种说不清的东西压在心头，让呼吸变成一件艰难的事情。更多的时候，我忙碌在自己的工作里，那本家谱从高处俯视着我，像在无声地质问，你从哪里来，要到哪里去？我无力回答，太多琐屑事务几乎消耗了我所有的力气，我待在这个封闭的空间，更像是在逃避什么。从那个老人手中接过家谱已经三年了，我每天都惦记着物归原主，却迟迟没有行动。我的时间，我的心思，我对这世界的理解，被一种莫名的逻辑分割得支离破碎。其实我很清楚，真正的原因是那本家谱在我心里已经不再重要，一些看起来更为重要的事物占据了我的心，让我无法把自己从中抽离出来，正如那本家谱被淹没在书架上堆积的印刷品中一样。这并不是我所期待的，在现实泥沼里越陷越深，时日越久，歉意越深。最可怕的是，我日渐学会了享受这份歉意，理由是它对所谓写作有益，让你活在自责和忏悔中，但又不伤及根本，更不会影响到现实的生活与生存。终于有一天，我发现了这个隐藏于内心的事实，备感羞愧。这是一份关于灵魂的残酷真实，它不动声色地发生在我的身上；就像另一种真实，无声无息地降落在那些村庄一样……望庄早已拆除了，腾空的地方建起一片浩浩荡荡的工业园。那个主动把家谱借给我的陌生老人，不知已被安置在哪里？甚至，我并不知道他的名字，他对我更是一无所知。那时的情景犹在眼前：简陋的传达室，七十六岁的看门老人，一轮接一轮的舌战。那个看门老人是冷漠的，当他听说我是一个写作者时，呆滞的眼神里闪过一丝少有的光。迟疑了片刻，他弯腰从抽屉里拿出一本书给我看，是《王氏家谱》。他一边翻着家谱，一边絮絮叨叨地讲着。他主动把家谱借给了我，并没有记下我的单位和名字。我们在这里已经折腾了半年多的时间，他亲见我们怎样拆掉了这个村庄，包括他的老宅。他主动借一本家谱给我，一定是寄托了某种深意。或许他希望我写下一些文字，告诉后人在这个年代曾经发生过怎样的事情。在望庄，我所见到的和想到的，那么强烈地拍打着我的内心。我曾那么强烈地想要记录这个村庄的遭遇，然而我什么也没写。那本厚厚的《王氏家谱》自从被拿回办公室，我就没有认真翻阅过，也没有如约归还给那个老人。记得他曾说过要在年底之前归还，因为春节祭祀先祖是要用到的。我食言了。忙这忙那，我把这个承诺淡忘了。望庄拆迁刚结束时，我想从厚厚的《王氏家谱》中选取写作所需要的素材、资料。但是每次打开它，思绪都会变得游离起来，以致越来越迷惘，不知道想要写下一些什么。那本家谱的存在，对我的写作构成一种质疑：那些唯美的文字，对于这片土地，对于一代又一代在这片土地上生活的人，究竟有什么意义？这个沉默的声音让我陷入更大的沉默，我呕心沥血写下的那些所谓作品原来经不住这样一个简单的追问。我写下了太多无根的文字，它们与我生活在其中的这个现实之间并没有什么关联，与国无关，与家无关，只是一个人一厢情愿的慨叹与想象而已。

　　那天下午像是生命中的一个巨大停顿。看门老人弯腰从抽屉里拿出家谱的迟缓动作让我记忆深刻，仿佛一个人从成长到衰老的整个过程都浓缩在那一刻。我对生命的理解，也凝结在那一刻。从老人手中接过家谱，我并不知道该说些什么。要说感谢吗？这样的感谢是不道德的，只能让我更加羞愧。

　　望庄的街巷都已不复存在，整个村子变成一片空地。几个正在施工的厂房就像几滴不经意间落在纸上的黑墨水，并没有书写什么，只是随意滴落在一片空旷里，就被解读成了最为现代的艺术。厂房的不远处，几栋安置楼房站在那里，不再有丝毫乡村的气息。望庄的村碑被丢弃在某个偏僻角落，像一块普普通通的石头，没有人在意它。村碑倒下了。一栋栋冰冷的楼房耸入云端。迎接村人的,将是云上的日子,一种脱离了土地的陌生状态。我曾建议村干部把旧的村碑摆放在安置小区的某个地方作为永久纪念,他们不以为然。

安置小区的门牌是彩灯做的,夜里散发幽幽的光。

二

拆迁工作组门前,一对青年男女骑着摩托车从路边的狭窄石径上歪歪扭扭地驶过。旁边是宽敞的公路,他们偏偏选择了钢丝绳一样的人行路。盲道上停满形形色色的车子。各行其道这个规则并没有得到最起码的遵循,大家拥挤着,慌不择路。关于道路,我想到了方向、规则,以及各式各样的障碍和陷阱。就在那个早晨,一直站立在工作组对面的那栋房子被拆掉了。挖掘机的大手在空中挥舞,稍一停顿,房顶就塌陷了。然后它轻蔑地一挥,一面墙随之倒掉。我们站在屋里,透过玻璃窗看着外面正在发生的这一切,像看一出遥远的哑剧。尘土飞扬,留下风的痕迹。我走到门外,迎风而立,所看到的不再是一幕哑剧。我听到了声音——房屋倒塌的声音,冬天的风把这个声音送出很远;还有树被折断的声音,那只手并没有放过院落里的一棵树。

拆迁工作组的玻璃门外挂起绿色保暖门帘,门把手上贴有"推"与"拉"两个字。年轻的公安干警正拿着"推"与"拉"两个红字重新张贴,把原来的字完全盖住。我这才想起,门把手上的推拉提示,恰巧弄反了。以前出入拆迁工作组的时候,没有人介意这个细节。推也好,拉也罢,非此即彼,不经意间就纠正了错误,不曾放在心上。想必那个贴字的人,是站在门里看门外的。这仅仅是一个细节。似乎没人在意这样的一个细节,我固执地以为它在不经意间透露了某种深意——看似简单的"推"与"拉",并不是"认真"或"疏忽"之类的词语可以解答的,它关涉角度,关涉立场。

门是一个隐喻。

望庄到处贴满了宣传标语:"早签约早受益,晚签约必无利。""政策刚性不会改变,执行政策不会松动。""权衡利弊算好账,抓住机遇搬新房。""整体搬迁,全村受益。""居住楼房化,管理社区化,生活市民化。"……风吹来,各种标语随风飘舞,发出哗哗啦啦的声响。

"那个村子远远看去就像一座堡垒。"听到同事这般形容一个拥有六百年历史的村落,我是有些愕然的。六百年,有些东西沉积下来,成为根的一部分。一场声势浩大的拔根运动,斩断根与土地之间的血脉关联。任何安慰都显得矫情。这是一代人无法回避也不被理解的痛。望庄地势平坦,据说是一块风水宝地。几年前,一个海外客商看中这里,打算投资建一个工业园。土地总算征了下来,村人还算平静。似乎又过去了很长一段时间,他们恍然明白,倘若当初再坚持一下,补偿肯定会更高一些,日子也会更宽裕一点。这种情绪笼罩了村里的每一个人。后来,拆迁工作组进驻望庄,开始探讨房屋拆迁问题。几轮谈判下来,工作组就被赶出了村子。望庄的家家户户抱成了团,征地已经吃亏了,拆房不能再犯糊涂。过了一年,工作组再次进村,很快又无功而返。

这一次,工作组是有备而来的。遭遇前两次的挫败,经过这么多年的发展,他们觉得拆除望庄的时机成熟了。

望庄一下子涌进成群结队的陌生人。成群结队的陌生人在村里穿梭交织,我是其中的一分子。街头巷尾贴满招工广告,工业园的用工需求量很大,每天应聘和辞职的都在百人以上。人来人往,村人在慌乱之余,很快就适应了,明白了。他们从人群中看到财神爷的微笑,就像从一望无际的麦田里看到梦想的收成一样。他们开始经营起了各种小本买卖,每天都有一笔很可观的收入。不知哪一个头脑灵活的人,率先动手在自家院子里搭建房屋,此后,村人纷纷效仿,蜂拥而上。家家户户都动手扩建,院子里盖满了房屋,像一个个的碉堡,墙根仅余容一人通过的空隙。加盖的房屋,或出租,或开办家庭旅馆,门口挂起"住宿、旅馆、钟点房"的招牌,在工业园打工的少男少女纷纷涌来,整个村庄被荷尔蒙的气息淹没了。村人鸡犬相闻、知根知底的生活方式很快就发生了改变,因为有了生意场上的竞争,人与人之间变得淡漠和疏远。

更多的陌生人涌了进来。整个村庄在焦虑中越陷越深。

三

望庄一夜之间冒出了遍地树苗。浩浩荡荡的麦田,一眨眼就变成参差不齐的果园。苹果树，樱桃树，桃树……各种果树为了一个共同目标，从四面八方赶来。它们的枝叶并不繁茂，但数量众多，一株紧挨一株，密密麻麻，像是手拉着手，面向望庄迎风微笑。

有些人是无法微笑的。他们知道这个微笑里隐藏的秘密。

他们拿着尺子在田间地头挨家逐户丈量和清点。有时丈量面积略有出入，村人就扯高了嗓门，他们只好再扯着尺子重新丈量一遍。渐渐地，这种尺寸之争越来越少，村人的心思显然转移到了别处。只在一夜之间，麦地里就冒出成片的果树。这些果树是从邻村搬运过来的，村人花很低的价钱，把别人地里被补偿过了的果树偷偷移栽到自家地里，然后开始等待征地补偿。有的没有买到低价树苗，就直接在地里插满树枝滥竽充数。他们不声张，不辩解，只是悄悄地去做。起初，负责征地的工作人员，不知道究竟是否知情，把地里的树苗做了悉数清点和补偿。有个已经被征地的村人不平衡，打了举报电话，闹得沸沸扬扬。那是一个很厚道的农民，看得出他想揭露一些实情，却又不知如何说才好。他的脸憋涨得通红，说："我和邻居家的土地面积一样大，当初都是种的麦子，凭什么他的补偿比我高出那么多？"他显然知道自己与邻居的补偿差别，就在于果树和麦子的补偿标准不同。他并不直接揭露对方作弊，只是一味地强调补偿结果对自己不公平。这个看上去老实巴交的农民，面对众多机关干部说出了一句意味深长的话："不是饼大饼小的问题，是把饼怎么分的问题，政府不能总让老实人吃亏。"

原本一望无际的麦田，等到要动手丈量的时候，麦子摇身变成了树苗。还有人在麦地里搭起塑料大棚，建了猪圈，他们知道，即使按照违章建筑来算，也比树苗的补偿标准划算。

"别讲那些大道理，凭什么不准在自家地里栽树？"

"不管白猫黑猫，能抓老鼠就是好猫。不管是以前种的树苗，还是现在移的树苗，只要长在地里，就得按规定补偿！"

……

田间地头，村人七嘴八舌争论开了。最后，工作组和村人总算达成一致，凡是人力可以拔起来的果树，一概视为临时移栽树苗，分文不补。这个把握尺度，对村人临时移栽树苗的举动提出要求——即使是作弊，也总得仿真一点，不能过于敷衍，更不可肆无忌惮。征地工作变成了拔树活动。

他们在果树之间来回走动，觉得哪棵树可疑，就捋起衣袖，用手去拔一拔。有时轻轻地拔，有时用力地拔，果树的主人站在一边，满脸的紧张。第一天，他们拔起了几棵树。第二天，他们居然一棵也没有拔起。他们怀疑是不是因为精疲力尽，已经拔不动那些临时插在地里的树苗。到了地里，随便转悠一下，就会发现很多树苗留有新鲜的磨损痕迹，一看就知道是刚移栽过来的。但是他们用手去摇，不动；用力地拔，也拔不动。树根扎得这么牢固，绝非一日之功。那天，工作组的会议一直开到凌晨，他们都觉得这个事情很蹊跷，有必要"刨根问底"。汉字的意味真是值得揣摩，讨论了大半夜的结果就是"刨根问底"。天亮后，他们对着苹果树开始"刨根问底"，挥着镐头一直挖掘下去，直到真相大白。原来，村人移栽树苗的时候，考虑到时间短，树根不可能扎深扎好，怕被工作组的人拔起，就在地下深埋了石头，将树苗的根部用铁丝固定在石头上，风吹不倒，人拔不动，为的是蒙混过关。这个秘密最终还是被他们发觉了。那个老农蹲在地头，吸着旱烟，嘿嘿地笑，有些尴尬，也有些无奈。面对这样的"民间智慧"，我的心中像是打翻了五味瓶。那一刻，我强烈意识到，他依然是我心目中淳朴善良的农民，他并没有过错。祖祖辈辈赖以生存的土地即将被征用，未来的生活靠什么来维持？除了多争取一点土地补偿款，还有什么是更真实更可靠的？我为他的做法而深感自责。我觉得错了的不是他，而是我，我们。

　　就在这样的背景下，一颗山楂出现了。光棍老王的苹果园里长着一棵山楂树，枯瘦的树身掩藏在一片苹果树中间，显得很不协调。更不协调的是，这棵山楂树竟然结了一颗果子，像个小小的青涩太阳躲在稀稀落落的枝叶间。这一颗山楂，改变了一棵树的性质和身价。按照有关政策，一棵结了果的树大约补偿二百元左右，是尚未结果的树的两倍。这让他们陷入尴尬的两难处境。苹果园里的这棵山楂树，显然是自生自长的，可能是某年某月某家的孩子在这里吃山楂的时候，随便把种子吐在这里，然后就随便长出了这棵树。可以断定，这棵山楂树在征地之前是被主人忽略了的，随时都有可能成为灶前的柴火。此刻，它竟然骄傲地结出了果子，以一棵结果的树的形象出现在他们面前。这意味着，这棵自生自长的树，补偿标准要高于那些苹果树。虽然那些苹果树成长的年月更为久长，树干更为粗壮，遗憾的是，它们尚未结果，只能按照尚未结果的树予以补偿。他们起初想略过这个问题，把那棵山楂树当作苹果树来补偿。光棍老王坚决不答应，说这是一棵结果的树，必须按照结果的标准补偿。他们当然清楚，如果按照结果的标准来补偿那棵山楂树，对满园的苹果树太不公平。多给点钱并不是什么问题，倘若由此引发对补偿标准的质疑，就是大问题了。光棍老王很认真也很固执，丝毫没有让步的意思。他们开了几次碰头会，始终没有拿出一个妥善的解决方案，最后只好给工作组打了书面报告。批示意见很快就下来了："老百姓利益无小事，补偿问题要顾全大局，充分考虑面上的平衡，不能造成攀比和波动，更不能按下葫芦浮起瓢。"这是指示精神，也是处理问题的原则，如何把握，就看能力和水平了。

一棵孤独的山楂树，因为长在苹果园里，因为比苹果率先结了果子，于是身份变得可疑和难以确认……

对光棍老王家的苹果树的清点，是一个周以后的事情了。当征地工作组、乡镇和村委的有关负责人一起赶到果园时，老王神情黯然，用仅剩的一只眼，打量着站在他面前的每一个人——那一颗山楂不见了。山楂树在风中摇动，显得形单影只，轻松无比。

终于有人开口了。终于开口的那个人说："那颗山楂该不会是被风刮掉了吧？"于是他们弯下腰，开始四处寻找，像公安人员查找证据一样。这个叫作山楂的证据，关系着这宗案件能否最终告破。

光棍老王一字一顿地说："这算是个什么世道？"

一个月后，望庄所有土地被顺利征了下来，项目按期开工。到了年底，望庄工作组被政府授予集体三等功，授奖理由是严控征地标准，在时间紧、任务重、压力大的情况下，和谐征地三千亩，保证了项目的进度，没有留下稳定隐患。表彰大会那天，在走出会场大门的时候，我问那个被评为劳动模范的人："那颗山楂是不是被你摘下来吃了？"他笑一笑，并不作答。我们沿着台阶一步一步走了下去。

我一直在想象，若干年后，当这个故事被写进书本中，当老师照着书本给孩子们讲述这样一个关于风中山楂的故事时，留给孩子们的问题是：那个山楂到底哪里去了？孩子们叽叽喳喳，有的说被鸟儿吃掉了，有的说被风刮掉了，有的说那是一个假山楂，有的说那个山楂变成了喜羊羊和灰太狼……孩子们的想象力真是丰富，但是再丰富的想象力，也想象不到那个山楂究竟去哪儿了。作为山楂事件的亲历者，我不知道该怎样告诉孩子们真相。

四

  那栋房屋的后院，是个菜园子。在望庄，大多农房都是三间或四间瓦房，然后一个院落，院落的两侧盖有厢房。既有前院又有后院的房舍仅此一家。正屋已经荒弃多年，我站在后院，脚下种了若干蔬菜，它们并不规则，也不够水灵，看得出已经很久没人照料。一种荒芜感让这个狭小的院落显出几分沧桑。园子的围墙并不高，墙上插了荆棘，想必是用来阻止孩童翻墙而入的。站在这个园子里，我想起鲁迅笔下的百草园。那年参观鲁迅故居，我在百草园里凝神静气，用心体味了好久，直到同行的人走出老远，才恋恋不舍地离去。百草园之所以打动了我，是因为它暗合了我的童年记忆。记忆中，小伙伴们时常在菜园里玩耍、嬉戏、捉迷藏、追蝴蝶，一个并不宽阔的园子，盛放着无限欢乐。转眼三十多年过去了，如今当我在城市边缘，置身这样一个园子的时候，心情是复杂的。我分包的那个拆迁户，院子里抢建的建筑物都没有审批手续，她因为内心不平衡拒绝与工作组坐下来商谈拆迁补偿。她举例谈到村人的一处园子，那里根本就没有任何建筑物，结果按照建筑物给予了安置补偿。她说："没有房子都算数，我的房子摆在那里，你们硬说是违章建筑不算数，这不公平。"从拆迁户家出来，我独自去了那个园子。我在园子里停留很久，想了很多。这个被称为"院外院"的空间，究竟发生了什么，这是我所不知道的。这个谜在我心里时而清晰，时而模糊……

  那个国庆假期，我一直沉浸在自责中。我自责，是因为没有按预期完成拆迁工作任务。这是我的工作，然而我并没有做好它，我是一个不称职的人。我一直强调，拆迁是"工作任务"，这个说法让我稍稍心安。我一直躲避在自欺的泡沫中，没有勇气直面自己。倘若当初圆满地完成了"工作任务"，我会兴奋会有成就感吗？我说不清，就像我看不清这个现实社会一样，我甚至不理解为什么拆迁工作一定要截止到国庆前夕，难道这也可以做国庆献礼吗？想起媒体报道的某市跨海大桥不分昼夜地赶工期，只为了在国庆节通车，完成一次献礼。跨海大桥投用当天，纸媒高调宣传，网上也炸开了锅，工程的很多细节被曝光，譬如螺丝钉大量脱落，安全隐患触目惊心。我所亲历的拆迁，并没有按预期完成任务。我一直想不明白，这个事情怎么会出现如此的结局？所谓"钉子户"想要的，仅仅是一个"当下"；他们并没有意识到在失去当下的同时，也永远失去了一份未来，一份不可替代的未来，比当下更为重要的未来。很多人还没有明白是怎么回事的时候，他们的村庄就永远消失了。而我为什么没有了丝毫的同情，心里只剩下仇恨？我所说的那些冠冕堂皇的语言，原来是有明确目标的诉求，当这种诉求不再成为一种可能，它就变得不攻自破，本相毕露。在这场利益博弈中，我是一个本相毕露者。可是，我仅仅露出了自己的本相吗？我想说，又说不清楚；我质疑，又不得不相信。我无法看清这个世界，甚至连自己都看不清楚。离开家乡，在外面闯荡了二十多年，我在这个滨海城市定居下来。一直以为，一个有故乡可回的人，是幸福的。我像一只风筝，在外面自由飞翔，一根线始终牵在故乡的手中。故乡的村落，故乡的田野，甚至故乡那条干涸的堆满了垃圾的河道，都让我感到一种异样的温情，让我觉得，在这个世界上，我不是一个孤单的人。每次回故乡，都会在村子里散漫地走一走，我熟悉这里的每一个角落，这里的一草一木，即使它们的萧条变化让我伤怀，那种伤怀也是不可替代的……我不知道该如何面对故乡，想到自己的所思与所为，我感到羞愧。是故乡养育了我，我在村里长大，然后考学、工作，一步步远离村庄，如今在外面看似"出息"了，我却把所谓见识和才智用在了村庄的拆迁上。我伤害了村庄。我为自己找到太多借口。可是面对村庄的伤口，所有的借口都显得苍白荒谬。故乡是一面镜子，照出了我灵魂深处的不安。我不知道该如何面对、言说故乡。每一个村庄，都是我灵魂的故乡；每一个村庄，都有我童年的影子。不管我被外面的世界删改成了什么样子，故乡都会一眼认出我来。然而我不知道，明天的故乡将成为什么样子，就像我不知道明天我会漂泊何方。曾经看到这样一则新闻：某大学生离家一年，就找不到回家的路了，而且村子也不见了，村人全部乔迁新楼。他们谈到这个事例，是为了说明开发建设速度之快和变化之大，对大学生的欣喜之情毫无怀疑和争议。作为一个具有思考能力的当代知识分子，面对故乡的消失，他真的只有欣喜吗？他的真实想法是什么？没有疼痛感的人，是麻木的；只会兴奋和欣悦的人，是愚蠢的。他永远失去了故乡。一个没有故乡的人，是多么孤单和可怜。那片新建的楼房不是故乡。真正的故乡是与童年记忆联结在一起的。

废墟上建起的楼房，其实不过是另一种废墟，站立着的废墟。

我们习惯于回望和眺望，却忽略了审视当下。

我对当下总是抱有一种不信任感。因为，太多的所谓信任，是逼我去信的。我相信本然，相信不由自主的爱。我甚至并不相信所谓的道路，更愿意尊重一双脚的选择，哪怕它们是无意识的。在纷纭世界里，在万万千千的联系中，脚与心是血脉相连的。脚的行动，是心的一种选择形式。对于这个时代，我们从来不曾置身事外，从来就不仅仅是旁观者。这台戏，不管怎样辩解，我们其实都是演员，共同参与了这场盛大的演出。即使你始终保持沉默，众声喧哗也有你的一份"功劳"。

沉默也是一种声音，一种态度。

我曾经欣喜于他们讲述的拆迁户的段子，觉得是写作的好素材。时日久了，我发现那几个比较典型的段子被他们反复地说来说去，其实早已了无新意。偶尔，我也会意识到，拿老百姓的痛苦来开玩笑，就像医生和护士在病房前的花园里举办诗歌朗诵会。这个想法没有来由，它只是偶尔闪现，很快就没了踪影，我仍然会加入他们的行列中，闲聊，或者静听。我活在现实中，参与了这个现实的组成。写下这样的一个现实，对于那个更大的现实又有什么意义？海是可以拒绝一滴水的。我怀着被海拒绝的心态，呈现了一滴水里的风暴。

五

等房子拆了，就好了。等房子拆了，迎接他们的，将是一种怎样的新生活？

这是新一代人的心灵创伤。曾经有过一个念头，采访一下望庄的最后留守者，我想问一问他坚持到最后的感受，以及他所争取到的利益。后来我打消了这个念头。我不知道为什么产生这个念头，也不知道为什么自行打消了这个念头。唯一的解释就是，我见证了这个村庄的拆迁全过程，所有的疑惑都不必追寻答案。答案在心里，我将铭记。

那天，我们在废墟中走了很久，一句话也没有说。没有任何语言会比眼前的景象更加触目惊心。望庄是一本大书。在这个村庄的身上，我看到千百个村庄，它们被连根拔了出来，移植到一个新的地方。它们要面临怎样的生存环境，最终会长成什么模样？这是一些不该回避的问题。

我踮着脚，把那本厚厚的《王氏家谱》拿到手中。封面上已经积了一层灰尘，我轻轻地吹，灰尘飞扬起来。阳光从窗口泻了进来，那些本已落定的尘埃在光线中轻盈起舞，重新成为一种漂泊的存在。

(原载《散文》2014年第8期)

卑微的人

路遇

月亮像一面悬挂夜空的镜子。云朵是灰色的，随风飘动的暗火一样在镜中涌动。广场嘈杂。唱歌的，跳舞的，散步的，还有驻足观望的，人群被分割成了若干版块。这是这个城市的中心广场，每天的夜晚，总有上千人来到这里健身锻炼。占据广场"半壁江山"的，是一个健身操队伍。这个队伍整齐划一，动作规范有序。我是旁观者。我在人群中穿行。一个驼背老人，坐在台阶上抽烟。我留意到人群中的这个老人，是因为呛人的旱烟味，有一种久违了的亲切感。我站在老人身边，不远也不近，静静地看着他。他的脸是古铜色的，手中握着一台老式收音机，正贴在耳朵上倾听。父亲也曾有过这样的一台收音机，他每天都装在衣兜里，一边干农活，一边收听信息。我的童年记忆里，那台收音机总是处于电量不足的状态，艰难地发出刺刺啦啦的噪音，父亲照听不误，而且总是一副乐在其中的样子。后来我才理解了，父亲一个人在空旷的山野里劳作，收音机并不清晰的声音，让他不再感到孤单。就像此刻，坐在我面前的这个陌生老人，他手中收音机发出的声音，被淹没在广场的嘈杂声中，他并不在意，旁若无人地把收音机贴在耳边。我无法断定他究竟是在听广场四周的声音，还是在听来自手中的声音，或者，他什么都没有听，只是微闭双眼，偶尔吸几口旱烟。过了好长时间，老人把烟锅在鞋底磕了磕，细小的烟灰散落到了台阶上。

他站起身，蹒跚着走开。我终于看清了眼前的这个老人，他大约六十多岁，一身年轻人的装束，牛仔裤，西服上衣，里面穿的是红蓝相间的休闲衫。这身并不得体的装扮，大约全是被孩子淘汰了的旧衣服，老人不舍得丢弃，就穿到了自己身上。他的脖子上挂着一串钥匙，在夜色中闪着隐约的光。我跟在他的身后走出老远，直到他转身看了我几眼，我才不好意思地走开。

　　这个走在人群中并不合群的老人，让我想到了我的父母。他们生活在乡下，偶尔也来城里住些时日。我没有时间陪父母散步，没有想过他们走在陌生的城市人群中会是什么样子。有一些东西是流淌在血脉中的，我定居这个城市已经十多年，觉得自己从来没有真正融入这里的生活。人群中，晃动着一张张模糊的脸。

　　那支健身操队伍的规模如此之大，是谁也不曾预料的。据说最初只是几个人在小区里自编自导，自娱自乐，渐渐地，加入的人越来越多，他们走向了广场；于是更多的人不断地融入进来，很快就达到上千人。他们声势浩大，整齐划一，有一种仪式感。对于仪式，我有很复杂的感受。特别是那些郑重的民间仪式，总会轻易地打动我，让我陷入一种难以言说的感动。那天去参加一个婚礼，烟花爆竹声中，婚庆公司舞起了狮子。我一直注视着站在侧面敲锣打鼓的两个老人，他俩身穿红色衣袍，气定神闲，目光淡定，很投入地敲锣、击鼓，控制着整个婚礼演出的节奏。这是一对老夫妻，都已经八十多岁了。婚礼开始之前，老人坐在锣鼓的旁边吸烟，我主动与他聊了几句，才知道他已八十多岁，退休前在交通部门开车，从小就喜欢舞狮子。最近几年，婚庆公司请他出面指导舞狮子，一次婚礼的报酬是二十五块钱。老人告诉我，他有退休金，不需要出来赚钱，况且年龄大了，腿脚也不像以前那么麻利。然而他坚持每周出来打一次工，只因对舞狮子的喜欢。老人还说，到了这种喜庆场合，自己的心情也会很好。不管是谁家举办婚礼，只要舞狮子的节目一结束，他就赶紧离开。他在人群解散之前抢先离开，不想看到有人清理打扫烟花爆竹碎屑的场面。那些带有喜庆余温的七彩纸屑，是不该被当作垃圾扫进垃圾箱的。他不忍心看到那样的一幕。那天新郎新娘踏着红地毯走进酒店的时候，我看到舞狮子的老人匆匆离去的背影。那一刻，我似乎理解了这个八十多岁的老人，他是真正明白和懂得生活的。

沿街的旅馆发着幽暗的光。土特产店的门是敞开的，听不到任何叫卖声。街上车辆嘈杂，混乱，街面的尘埃若即若离，雨随时都会落下来。这是一个人的城市，就像此刻这条不知名字的街道独属于我一样。一步一个孤单。是的，是孤单。回到宾馆，沏好茶，提着水杯向附近的网吧走去。网吧密不透风，一种怪异的气味在噼噼啪啪的键盘声中弥散。找个僻静角落，坐下，开机，对着电脑屏幕发呆。我想写下一些什么。我不知道我想写下一些什么。

这是一座我向往的江南城市。耀眼的云朵之上，飞机在疾速飞翔。我没有方向感，唯有云朵一样的情愫，在巨大的空旷里飘浮。机窗透进亮丽阳光，它们并不是要消除什么黑暗，它们以静默的方式一遍遍地问我：在云朵之上，方向是必需的吗？飞机起飞之前，居然响起了那首叫作《布列瑟农》的歌。这曾经熟悉的旋律击中了我。从机窗俯瞰地面，我已看不到山川与河流、城市和乡村中的微渺人群。

夜深了。宾馆与网吧之间有一截废弃的铁轨，可以想到若干年前，火车曾经从这里呼啸而过。一截废弃的铁轨，依然留在这里，镶嵌在城市的高楼和街道之间，它早已失去对于远方的热情。走在铁轨上的，是汽车，是自行车，是步行的人，是此刻的我。我轻易地迈过了它，偶回头，突然意识到这样走过一截废弃的铁轨，是不道德的。人来车往，岁月流转，也许从来没有人真的在意过它。这是寂寥的异乡午夜。我从远方来，带着一颗无处安放的心。我退回到了那截废弃的铁轨上，久久地站在上面，感受到铁轨的温情与战栗，还有多少年来一直隐藏在铁轨下面的火车轰鸣声。它向我讲述远方的梦想，还有无望的等待。

而白天是不同的。巨大的园子。不息的人流。正午阳光炽烈，我像一点即将干涸的水滴，被水流裹挟着，不知将要去向哪里。那栋神秘的建筑物近在咫尺，因为栏杆阻隔，通往它的道路变得狭窄，漫长，拥挤不堪。排队的人，一步步向前挪动。起初有人用一只手遮着阳光，不时地踮起脚向前张望；很快，他们就变得安分守己了，只是麻木地站着，立着，跟随人群艰难地挪动。六月的阳光在脸上流淌成了汗水的形状，年幼的孩童对着栏杆撒尿，哗啦啦的声音清越又可爱。有人陆续地离开排队的队伍。少了几个人，人群并不显得宽松，反而越发拥挤了。我目睹前后左右的表情，是如何由热盼变为焦灼，由焦灼变为无奈，由无奈变为麻木和疲沓的。偶尔有人翻越栏杆插队，于是人群响起一阵起哄声，大家并不指责，只是以这种恶作剧式的哄笑，来表达对无视规则的人的态度。插队的人，有的面红耳赤，有的心安理得。当人的忍耐逼近承受限度时，道德往往是靠不住的。这个巨大的园子，除了人，还是人，每个人的脸上写着不同的表情。我突然觉得这个园子拥有某种隐喻的意味。那么多远道而来的眼睛，究竟会看到一些什么？或许，看到什么并不重要，重要的是曾经来过和看过。这世上的很多人，往往并不清楚自己想过怎样的生活，只是在跟着人群走，用一生的时间和精力，去追求一种并不明白和喜欢的生活。我没有安心于枯燥漫长的等待。当我意识到这份等待不可绕避的时候，我选择了诗意的表达，选择以这种久违的方式打发枯燥难挨的时光。没有纸也没有笔，我把诗句留存在手机里，像一条自己发给自己的短信。离开那个江南城市，关于等待的记忆，除了人群和排队，还有留在手机短信里的这首叫作《海上》的诗："一滴海水自北向南／穿越万水千山／栖落这座巨大的城／／人潮中／看不到一张平和的脸／钢筋混凝土的天空／有着隐秘裂纹／这滴自投罗网的水／正在奋力突围／／这个城市眨巴着惺忪睡眼／太阳升起前我将悄然离去／我没见到的人／已经去了更南的南方。"

警笛又起，警察在扩音喇叭里厉声喊道："闪开，闪开，快点闪开！"车队扬长而去。这是我在途中时常遇到的情景。每天的早晨，当我走进机关大院，总会看到一个人正围着机关大楼散步。他神情凝重，每一步都不马虎，几近刻板地围着机关大楼转圈，一圈，又一圈。究竟每天转多少圈，谁也不知道。每次遇到他，我都忍不住想问一下，他每天是否有个固定的目标，比如说围着机关大楼转多少圈，从何处起步，在哪里停步。我最终没有问，我觉得他的散步更像是某种私密的仪式，这里面的初衷与寄托是容不得他人追问的。当某个目标被强化成了日常的习惯，语言已经无能为力。我尊重习惯——别人的和自己的习惯。每天早晨，我都会提前一个小时走进办公室，先把已经敞开了一夜的窗户关上，然后打开饮水机，打开电脑，埋头敲打键盘，写一些漫无边际的文字，一口气坚持到八点半，也就是正式上班的时间。到了正式上班的时间，我把电脑关掉，然后站起身，把工作牌挂到胸前，沏一杯茶，这一天的工作才算正式开始了。

对生活，我始终有着隐约的怕。这种感觉有时候会变得强烈，成为一种莫名的恐惧感。我不理解那些无所畏惧、一往无前的人，那些只有快乐没有烦忧的人，那些总是有着花不完的时间的人。我一路走着，写下我的省察与迷惘，爱与被爱，试图用手中的笔挽留每一个日子。我爱这个庸常的世界，它时常让我在阳光下迷失了自己。

扶贫

按照惯例，单位在春节前组织我们去走访扶贫户。这些年来，区里实行党政机关联村帮扶，每个机关干部都要与一个贫困户"手拉手结对子"，逢年过节走访慰问一下，送关怀，送温暖。那天我们带了面粉和花生油，浩浩荡荡地向望庄进发。村干部早已在等候我们了，村头的大喇叭反复地广播着："某某，在家等着，不要到外面转悠，区里的干部要看望你了，区里的干部要看望你了，在家等着，哪里也不要去……"大喇叭嘹亮的声音，夸张又认真，我们不禁哑然失笑。

村干部分好了工，分头带领我们去往各家。我新换的扶贫对象是一个老年性痴呆患者，村委提供的资料上赫然写着"大脑有病"四个字。一路上，村干部讲了若干关于老汉的笑话。比如，他放牛的时候，故意把牛赶进别人的葡萄园里，几乎把葡萄秧全都吃光了；比如，他记不准三个儿子的名字，时常张冠李戴……

门口是玉米秸草垛，门上了闩，村干部直接打开，进了门，入了院，然后左右两个房间都瞅了瞅，空无一人。村干部摸一摸土炕前的炉子，仍有余温，说："估计人没走远。"我说："那就把面粉和花生油放在屋里吧。"村干部犹豫了片刻，说："还是拉回村委让他自己去取吧，家里没人，万一弄丢了算谁的？"院里有一棵老树，差不多完全枯朽了，树身上有两个黑洞，像是一双无助的眼。这棵树站在院子的角落，显得苍老、颓败，却依然是一棵树的模样。偶回头，我看到一只猫在屋脊上游走，刺眼的阳光下，猫的身影有些迟缓和幽暗。

我们提了面粉和花生油正准备返回村委，一个中年大胡子从隔壁蹦出来，大声地嚷着："凭什么救济他不救济俺？俺的日子更不好过！"村干部的脸由红变白，怒声呵斥："他是脑子有病，你也脑子有病吗？瞧你那点出息。"村干部一边骂着，一边开动了拖拉机，不顾胡同口一个石桩的阻挡，一次没有闯过去，两次也没有闯过去，最后猛踩油门把石桩直接撞翻，载着我们一溜烟地离去。中年大胡子在拖拉机后面追出了好远，嘴里一直嚷着："凭什么救济他不救济俺？"回到村委大院，我们才知道那辆拖拉机的刹车早就出了故障，不由得一阵后怕。"在村里，不需要刹车，有油门就够了。"村干部说。他把面粉和花生油卸下车来，把刚才大胡子的表现说给大家听，引得一阵哈哈大笑。

我把两百块钱交给村支书，托他转给那个老汉，然后我们就站在村委门前东拉西扯地聊天。有几个同事嫌天气太冷，打开车门钻了进去。有人故意很夸张地抒情："啊，晒一晒乡下的太阳多好！"一只小白狗摇着尾巴跑了过来，它的皮毛脏兮兮的，但是一眼就可断定，这是一只价格挺贵的宠物狗。村干部说："这狗的品种叫白熊，你看胖嘟嘟的，是不是一副熊样？——现在的动物，杂交串种了，弄得猫不猫狗不狗的，就像城里人一样。"村干部自问自答，像在跟谁开玩笑。这时，对面的商店门口闪出一个妇人，大声地冲着这边喊："小丽，小丽，过来，给我过来。"那狗并不理会，兀自在我们脚前玩耍。村干部又开口了："这狗如果犯了性子，连主人也咬的。"我们于是一阵哄笑，感慨现今这世道什么规矩都乱了，再恶的狗也不该咬主人的。"你说现在这世道，到底是个什么世道，真是让人看不透。"村干部嘟嘟囔囔着。我瞅一瞅身边的同事，他们不以为然，完全当成了一个笑话。

村委办公室的门前，曾经有两棵柏树，被村人称为夫妻树。说不清什么原因，村委一直想把树砍掉，因为树的年龄太老，没有人敢下手。镇上的挂职干部说："原始森林的树都有几百年树龄，还不照样砍伐？"当天下午，村委门前的两棵柏树就被村里一个炸油条的人砍掉了，地上收拾得干干净净。结果不出一个月，那个炸油条的人开车撞伤了人，赔付一笔巨额医疗费，弄得倾家荡产。村人都觉得，那两棵树是有灵性的。

我们有一搭无一搭地聊着村里与村外的事，也聊到了帮扶农村的政策和今年的天气收成。一个老人远远地走来。她推着小铁车，大约有七十多岁的样子，腰像弓一样，步子还算硬朗。村干部介绍说，她就是那个老汉的老伴。然后他把面粉和花生油搬上小铁车，从兜里掏出我的那两百块钱递给她。她接下来，神情木然。我说："我帮您送回家吧。"她说："不用了，我自己推得动。"村干部在一边说："她这些年一直在干农活,这点分量还是没问题的。"我看着老人一步步走远,直到身影模糊,消失在我们刚才逃出来的那条胡同里。

中秋节前,单位组织第二次走访,我终于见到了我的帮扶对象——那个患有痴呆症的老汉。那天,我们依然乘坐村里的那辆拖拉机,拉着面粉和桶装花生油,赶往他的家里。在那棵枯树的旁边,我见到了一个枯树一般的老人,他浑身像筛糠一样不停地颤抖着,脸上的皱纹比龟裂的树皮还要干枯。我问寒问暖,他表情漠然,只是反复地问我来做什么,是从哪里来的。这个同样的问题,不到十分钟的时间里,老汉提问了十多遍,我也回答了十多遍。老汉说:"俺得了头晕的病,已经好几年了,三个孩子也不争气,老大离了两次婚。"村干部在旁边低声纠正说:"又张冠李戴了,离婚两次的不是老大,是老三。"我安慰老汉,建议他早点去医院检查治疗。他咳嗽了起来,说:"不管了,也不治了,就在家里慢慢等死吧。"我一时语塞,不知该说什么了。这是一个等死的人,我无法给他提供真正的、彻底的帮助。站在我面前的这个等死的人,让我深深感到了羞愧和无力。老汉浑身不停地哆嗦着,不停地问我来做什么,是从哪里来的。这让我更加地羞愧,不知该如何回答他。看着眼前的这个老汉,我突然想起另一个人,不知道他现在怎么样了。

那是多年前的事情了。他的名字叫邹辉,是一个被确定为区级领导"手拉手"帮扶的特困户。他患有腿疾,勉强可以自理,基本丧失了劳动能力。三间瓦房,家徒四壁,他的刚上小学的儿子,在炕上眨巴着眼睛,惊恐地看着我们几个陌生来客。张区长很难过,他从兜里掏出一千块钱塞给邹辉,当即陪他去了医院。那天的专家会诊是由院长亲自主持的,手术方案一直研究到午后。院长慷慨表态,医院有责任也有义务帮助社会困难群体,他们将把邹辉的手术当作一项政治任务来抓,尽最大努力让患者恢复劳动能力。考虑到他家庭困难,所有的医疗费用全部减免。

手术很成功。院方也很高兴,叮嘱邹辉千万注意休养,待到半年后再做第二次手术,他的腿疾有望彻底治愈。术后不多日子,邹辉突然给我打电话,说在机关大楼的门口等我。我下了楼,看见他和妻子扛了半袋子玉米面和一桶花生油,说是自家产的,一点心意,无论如何要让我收下。我当时只有一个念头,接受这样一个特困家庭的"心意",是伤天害理的。

我推辞再三，他们一再恳求，邹辉的妻子急得掉下了眼泪。我最终以工作纪律为由谢绝了他们。他们默不作声，扛着那半袋子玉米面和一桶花生油挤上了公共汽车。后来的很长一段时间里，我一直在自责，觉得自己不近情理，我对邹辉表达心意的拒绝，一定伤害了他们最朴素的情感和自尊。或许，在潜意识里，我只是把对他的帮助当成了一个工作任务来对待，忽略了其中的人情味。

就在邹辉即将进行第二次手术的时候，张区长调到了别的城市任职，手术的事情也就无人问津，从此停顿下来。邹辉给我打过几次电话，他并没有多说什么，我理解他。我跟医院方面联系了多次，最终也没有得到确切答复。这件事情不了了之，前功尽弃。我再也没有听到邹辉的消息，渐渐地忘却了这个患有腿疾，并且有望治愈的人。

又过了两年，那天我去邹辉的村子调研文化大院建设工作。在村委办公室旁边一间挂有"文化活动室"牌子的屋子里，村里组建的歌舞队为我们演唱了一支又一支红色歌曲。载歌载舞中，我突然想起了邹辉。村支书告诉我，邹辉的腿越来越糟糕，快要瘫痪了。村支书的表情很淡，看不出什么同情，也看不出丝毫的惋惜。沉默了一段时间，他恍然记起什么似的，说："当初如果张区长不调走，只要能做第二次手术，邹辉的腿应该能保住的。"

我无言，心中掠过一阵疼痛，为一个人的即将瘫痪，也为自己的无力和无奈。倘若有一天邹辉真的瘫痪了，我是有责任的……就像此刻，面对眼前这个患有痴呆症的等死的老人，我觉得我是有责任的。

洗尘

天下着雨。他断定这样的天气是不会有生意的，就彻底放松了自己，坐在洗车店窗前，看着路上的车一辆接一辆地驶过。路上没有车的时候，他的眼神就变得恍惚和空荡起来。他的生活是与车相关的。他做的是洗车的营生，端起水枪冲车，拿起抹布擦车，这两个动作交替重复成了他的每一个日子。他不会敷衍任何一辆车，对待车像对待艺术品一样认真、讲究。每擦完一辆车，他总是站到不远也不近的地方端量一会儿，锃亮的车体，在阳光下熠熠发光，照得他的内心也有些明亮起来。

这个洗车的人，自从多年前离开农村老家，就辗转于建筑工地、电子厂、服装厂、夜市摊点……他干过若干行当，最后停留在了这家洗车店。洗车店位于城乡交界处，对面依次排列着一家足疗店，一家药店，一家小商店，还有若干家餐馆。没有车洗的时候，他就看路上的车，回想一些往事。日子过得真快，很多事情，他看不明白，但他感觉到了一种不正常。比如说速度，路上的汽车越来越多，所有的事情都在提速。洗车店旁边一栋那么高的楼，不到三个月的时间就盖了起来。他回老家望庄，看到村人种菜是速成的，养猪也是速成的。城里人生产了饲料和农药供应给乡下人，乡下人用它们来养猪和种菜，然后再供应给城里人。大家都在一条循环链上，不分彼此，然而又彼此伤害。对这个世界，他想不明白，越想越不明白。在傍晚，他时常会发现一个人在对面餐馆前的下水道里挖地沟油。天刚蒙蒙亮的时候，他偶尔会看到这个人开着三轮车，挨家逐户地给小餐馆送油。

他喜欢下雨的日子。只有下过了雨，这个尘土飞扬的城市才会暂时地尘埃落定；只有下过了雨，洗车的生意才会忙碌几天。他不喜欢很大的雨，雨下得太大，他租住的屋子就会漏雨，等待他的将是潮湿难熬的长夜。有一天他梦见自己在这个城市买了一套楼房，从梦中醒来，他觉得自己太荒唐了，没敢对任何人说起那个梦。他希望下点小雨，隔三岔五就来那么一点小雨。下雨了就要洗车，有车洗就有钱赚有饭吃，这是他的常识。他靠着这个常识过日子。一辆车，被自己的双手洗得干干净净。不管是谁的车，不管这辆车来自何方，去往哪里，都是干干净净的样子，这有多好。他喜欢干净，眼里容不得灰尘。

夏夜，蚊虫围着昏暗的灯光飞舞。他蹲在洗车店门前吸烟，那个乞丐又走了过来。乞丐喜欢在洗车店前逗留，因为洗车的人总会给他一个好脸色；他夜里睡在洗车店的门前，洗车的人从来不撵他，偶尔还会打开水龙头，让他冲个凉水澡。这些白天用来刷车的水，在夜里洗涤一个乞丐。这个一无所有的人，在黑暗中玩耍着水花，发出怪异的笑声。

周末刚下过一场小雨，洗车店前又排起了车队。一个戴墨镜的年轻人走过来说："先洗我的车吧，我是政府的，领导等着我有急事。"他不知所措，一个正在排队的人高声骂道："政府算个屁，政府凭什么搞特殊？"

对面的那家足疗店在夜色中发着暧昧的光。他时常看到一些醉醺醺的人钻了进去,那间逼仄的屋子,会短暂地关门,熄灯。灯亮着的时候,门也是半敞开的,一个女孩坐在门前吸烟,看上去百无聊赖,一副很忧郁的样子。突然有一天,她开着一辆红色小车来到洗车店。车上的灰尘并不多,他认真地擦车,她在旁边认真地看着他,只说了一句话:"你也是一个爱干净的人。"

他有些似懂非懂。似懂非懂的他使劲地点了点头。他觉得这个女孩真好,她只对他说了这一句话,却胜过太多的话。在乡下的时候,他常常看着天空,想象山的那边是另一个世界;如今流落城里,当起了洗车工,他拿着抹布在车体上熟练地擦拭,他的手心感觉到了那些尘埃的颤抖和挣扎。这些来自不同地方的车,带着不同地方的尘埃,来到他的面前。他屏住呼吸,甚至能够听到那些尘埃的微弱呼吸,感受到它们的体温,就像一个个具体的人。洗完了车,他就坐在洗车店的门前抽烟,瞅着下水道的盖子发呆。那些来自不同地方的尘埃,都被冲刷进了这个盖子底下。倘若揭开这个盖子,该会看到一个怎样的世界?他觉得下水道真是一个奇异的所在,可以容纳所有肮脏的东西。因为容纳了所有肮脏的东西,它对整个世界一定有着一份独特的理解……他常常这样胡思乱想,从早晨到黄昏,从春天到冬天,就这样想来想去,渐渐对眼下的洗车营生涌起了莫名的感动。他不曾去过远方,很多远方的事物,都以尘埃的方式留存在车的身上。那些来自远方的车,那些选择落定在车上的尘埃,带来了远方的消息。

他给她打过一次电话。那天不知为什么,他想跟她说说话,想听到她的声音,告诉她一些远方的事情。这个想法没有来由地强烈,他无法自抑。他给她打了电话,他看到马路对面的足疗店里,她抓起手机,动作有些慵懒疲沓。他在电话里沉默了好长时间,然后语无伦次地解释了好几遍,她才听出是他,在玻璃窗的后面把眼光转向洗车店这边。他们相互看到了对方。一路之隔,她对他的电话显然感到意外。他不知道该从哪里说起,再也没有说出一句话。她在电话的另一端,轻声地说:"谢谢你。"

那次电话以后,他们就再也没有联系过,她也没有再到他这里洗过车。隔着一条马路,他在路的这边,她在路的那边,这段距离,注定是他们终生无法穿越的。洗车累了的时候,他时常抬起头,望一眼马路的对面。终于有一天,这份遥望也被阻挡了。他看到的是路上的施工场面,蓝色的围挡将道路对面遮蔽得严严实实。他看不到她,她也看不到他。他站在路边,看到的是路中央的围挡上赫然写着的一行大字："公用工程公司向全区人民问好！施工带来不便，请谅解。"这条路，好端端的路面，三天两头就会被扒开，像拉开一条拉链那样随意。他不理解一条安静的路，为什么会被折腾成这个样子……

然而这并不是一个干干净净的世界。他知道，作为一个洗尘的人，这是他生存和生活的背景。在那个雨后的黄昏，当我听到他的讲述时，我觉得这个洗车的人和他的遭遇，共同地成为我的背景，成为我的所谓观察与思考的一种底色。忽略了这个背景和底色，是不道德的。

(原载《散文》2012年第9期)

瞬间城市

这是一条成长着的街道。到过港城的人，大抵是不会错过它的。

其实它很普通，与别的城市街道并无异样。车水马龙，灯火迷离，林立的高楼陷于形形色色的广告的包围中……它的名字普通，但很响亮：南大街。小城在海的南面，它在小城的南面，大片空空荡荡的麦地静候在它的南面。它的长度，大约就是港城从东到西的距离。港城人对它的熟悉，就像它熟悉街边的每一栋建筑一样，事务所，交易厅，时装店，精品屋，咖啡馆，海鲜城，银行，公司，商厦，影院……在它的最东端，是张裕葡萄酒博物馆。这个浪漫的百年品牌旁边，巍然矗立着国税办公大楼。

与南大街的初识，是在二十世纪九十年代初期。那是我第一次到港城，也是第一次离开农村走进城市。一个对城市心怀向往的年轻人，深深地记住了"南大街"这个名字。刀削一样干净利落的街面，是以老家的逼仄胡同和崎岖山路为参照物的。城与乡的巨大反差，让我在神志恍惚的同时，也在心里凝成一个结。它与梦想牵手，与青春激情相关。它牵引着我，一步一个天涯。后来，我终于跻身这个小城居民之列，工作，生活，读书，写作，曾经的惊诧很快就习以为常了。

激醒麻木记忆的，是一幅照片：并不宽敞的街面，一排笔直的树站立在街中央，两侧是零星的楼房，不高，但很庄重。车辆像饰品一样点缀着街面。没有广告牌，没有霓虹灯，甚至没有太多的行人。仅仅是一条街，一条单线条的、青涩的街道。在它的上空，隐约地漾着海的气息。

这幅照片所留存下来的，恰是二十世纪九十年代初期我曾见过的南大街。它简单得令人珍视，简洁得让人心安。同样的一条街道，在同样一个人的眼中，为什么读出了两种截然不同的感受？十多年后的今天，我没有武断地将其归咎于"破坏"，而是遗憾在城市的所谓丰富里，何以偏偏缺少了那样一种让人心安的东西？

不仅仅是时间的缘故。历史走向未来的方式，常常是循环性的。这条叫作"南大街"的路，已经承载了太多，见证了太多。在这条街道上，不同的行人将要抵达不同的地方。

城在城中。所城是曾经的城，位于如今的港城中心地带。

我一直以为，所城是被后来的城层层包裹了的。它不仅仅是记忆，还是根，是港城之所以是港城的理由。早在明洪武年间，为防倭寇的袭扰，朱元璋准奏批建宁海卫"奇山守御千户所"。这是港城的发源地，设在距海岸不远的地方，城墙之上可行军驰马，城外四周是护城壕，城内的十字大街与四门相通，并建有环形的车马道通达城墙之上。整座守御所背靠青山，虎视芝罘湾，内设若干报警用的狼烟墩台。到了清朝，"奇山守御千户所"被废除后，原地改称"所城"。

后来的城在步步逼近。所城的古旧建筑留了下来。青灰色的砖墙，残缺的瓦片，磨得光滑的台阶，还有棱角分明的石，肆意疯长的树。这样的建筑，与冰冷的钢筋混凝土是不同的。房与房相望，屋与屋牵连，巷子越发显得幽深。潮湿的青石板，凝结了一层层暗色油污，好似历史风尘都沉积在这里。大红灯笼高悬木门之上，一株株老态龙钟的树，自墙内探出新芽。我曾经一次次地从那里走过，默念着戴望舒的《雨巷》，并没有邂逅一个撑着油纸伞结着愁怨的丁香一样的姑娘。那巷始终是一副凌乱的、很生活化的样子。偶尔可见的几个摊点，稀稀拉拉地摆着一些古旧字画。旁边，原本新鲜的盆栽花草，在它们的映衬下，平添了一些沧桑的味道。所城人有一搭无一搭地卖着它们，冬日不怕冷，夏日不嫌热，对询价的买主，他们不但没有商人的那种热情，反而常是一副爱理不理的样子。暖暖的冬日阳光，就像他们若有若无的表情。很少有人留意到，他们的皱纹里收藏的一缕阳光，淌汗的脸上保留的一丝阴凉。

所城在南大街的南侧，一排巨大的广告招牌横亘中间。广告遮蔽城市，城市在遮蔽什么？

后来的城仍在继续膨胀。所城在坚持着。

山野这样的一个所在，离梦很近，离我们习以为常的现实有些遥远。

这样的一个所在，需要穿越高楼，穿越车流，穿越大片大片的厂房，才能抵达。不需要什么言语，它会为你滤去一路风尘，然后就只剩下你自己——陌生而又熟悉的自己，纯粹且有些伤感的自己，久违了的自己。面对自己，就像置身这山野一样，不需要太多勇气，只要顺其自然。

顺其自然，这在当下已是一件艰难的事情。常规被打破，过程被生硬地压缩，人们在以创造的名义，释放着一些什么，同时也消解一些什么。在山野，时间是很讲究秩序的，不拥挤，不越位，昼夜轮回，四季分明。时间不会为你停顿，你也不必去追逐时间。一切都是自然的，都是事物原本的样子。什么 GDP、工业产值这样的概念，或者增长幅度、抢赶工期之类的名堂，与这里大抵无缘。播种，耕耘，然后开花，然后结果……就这样简单，一如山里人的性格。他们既与世无争，又心怀梦想；他们懂得对自然的怕和爱，懂得应该留住什么，应该拒绝什么。

在山野，花事是一个不该略过的情节。如今大家都习惯了匆匆赶路，已经很少有人愿意停下脚步，看一朵花的徐徐展瓣。那是一个怎样美妙的情境，凝固的瞬间，充盈的激动，还有让人眩晕的美。诗人济慈曾经长时间地守着一株花，只为等待花的绽放。我们可曾有过这样的情怀？是否愿意付出善意的理解？究竟，我们是活得更精细还是更粗糙了？在山野，你的哪怕一瞬的蹙眉，或不经意的挥手，都可能对那些清幽的花香构成某种拒绝。善解人意的杏花，一树深，一树浅，星星点点的，团团簇簇的，像袅娜的炊烟，有暗香在心头浮动。它们在离你最近的地方兀自芬芳，花香弥漫成一道看不见的屏障，让你思绪飞扬，但脚步滞重，直到让你恍惚间感到自己成了一个遥远的存在。

我的童年是在一片果园里度过的。果园不在山野，在公路的旁边。十几棵杏树沿着公路一字排开，很有一点护路卫士的感觉。父亲在杏树下搭起护园的草棚，尖尖的顶，四周没有遮拦，躺在铺上，尽可以看到果园，看到那一排杏树。蜂蝶群舞，肆意，轻盈，有的累了居然大大方方地落到枕边小憩。那些嫩嫩的小花，曾经让一个孤单的孩子长久地仰望；哪怕是小小的花蕊的颤动，都没能逃过他的眼睛。他的心里充满着欢喜，那时他只知道每一朵花都可能长成一个果实，并不知道花是有魂的。

"现在看了花，过两个月就可以来摘果子。五月份杏就黄了，接下来就是海棠、梨、枣、山楂、柿子……"山里人热情地发出邀约。他们看到城里人一个接一个地摘吃果子，脸上就漾起欣慰的笑。

简单就是宁肯简单。当下又有多少人愿意如此简单？大家都怕被遮蔽被忽略，都努力地活在别人的事务中，把别人挑剔的目光，错认成照耀自己匆匆赶路的太阳。

村庄依在大山的怀里，像那个被我们珍藏于心的孩童。它拒绝长大，拒绝走出山野，拒绝城里的某些东西的肆意涌入。石墙、石门、石碾、石磨……在一个飘忽的年月里，这个村落仍在守护着石头的品质。

树是不受局限的，随处地立着，随意地长着。还有水，山上淌着的，天上飘着的。太阳正悬在半空，雨居然就下了起来，是粗线条的那种，大滴大滴地跳跃着，不紧凑，也不松懈，像是经过特殊处理的慢镜头。山里人称呼这是"太阳雨"。

行到水穷处，坐看云起时。体味这般心境，山野真是一个好的角度。我奇怪地想象着，在流水和云朵的眼中，山野又该是什么模样？

鸟的啾鸣此起彼伏。清脆的，婉转的，低柔的，任何一种声音的发出，都不是为了覆盖别的什么声音。庞杂的鸟鸣，时抑时扬，时急时缓，没有什么章法，但让人感觉和谐，感觉心里舒畅，不会对任何人构成任何的打扰。这是人与鸟的彼此懂得。从这声音里，我想到了人的声音，那些嘈杂的争论，那些所谓的各抒己见。人们越来越喜欢言说，越来越看重自己的想法，很少愿意静下来聆听别的声音。人群中有着太多的声音。大家在纷纷地自言自语，并不顾及别人的感受。

在山野，有一株千年杏王。朋友说，那是一株吉祥树，花开时香飘十里，结果时硕果累累，一定要与那树合个影啊。站在树下，我一脸的茫然，脚下是千年的根，头顶是新鲜的枝和叶，还有飘飘洒洒的花瓣——一千多年来的风风雨雨，就这样在瞬间定格。

（原载2010年1月11日《中国教育报》）

失败的寻访

去看那条千年古道。

村子临河而居,碎石沿着河岸垒出一种齐整的层次感。道路另一侧的胡同仅容一人走过,像一抹瘦长的影子被遗弃在那里。出了村,是一片浩荡的水。堤岸有两棵柿子树,隔了很远依然可以看到它的苍老;一头无所事事的驴,静默在水边,比眼前的这片水还要安详;几辆小车停在不远处,有人搭起帐篷,正在钓鱼。山野中的这片水,我还没有来得及细细体味,车子就一晃而过了。在路的尽头,一片竹林茂长在那里。因为山太深,人迹罕至,竹林才完整地留存下来。很多人从很远的地方蜂拥而来,则是近年的事情了。通往竹林的,是一条千年古道,狭窄,凹凸不平,向险而去。为了吸引更多人抵达那片原生态竹林,当地人动手开辟一条新路,把原来的河道改造成水泥路。那条千年古道被荒弃了。村人站在路边,用手比画着,讲述他们所知道的关于古道的故事。新开辟的水泥路在千年古道的下方,即使是再热闹的旅游旺季,游人熙攘,也没有人留意高处的这条古道。他们奔走在新路上,直抵想象中的那个原生态景点。千年古道成为一个被封存被悬置的景观,无人参观,只是偶尔会在某些时候被村人说起。路边有溪水流过,叮咚作响,不知名字的鸟,在水流的清脆声中穿过。一块并不规则的金黄麦地,镶嵌在山坡上,让人心里格外空落和孤单。

这个守着一条千年古道的村子,居然有一个铁匠铺。多年来,我游走胶东乡间,在找寻农具的同时,隐隐盼望着哪天遇到一个铁匠。童年记忆里红彤彤的打铁情景，一直灼烫在我的心头。我从千年古道失意而归，却在村子里意外发现了那个铁匠铺。它比破落的村庄更破落，但看上去并没有彻底被遗弃。我很快就找到了它的主人——一个七十六岁的老铁匠。他几乎符合我关于铁匠的所有想象，苍老，敦厚，脸上刀削一样的皱纹里，填满铁屑状的东西。稍感惊讶的是，他竟然那么健谈，让人很难将他的言谈举止与木讷表情联系到一起。他表现出了常人难以接受的热情，一边口沫纷飞地讲解打铁知识，一边手舞足蹈地演示，比如火候如何掌控，比如落锤时的角度和力度有多少讲究。他似乎等待了很久，孤独了很久，对我这个陌生人的来访异常兴奋。我甚至在想，究竟是我偶然发现了他，还是他意外逮住了我这样一个倾听者？我理解他。他打了一辈子的铁，不舍得丢弃这个技术活，每逢镇上赶集，他就去摆摊收农具，直到攒够了一定的数量才开炉打铁，过上一把瘾。其实他生活得挺好，早就不需要依靠打铁来维持生计，他的手艺已经没有多大的现实意义。村里用上了机器设备，播种和收获都很少使用农具，铁匠成为一个多余的角色。他说他舍不得丢下这门手艺。这是一个人的坚守。不管世界发生了什么，我相信这个老人一定获得了常人难以理解的愉悦与安慰。那些打铁的岁月，没有仅仅成为苦难记忆。他现在更多拥有的，是回忆，在回忆中重新走过那些日子，守护一门已经没有多少现实意义的手艺，就像守候自己的余生。乡村铁匠赤膊抡动手中铁锤的童年记忆犹在眼前，那些火焰中纷纷落下的铁屑藏有我们最奇幻的想象和最简单的快乐。三十多年后的今天，那个曾经的孩童不需要任何解释，就理解了眼前这个打铁老人的热情。日子是渐渐凉却的铁，有着一种经年累月的巨大孤独。他与被这个世界淘汰了的手艺相依为伴。那天我亲见了他打铁的整个过程。他的表情有些悲壮，好像多年来的坚守就是为了等待这一天。他光着膀子，在通红的炉火前，酣畅淋漓地表演了所有手艺，认真，郑重，像在重温往昔岁月。这是一个民间手艺人对生活和生命的理解。我向他投去敬重的目光，并且按动快门，将某个瞬间定格。

老母鸡在草垛底下觅食，偶尔咕咕低叫，像在发一些牢骚。默立在村头的石碾，只有逢年过节才用一用。它已不仅仅是功能意义上的存在，至于具体是什么，我说不出，村人也说不出。我和他们都知道，石碾的沉实存在，对这个村子有一种不可解释也不可替代的意义。一个老农蹲在地头抽烟，他一动也不动，烟圈在他的头顶盘旋片刻，就像云彩一样飘向空中。

这是农村的一个普通场景，可是我仍然忍不住把它解读成了所谓的"守望"。我羞于将自己的解读告诉眼前这个老农，我知道他心里装的，与我心里所想的，截然不同。我与他之间，有一条看不见的深深沟壑。走在村里，随处可见"流动饭店"的字样，下面留有联系电话。村里的红白喜事，现在时兴找"流动饭店"，主人只需备好饭菜原料，厨师带着帮手和灶具登门服务，省力、省钱，且有面子。"流动饭店"的字样是用油漆刷在墙上的，旁边是同样用油漆涂抹的诸如"包治痔疮""种猪世界第一"等形形色色的广告，村人似乎并不介意。我跟随在他的身后，走下一道坡，拐了一个弯，再爬过一条长长的坡路，然后连续穿过两个窄胡同，在一座老宅跟前停步。本以为举步就会到达，没想到，他带我走了这么远的路，以至于我不得不怀疑他的这份热心。他把我丢在门口，一个人走出胡同，再出现的时候，手里拿了一把钥匙。他把钥匙对准锈迹斑斑的铁锁，试了几次，都没有成功。我接过钥匙，折腾好长时间，总算把铁锁打开了。

院子里长满齐腰的荒草，有浓烈的植物气息。我是陌生的闯入者，闯入一段被遗忘的时光。

这栋老宅像一个农具陈列馆，犁、耙、连枷、碌碡、耧车、锨、镰、蓑衣、畚箕……各式各样的农具覆盖了一层厚厚的灰尘。他说三十多年来没有外人进过这个屋子。屋里从来不曾通过电，我擎着火机，在断续的微光中逐一查看那些农具，心里有些激动。也许，这是三十年中唯一降临的光。置身这个昏暗的记忆库，我仿佛听到了时光流淌的声音。那些农具被我们搬到院子里，摆放，拍摄，他也像受到了格外尊重一般，脸上满是欢喜。他把一套驴具挂到院墙上，用手指画着告诉我每个部件的名字和功能，次槽、顶列、犁眼、亚力、扶手、不见天、托托……他越讲越来劲，渐渐有了一点神采飞扬的感觉。我被眼前这个陌生老农的情绪感染了。抑或，我对农具的寻访，激活了他埋在心底的遥远记忆。他的讲解让我重新认识了驴具，好似看到一头驴在山野里骄傲地劳作。粗糙的驴具，原来凝结着这么多精致的民间智慧。挂在墙上的这套驴具，让我想起那些久远的日子，想起坑坑洼洼的山野，想起劳作，想起农人朴素的脸，以及他们面对土地的态度。在乡村游走的日子，我也时常见到农家圈养的驴，它们不是用来劳作的，养大了直接卖给杀驴的人。那天在某个村子发现了一群驴。栅栏是敞开的，一群驴，百无聊赖的样子。我端起相机拍照，闪光灯惊吓了一头小驴，它围着我一阵狂奔，蹄子飞腾，卷起一片尘土，我躲到一棵树下，半天不敢走动。在城市街头，我曾亲见杀驴场面。那是一家颇负盛名的驴肉店，他们一直坚持在门前杀驴，以血淋淋的现场向顾客证明这里的驴肉是货真价实的。在一个虚假泛滥的年代，他们获得了预想的成功，生意一直很好，食客络绎不绝。

  暮色中，下起了小雨。院落里齐腰的荒草经过雨丝的清洗，新鲜了许多。邻家的烟囱冒出一缕炊烟，在细雨中若有若无，像是一些乡愁。

  一栋被遗忘的老宅居然藏有这么多的秘密，我以拍摄的方式，截取并带走了它们。这些年来我所寻到的农具，大多收在年迈老人家里。之所以留存，并非所谓收藏，也不是敝帚自珍，仅仅是因为贫穷，因为家徒四壁。一个家，总是需要一些物品填充的。这些早已没有用途的农具，他们舍不得丢弃，于是，它们成为一个空荡之家的组成部分，成为这个人的命运中永远无法挪走的一部分。对劳动工具的热爱，是一个劳动者最朴素的感情。我记得，农村刚搞联产承包责任制的时候，父亲对生产队里那些破旧的农具表现出了不可思议的热情。在招标拍卖现场，他不顾一切地冲在前面。几个恶作剧的人，故意把价格一再哄抬。这丝毫没有动摇父亲的决心，他如愿把那些农具买了回来，我们家为此背上了一大堆债务，好多年都没有翻身。后来，每逢使用那些高价拍卖回来的破旧农具，母亲就忍不住数落父亲一番。这么多年过去了，那些农具一件也没有留下来。我在乡间大海捞针一样地找寻，与童年的某种情结有关。

  楸树花落了满地。楸树旁边站着一所老房子，它身上传递出来的颓败感，打动了我。我举起相机，选好角度，又总觉得单调了一些，去附近农家借来铁锨和耧车摆到墙根，再从取景框看去，整幅照片的构图有了别样的意味。

  一个乡村女孩，大约十六七岁的样子，对我的拍摄很是不解。她问："有这么无聊吗？"我还没有开口回答，就传来一声巨响，老房子一阵剧烈颤抖，泥土从墙体纷纷落下。那个女孩乐呵呵地说："全村人都盼着你们来拆房子呢，再不拆，就震倒了。"从村人的牢骚中我听明白了事情的原委：村子附近有个矿区，被私人承包了，矿上每三天就得放一炮，据说足有好几吨炸药。每次巨响，村里就像发生一场地震，不是这家的墙体被震裂了，就是那家的窗玻璃被震碎。村人整天提心吊胆，不知道什么时候突然就响那么一下子，心里总惦记着有什么事情要发生。他们埋怨村干部不肯站出来替百姓说话，也有人说村干部站出来也白搭，金矿老板上面有人，能耐大着呢，你告到哪里也不管用……村人扛着镢头，站在楸树下看光景，说着村里的事，就像在说一些村外的事一样，看不出有什么悲愁。他们知道，日子总得过下去。

直到离开那个村子，我也没能回答那个女孩的追问。那些现实的苦难摆在那里，我以审美眼光从取景框里截取了自己所需要的那部分。它是真实的，但它不是全部的真实。我所留存的，并不是一个完整的真实的乡村，更多的现实苦难被所谓的美遮蔽了。艺术是有责任的。以拍摄的方式留存那些正在日渐消失的记忆，以审美眼光来面对乡村中那些被遗忘的事物，我的这种回望与寻访，在滚滚向前的潮流中是否真的有意义？这个所谓的意义，对我的寻访对象是有意义的吗？

并不仅仅是农具。还有农具曾经得以存在的乡村。乡村正在遭受巨大变化，失去了太多东西，包括农具。村人对农具的态度发生了难以想象的变化，农具成为贫穷和辛苦的代名词。他们像甩掉一个不受欢迎的事物那样，急切地甩掉一些农具，顾盼新的生活。新生活是什么样子，他们并不知道，没有人确切地告诉他们。在山野，我曾与一台锈迹斑斑的废弃拖拉机对视良久，直到觉得内心也长满了锈，才落寞地走开。

时光就这样打磨着村庄和村庄里的人。而这一切，都是在无意识中发生的。

我自知从来就没有真正理解过这些农具。对农具的理解，只有在经年累月的劳动过程中才可以真正抵达。我只是浮光掠影的寻访者。我找到了它们。我满足于这样的找到。在漫长的时光里，在现代化浪潮中，我这样做，只遵从内心的声音，并不期待来自外界的理解。永远在路上。我知道我的寻访注定是失败的。自始至终的失败。无能为力的失败。不可言说的失败。我在这种失败中体味到了更多的东西，悲壮，悲哀，还有悲情，它们不肯放过我。我在乡村的奔走与找寻，不过是为了一个不合时宜的"梦想"。我所拍摄和记录的，仅仅是村庄的一个截面。

截面承载的，是一段完整的隐秘记忆。

(原载《天涯》2015年第2期)

西沙旺

"西沙旺"已经名不副实了。"西沙旺地儿荒,零零星星几个庄。黄沙从秋刮到春,提来咸水洗衣裳……"这支童谣,依然记得这个城市曾经有着怎样的过往。二十多年了,一些事物匆匆而去,一些事物留了下来。这个我安身立命的地方,是曾经的西沙旺,也是如今的工业新城区。高楼林立,外商群聚,原本荒弃的土地开始身价攀升;零零星星的那几个庄,也都渐渐没了踪影,到处贴满"外向型""现代化"的标签。我走在街头,常有落寞的感觉袭上心来。从西沙旺到这个城市之间,仅仅是一段从荒凉到繁盛的距离吗?这些年来同样被改变了的,一定还有一些别的东西。

我来到这里已经整整十年了。最初的记忆里,西沙旺的路面有些单调,偶尔才能见到行人和车辆,特别是逢年过节,那些工作与生活在这里的人,都理所当然地回到一个叫作老家的地方,这里于是变得更加空落起来。时光交织叠加,现实在以比想象更快的速度发生着变化,置身其中时日久了,渐渐也就生出几分麻木。我亲见了西沙旺的成长,熟悉它的每一个细节。道路纵横交错,东西走向的用江河命名,南北贯穿的则以山脉称呼,三十六平方公里土地上,几乎包罗了所有美好河山的名字。长江路为主干路,泰山路属商业街……夹河是名不见经传的,但它是一条真实的河,一路奔波到这里,是为了融入黄海。夹河轻柔地把西沙旺与市区分割开来,一座长桥横卧河面之上,将断裂的道路牵连起来。人在桥上行,水在桥下漾,一半海水,一半河水,交汇之处依稀可辨。沿长江路走去，自东向西，依次是东村、海关、彩云城、天马大厦、行政中心、天地广场、科技大厦……这些原本没有意义的字符，已经嵌进这个城市的躯体，成为其中的一个部分。再继续往西，就是新区了。外资项目潮汐一样漫延，村庄在夕阳的余晖中沉默着，钢筋和混凝土结伴前行，越来越近。它们略过了那片葡萄园。在潮来潮去的日子里，我更在乎更惦念的，正是那片园子。它位于老区与新区之间，里面有一个很好的酒庄，窖藏了上百年的葡萄美酒。如今，葡萄园陷入工业重围之中，有一种说不出的孤单和尴尬。我一直在想象，一个飘着葡萄酒香的城市，该是怎样一个典雅、浪漫且富有底蕴的城市。向外地朋友介绍这个小城的时候，我总是一厢情愿地谈到葡萄园，谈到葡萄美酒。

这样的一片葡萄园，让人满怀倾诉之欲。在冰冷的楼群里，在匆忙的车流中，这种倾诉的欲望还有多少？

留住这片葡萄园，永远地。它是一个不可复制的梦想。

一场大雪，让那个冬天真正地成为冬天，也让人体味到冷暖之外的更多东西。雪把房屋压塌了，这是我所亲见的事实。雪是美的。当美以风暴的形式呈现，会给人带来什么？雪也是柔弱的。当柔弱携起手来，制造出的却是另一种暴虐和威胁。记得落雪那天，我正在书房里写着一篇与雪无关的文章。当我写完最后一个字，将窗帘拉开的时候，我看到一片耀眼的白。

去看望那栋被雪压塌的房屋。然后，我离开了。我一直没有说话，只是一个人在看，在走。脚下的积雪很厚，像一些坚硬的心事。行政中心对面的天地广场几乎全部结了冰，有人从中间凿出一条路，窄窄的，仅容三两个人同时走过。我走在雪地上，看到焰火燃放后的痕迹。焰火在高空展示辉煌和美丽，却在地面留下炭黑痕迹。我想象那些夸张的焰火，它们以夜空和白雪为背景，绽放，然后消逝。那个老人从对面如约走来。每天散步时，我总会在这里遇到他。据说他是一个退休了的局长，曾经有着笔直的腰杆，还有拒人千里之外的威严。此刻他正在散步，手里拽着一根细细的绳子，绳子的另一端拴着一只宠物狗。他面无表情地走过焰火燃放后的那段炭黑路面，然后面无表情地从我的身边走过。看着他渐行渐远的背影，我听到雪在融化的声音。

以雪为背景，我在做着一些很具体的事情。修理吸尘器，订购家具，邮寄信件，加班赶稿子……这些很具体的事情，在排队等候着我。我想绕过它们，但它们迟迟不肯放过我。一个人可以承受多大的压力？这是一个问题。一个人值得承受多大的压力？这是另一个问题。也许，我更适合更愿意面对的，是一张书桌，一张可以同时容纳风雨雷电、苦辣酸甜的书桌。这样的一张书桌，可以让我同时拥有宁静与不安、丰富与贫瘠、短暂与恒久，以及这样与那样……我总觉得我应该是那样的，而不该仅仅是这样的。这样的我总在为那样的我而焦虑，并且心甘情愿或者既不心甘也不情愿地忙碌着。

大学毕业那年的冬天也多雪。我应聘到西沙旺的一家外企上班，在郊区租住了房子。每天的早晨，我都会匆匆地穿过一段街巷，若是碰到面熟的人，就匆匆地点点头，然后说赶班车呢。那个时候，我觉得赶班车是一件值得骄傲的事情。我觉得我不是在赶班车，而是在赶一种被大家认可的生活。只要忙碌着就好，只要不再是流浪的、没有着落的就好，我把别人挑剔的目光，错认成了照耀自己匆匆赶路的北斗。那时我租住的，是一个四合院里的厢房，大约十平方米，没有水，有电，还有一个土炕，每月租金一百三十元。房东是个八十多岁的老人。每个月初的大清早，他都会很准时地来取房租。他总是一个人，赶很远的路来敲我的门。他咳嗽和哮喘的声音，比夜色还深还浓，常常从一个我并不知晓的地方出发，远远地就蔓延过来，成为我睡梦中的背景和底色。那时我的生活很拮据，经常需要饿着肚子。那是一九九七年的冬天，在烟台市建设路一片待拆的铁路职工宿舍区里，靠着一堆书籍和劣质纸烟，我熬过了那些孤寒的夜晚。第二年的冬天来临时，我从那家外企调入党政机关工作。办公室在六楼，单位在二楼有一间仓库，就做了我的临时宿舍。那间屋子先前是公证处的办公场所，宽敞、舒适，有着很好的暖气。我住在里面，渐渐地就有了奇思怪想，总想着某一天会有人来找我公证或验证一点什么，就像那段时间我所写下那些激情文字，总想为这个世界公证一些什么似的。事实上，直到我搬离那间屋子，也没有一个人来找我公证什么，我这才想起那个写着"公证处"的牌子早已挂到斜对面的另一个房间。在一个不挂任何牌子的房间里，我体味到了什么是安静，并且明白这个世界其实是不需要我来证明一些什么的。夏夜里，我几乎听得到窗外柳树的呼吸。柳条垂向的那一湾池水，沉默得简直让人无所适从。我住在那里，也工作在那里，白天从二楼坐电梯到六楼上班，下班后再从六楼坐电梯回到二楼。单位与"家"的距离这么短，我渐渐地感到了无聊和厌弃，开始盼着拥有一个真正属于自己的空间，哪怕是在某个居民区租住一间屋子，只要能与单位拉开一段距离就好。多年后我才明白了自己，那种想法的更深层次原因是，我想把工作和生活尽可能地区分开来。我不想让它们混合在一起。或者说，工作仅仅是谋生的一种方式，我对生活还有更多的理解和想法。这个想法从此就一直跟随着我，再也没有消失过。

　　从单位到家是十分钟的路，从家到海边也是十分钟的路。从家去单位，然后从单位回到家，是每天都在重复的事情。偶尔，我也会去海边走一走，比如在高兴的时候，或者不高兴的时候。穿过一片防护林，海就在身前了。

　　海是阔大的。海边的路并不宽阔。我在海边并不宽阔的路上来回走动，向往着走出一份阔大的心境。我时常看到一个人在海边旁若无人地吊嗓子，那些来自心底的奇异腔调，不知大海是否能够听得懂？一群穿红袍的老人在练太极拳，他们的一招一式都认真、含蓄，而且绵长，像是躲在潮汐背后的一种力。这样的力可以推动潮来汐去，却总也拨不开早晨清淡的空气。我觉得这里面有一种人生哲学。他们付出大半生的时间，终于弄懂了这种哲学。我也一直在试着去懂，但总也无法抵达，感觉不是多了一点什么，就是缺少一点什么。我相信他们一定经历过太多风浪，一定也曾有过激烈和抑郁，如今都已释然了。在海的面前，他们不需要任何回忆和解释。

　　沿着海边走，我时常看到一些年轻人在沙滩上嬉戏玩耍。他们把垃圾丢得到处都是，在阳光下格外刺眼。我也看到那些漫步的人，随手就将烟盒或饮料瓶子抛向大海，然后心安理得地离开。我想，这些应该不在电子眼的监控范围吧。不在监控范围的，其实还有很多事情。那天，我在海滨路上散步，看到两个拾荒人拥挤在公用电话亭里避风，他们衣衫褴褛，神情漠然，互相并不说话，像在积攒所有力气来抵御外界的寒冷。接下来，我看到一个老人倒在前方的路边，像影片中的慢镜头一样，他慢慢地倒了下去。来往的车辆若无其事地来来往往。终于有一辆车减速停下来，司机刚从车窗探出头，就被车里人一声呵斥，然后匆匆摇上车窗，一溜烟儿地开走了。我离那个倒下的人越来越近。我想过去扶起他，又担心惹上某些说不清的麻烦，好心人因为救人被诬告被索赔，早已不是什么新闻了。我不断在心底劝告自己，多一事不如少一事。掏出手机正准备报警，躲在电话亭里避风的两个拾荒人已经走过去。他们扶起倒在地上的老人，然后不停地招手拦车。来往的车辆仍在若无其事地来来往往，有的车辆甚至提速了。终于，一辆人力三轮车停下来。他们手忙脚乱地将老人扶上车，然后飞速地向着医院的方向蹬去。我愣在那里，好长时间没有动身。就在不久前的某个傍晚，我在海边还看到一个妇人与人力三轮车夫讨价还价。她的怀里抱着一个孩子，她讨价还价的认真与她的时髦穿戴，以及人力车夫苍老的脸，好像不在同一个时空。因为怀里的孩子开始哭闹，她终于在三轮车上坐稳，然后对着孩子说："宝贝你如果再哭，长大了也让你去蹬三轮车。"那孩子居然不再出声，变得安安静静起来。同样沉默的，还有那个蹬三轮车的人。他一言不发，低头蹬着车子走远了。

　　那天我沿着海边走了很久，也走出很远。在一个小渔村，我看到满地蠕动的挖掘机，一片浩大的施工场面。据说有个重要的工业项目落在这里，需要填平一方海域。那是我第一次看到填海工程，巨大的石墩井然有序地摆进海里，然后是乱石、混凝土，等等。偌大的海，那些鱼儿该去往何处？

　　一直以为，我与这个叫作西沙旺的地方有着相同的体温，有着一份不必言说的默契。我常常念想它原初的模样，黄沙漫漫，阡陌纵横，一片并不美好的田园。二十多年过去了。我想写下这个城市的成长，写下它的繁盛以及繁盛背后的东西。拿起笔时，我才发觉自己对这个城市其实并不了解。这个没有炊烟的栖息地，总让我觉得心里有些空落。也许，这仅仅是我安身立命的地方。我的梦想一直是在远方，在别处的。记得有天傍晚，我在法院门前等人，居然看到了一个做爆米花的老人。老人的脸膛是黑色的，比他手中摇着的炭炉还要黑。这是我的童年记忆中的人物。他穿街走巷，不知道穿越了怎样的一段距离，才从乡村胡同走到现在的高楼与高楼之间。看着这个原本属于乡下、属于记忆的场景，看着做爆米花老人黑色的脸膛和龟裂的手，还有那装着我的童年快乐的小小火焰，我有一种说不出的感动。我站在那里，安静地看着这一切，一股暖意从心底渐渐涌起。然后，一辆城管的车冲了过来。然后，车上跳下几个穿制服的，抬起炭炉丢进车里。然后，他们就走了。老人吃力地直起腰，满脸的茫然。我是旁观者。我看着茫然无措的老人，看着老人背后的影影绰绰的人群，还有来了又去的风，觉得心里有一点小小的火焰在抖,在抖,终于抖灭了。

　　这是异乡。我的故乡在别处,在心里。岁月如河,谁曾察觉流水的伤口?那些炊烟,那些蛙鸣,那些素朴的日子,我都用心珍藏着。它们留存在记忆里。它们只能留存在记忆里。这个曾经叫作西沙旺的工业新城,到处都是生产流水线。在这冰冷的格式里,我期望邂逅一些与炊烟蛙鸣有着同样品质的事物,它们来自一个我再也回不去的地方,带着久违的温情,还有说不出的痛。

　　(原载《散文》2008年第9期)

虚掩的门

  机关大楼的地下室弥漫着一股霉味。地面光洁，纤尘不染，许是因为这里常年照不进阳光，空气有些潮腐。电梯里挤满了人，有人在轻声慨叹杜鹃开得不如去年旺。每天从这里上楼下楼，我居然从没留意到楼梯口还有一盆杜鹃花。电梯门缓慢地合拢，我从渐渐缩小的门缝里看到了那盆杜鹃，红色的花朵欲语还休，散发一种与这楼并不协调的气息。花的色彩是艳丽的，气息却是微弱的。电梯的门彻底关上了，开始缓慢上升。在这方封闭的小小空间里，大家的话题仍然是关于杜鹃的。一个人说，他家里曾经养过几盆杜鹃，后来不知什么原因都枯死了。另一个人说，杜鹃更喜欢在潮湿的地方生长，比如这栋大楼。电梯和话题几乎是同时戛然而止，我们走出来，向着各自的办公室走去。

  机关大楼的后面开了一道狭窄的口子，那是个后门，门上挂着红绿相间的帘子，容易让人联想到十字路口的红绿灯。有的人不走正门，把车停在楼的侧面，向后拐几步，从这道后门就进了大楼。每天上班前和下班后的半个小时，后门像是机关大楼的一道伤口，注进一些什么，或者流出一些什么。除此之外的时间，它就被关闭了，既不注进什么，也不流出什么。后来，有个上访户随着早晨上班的人群从后门混进大楼，不乘电梯，沿着楼梯爬到顶楼，直接到了某个领导办公室鼻涕一把泪一把地诉苦。后门从此被锁起来，红绿相间的门帘也被揭走了。把后门堵死，最不适应的是机关干部，他们轻车熟路走惯了，突然遭遇铁将军把门。有人说门本来就是让人走的，怎么可以堵上呢。还有人说门的存在总是有道理的，堵不是办法，畅通无阻也不是办法，最好的解决方法就是既给人便利，又不会出问题。后来，机关大楼的那道后门重新启用了。重新启用的后门又挂起红绿相间的帘子，而且增设了两个保安把守。

机关大楼前面的空阔地带常常成为表演的舞台。浩荡的秧歌队，打着"工业新城，和谐新区"之类的红色标语，面向机关大楼载歌载舞。与秧歌队的红色标语相对应的，是楼前赫然醒目的"团结紧张，严肃活泼"八个大字。他们对着机关大楼演唱，没有观众，只有机关大楼数不清的窗口，像是一双双木刻的眼睛。"我们唱着东方红，当家做主站起来。我们讲着春天的故事，改革开放富起来……"歌声嘹亮，末尾的一声"谢谢——"，拖腔拉调，有点正经，又有点假正经。然后一个东北口音开始报幕："下面我给大家朗诵一首诗，《沁园春·雪》。"配乐骤响，嗓音扯起，好似一场雪灾从天而降，让人唇冷齿寒。紧接着峰回路转，一个年轻人开始如泣如诉地唱："你看，你看，月亮的脸偷偷地在改变……"他们面朝机关大楼放声歌唱。路人不以为奇，偶尔有人驻足，然后飞快地走开。有时，机关大楼门前会聚集另一些人，他们不肯离去。从窗口望去，是模糊的人群，看不清一张张具体的脸。每个窗口都隐着一双眼睛。警车横在大院门口，有人站在门里向门外的人群喊话。我站在楼上，听不到他们的声音，只有风在窗口呜咽。

每天下班走出机关大楼，我总忍不住在某个角落驻足，回头与大楼对视一阵子。天色已晚，机关大楼像一个神情肃穆的老人。记得是阳春三月的某一天，一个红衣少女在机关大楼门前旁若无人地吃雪糕，偶尔还旋转一圈，像是站在舞台上展示美好的身材。她的身材真的很美好。也许在她心目中，机关大楼与饭店、超市并没区别。抑或，她把这栋大楼当作了展示美的背景。我喜欢这样的简单。可是在某些人看来，这位时尚的红衣女子在错误时间和错误地点，做了一件并不正确的事情。

那段日子，我一直守候在电脑前等待某个消息。现实的荒谬已经超过了人的想象限度。虚拟的网络世界，浮出一张张最真实的表情，还原了被掩饰、被篡改的现实。心痛，无力和无奈，以及由这无力和无奈而催生的固执抗争。那些看似与己无关的遥远事件，已经介入"我"和"我们"的生活。我守在电脑前等待和搜寻，那些声音日渐微弱，终于黯淡下去。

沿着海边走，我们不说一句话，不抬头也不回首，只是一直低头走路。穿过沙滩，进入一片防护林，一棵又一棵树被抛在了身后。不知道走了多久，也不知已经走出多远，前方有许多人在争抢东西。一个中年妇女抱着花花绿绿的纸盒迎面走来，几个没抱紧的盒子掉了下来，我弯腰帮她捡起，是"消炎止咳片"。她顾不上说谢谢，用下巴示意了一下身后的方向，说赶快去捡吧，都快抢光了。我们快步走过去，才看清是一帮子人正在哄抢药品。形形色色的药品撒了一地，有的包装完整，有的已经破烂不堪。我捡起几盒，全是过了保质期的废弃药品。我对他们说，这些药都是过期失效的，有的恐怕还有毒。他们并不理会。一个老人说："这些药很贵的，再说了，从医院买的药，就不是假的？"我无法劝阻他们。我的劝阻是苍白无力的。在一个患病的时代，我们都是有病的人。我们服用的，是无效甚至有害的药物，这像一个关于疾病的隐喻。我不再说话，继续往前走，路过一棵又一棵松树。松树有弯的也有直的，有粗的也有细的，不管高矮曲直，它们都是松树，成长在同一片林子里。身后，捡药的人们陆续散去，有蛙鸣传来，像是善意的提醒。想起西班牙作家米利亚斯的小说《对镜成三人》中的一个片段：主人公胡里奥的父母曾到乡下住了几天，过一种亲近大自然的生活，他们的房间在最底层，正对着一个周围长满小草的池塘。早上起床，他们穿好衣服，到户外聆听蛙声，但不清楚青蛙藏在何处。有一天，一只青蛙旁若无人地叫个不停，他们很是诧异。当他们离开时，它却停止鸣叫了。这实在太不可思议了。于是他们就拨开灯芯草，发现了埋在那里的一个电子装置。那装置有感应器，人一靠近，它就会模仿蛙叫出声。他的母亲回忆这个细节的时候笑着说，从那一刻起，他们就什么都不信了，农舍、田野、老奶奶的蛋奶点心、柴火烤的面包……所有的一切，包括乡村本身，在他们看来都像是一道布景。

走出防护林，是一个十字路口。附近一家餐馆门前围了一大群人，他们在围观现场杀驴，偶有叫好的声音传了出来。当街杀驴，是这家餐馆的营销策略，我已经遇到好多次了。我们走过去，一头驴已被杀死，地上留下一摊血，整头驴被分解成为一堆驴肉和骨头，正散发着最后的余温。这个血腥场面，仅仅是为了向路人证明驴肉是货真价实的。餐馆的门顶贴着一行歪歪斜斜的字："本店如用地沟油，天打五雷轰！！！！！"这行字的后面紧跟五个夸张的感叹号。我们进了门，选择临窗的位置坐下。窗外堆放着驴肉和骨头，是一头驴的另一种存在形态。把目光挪开，我看到路的对面新开了一家服装专卖店，巨幅广告牌上，几个少男少女用牌子挡住身体的某个部位，嘴边赫然写着："不能再低了！"这个幽默创意，是以满地的驴肉和驴骨为背景的。

　　直到午夜时分，我们才走出那家餐馆。外面下起了雨。送朋友上了出租车，我开始一个人在雨中走。雨是无声的。我在雨中和自己说话。路边有一个废弃的羽毛球，我一边走一边踢，居然渐渐踢出了一种轻盈的感觉。我不记得走了多长时间，也不知道自己究竟对自己说了些什么。我被雨淋湿了，陷入一个迷乱混沌的世界。

　　盛大的开工仪式现场。走在红地毯上，我摇摇欲坠。这片原本生长庄稼和野草的土地，现在铺上了红地毯，像是被血浸染的一样。我吐了一口痰，红色地毯上开出一朵素洁的小花。

　　我常常感动于乡下的黄昏，一头牛在安详地反刍，蚊蝇乱飞，牛并不理会，只是咀嚼属于自己的生活。我们的很多所谓适应，最终成了一种追逐。蓦然回首，才发觉我们苦苦追寻的东西，其实正在迅疾掠过的身后。我们将去往哪里？那些看不清楚的远方，并不是我们真正需要的。我曾亲见一座城市是如何在短短十年间耸起的。这个所谓的当代神话，正在不断复制和泛滥。所有违背自然规律的成长，一定有着不为人知的缺憾和陷阱。那年的一场大雨，大海变得浑浊，它在最短时间里接纳了降落到这个城市的所有雨水，在沉默中拯救了这个城市。临海而居的人，理应懂得感恩，心怀敬畏。夏天陪年幼的女儿在海边游泳，她认真地问我："爸爸，等我长大了，这片海还在吗？"看似幼稚的问题一下子击中了我。这片海早已不是十年前我初见的那片海了，它的宽阔胸怀被填进了人类污浊的欲望。再过十年二十年，这个海将会变成什么样子？沙滩上留下了"城市化"的倒影。一对来自建筑工地的民工兄弟，在深情地唱一支叫作《春天里》的歌。我一遍又一遍地听，忍不住热泪盈眶。他们打动了我。二十年前，我也曾在异乡的建筑工地挥汗如雨。如今，生存似乎不再成为一个问题，我已变得冷漠和麻木。一扇虚掩的门，暗示了我与外部世界相处的状态。我的内心装有纱窗，拒绝灰尘和蚊蝇的闯入，我只想守住一方小小的安宁。我站在门口一次次远眺，那些卑微的人一如既往，那些被色彩粉饰过的谎言正在招摇过市。已经多少年了,我躲在门后注视着外面的世界,外界的阴晴冷暖都与我有关。终将有一天,我会积蓄足够的力量,推开这扇虚掩的门,走向街头迎接风雨的到来。

所有看似紧闭的门,其实都是虚掩着的。

对于前方,除了风尘仆仆地赶路,一定还有其他的抵达方式吧。

我已经抑制了太多的想法,它们来自内心,注定也将消失于内心。置身支离破碎的生活,我企望拼贴一个完整的想法。前路苍茫,理性自觉本身,即是生命中最重要的意义。

这扇门并没有彻底关闭,上帝无须为我再打开一扇窗子。透过虚掩的门,我看到了外面的影子,它们足以击溃我对未来的所有期待。

日记本扉页抄录着一段摘自报刊的文字,我曾在深夜里无数次地面对它——

"当鱼在水中窒息时,就会冲向水面,此刻它的唇吻已经戳破了水皮,进入不属于它的空间,而身体还浸泡在如旧的水里。就在水与空气的交界处,就在那非法的瞬间,鱼进入了创作。创作是被迫的、伟大的、时常的窃取,一个人必须进入某种程度的非人状态,才能将自己打出去,在创造的空间中飞行。那种飞行没有什么具体目的,只有一个遥遥的指向。同时如果它被击落,也不该被什么具体目的击落,宁肯被一缕光击落。真的,也只有光才配击落它。"

是的,宁肯被一缕光击落。也只有光,才配击落这样的夜晚。然而光在哪里?

(原载《山东文学》2013年第1期)

齐国故地

是在若干年后,我又回到这里。

山水无言。八百年齐国故都的气韵,透着隐约的熟悉感。这些安静的山与水,就像风中蓦然回首的女子。她并不华丽,但丰富,内敛,充满着让人心安的意味。这样的所在,暗含了一个无法言说的期待。

岁月的光影。

历史的残片。

还有阳光。还有雨露。还有风花雪月。还有生死离别。还有作为人的这样或那样的想法。

一步恍若百年。行走在齐国故地的日子,宁静,踏实,连同一波又一波难以自抑的慨叹,共同地支配着我,引导着我。没有太多包装痕迹,也很少给人预想之外的惊奇,置身其中,彼此好像前生就已相识。而我的到来,正是为了赴一场前世的盟约。那些山与水,很懂事地滤去我的心事,让这个在人潮中匆匆赶路的人,心甘情愿地停下了脚步。

一座山,一汪水,甚至一棵草,一片叶子,都是一个真实的存在。它们心里藏着千年往事,陌生而又熟悉,遥远但是亲近。从白天到黑夜,从开始到结束,从历史到现实……它们在守护着这片土地。

那个黄昏,我站在夕阳的余晖中,遥望旷野深处的一片古冢。我看到了它们,看到它们载着曾经的生与死、爱与梦,正在一步步离去。我听到它们撤离时低沉的回音。夜色越来越近,越来越浓,终于将这一切淹没。

陷身黑暗之中，我能同谁说话？谁愿停下来倾听另一个人的喃喃低语？

　　车子在固执地颠簸着。透过车窗，我看到轰鸣的挖掘机、飞扬的尘土，到处都是热闹的施工场面。可以想象，这条宽阔公路很快就会被修好，到时我们可在更短时间内抵达想要去的地方。

　　颠簸在齐国故地的这条山路上，我一直在想着与道路相关的事情。在并不遥远的二十世纪，一个诗人曾经先后写下了《中国的道路呼唤着汽车》和《中国的汽车呼唤着高速公路》两首诗。洋溢在诗行间的激情，曾让初学诗歌写作的我长久地激动。多年后，我开始对所有激动的、抒情的东西产生了一种本能抵触。这世上写诗的人已经越来越少，有着诗人情怀的人好像越来越多。他们凭着满腔的所谓豪情，遇山开山，见河架桥，把道路修到了任何想去的地方。车辆更是亦步亦趋，雨后春笋似的填满路面。距离在缩短，效率在提高，我们离某种真实却越来越远。

　　"一切的路都朝向城市去。"这是比利时诗人维尔哈伦关于道路的预言。他也是一个诗人。他是在卢昂不幸被火车碾死的。他死在了路上。一百多年后的今天，现实验证了他的预言。在通往城市的路上，大家争相拥挤着。这个事实的另一种说法是，城市在迅速地向乡村"辐射"和"扩张"。乡村究竟是处在主动还是被动的境况，这已不再重要。重要的，是乡村正在迅速地被改变。

　　我们到了一个叫作"和尚房"的古村落。在山的深处，房屋和树木稀稀拉拉地存在着，凌乱中透出一种潜在的秩序。那些房子很少有用混凝土的，大多由石头直接堆砌而成，但结实程度容不得丝毫质疑。我们走进院落，拴在木桩上的黑狗慵懒地翕动眼皮，装作未被惊动的样子。墙角堆满了黑杂木，一位满头白发的老人，漠然地打量着我们。在老人身后，扎着小辫的儿童，正在顽皮地蹦跳着。尝一口清冽山泉，然后我们不约而同将瓶中的矿泉水倒掉，用空瓶子盛了那泉水。向几个当地人打听，这里缘何命名"和尚房"，他们一律地摇头，一律地满脸茫然。一个如此冷僻的村落，有着如此怪异的名字，居然无人知晓它的来由，这就更加怪异了。我们这一伙从城里远道赶来的人，年长些的，脸上有着掩饰不住的慨叹，大约是受了这古村落的触动，心头泛起某些似曾相识的记忆。孩子们则全然一副懵懂神态，对于城市之外的这些事物，除了新奇和好玩之外，他们再没有什么别的感觉。至于大人们的那些感慨，看来他们是不能也不愿去理解了。

　　车子行出老远，我还不时地回头看那村落。它躲在山的皱纹里，一副很古老很安详的样子。它的古老和安详，让我想了很多。我是乡下人，从小在山村长大，后来蜗居到了城里。这么多年来，我无法真正融入城里的生活，但我也清楚，自己是永远也回不到山村了。生活在城乡间隙里的这个人，作为"和尚房"的匆匆游客的这个人，在这里获得了难得的慰藉。在齐国故地，在城市的羽翼之下，居然有着这样一个有性情的所在，委实是一件让人心动的事情。

　　这个叫作"和尚房"的古村落，对于等待的耐性，已经远远大于它行走的速度。这个时代已将它抛在身后。我们是折回来的一群。我们不是为了寻找什么。我们是在缅怀自己。

　　想到在别处的那些地方。譬如周庄，一个以古典著称的地方，到处弥漫着浓重的现代商业气息。一个原本宁静的小镇，每天却要承接成群结队、纷至沓来的中外游客。甚至，作为水乡的周庄，它的水也不再明澈……这是我亲见的周庄。这是我曾经日夜惦念的周庄。这份存在的悖谬，大抵应是现代文明最有意味的地方。丝丝缕缕残存的古典气息，像在无奈地挣扎着。我端坐摇船上，听两岸叫卖的呐喊，心中的困惑越来越浓。莫名地，居然开始羡慕那个最初"发现"这里的人，他肯定不是像我、像我们这样的游人。

　　一些原本山清水秀的地方，开始布满纵横交错的索道。花花绿绿的游乐设施，也被从城里搬了过来。从一座山到另一座山，不再需要什么翻越与跋涉。距离在缩短，因距离而存在的美感也随之消散。那天在主人的盛情安排下，我乘坐索道离开那个并不算高的山头。滑行途中，我听到声嘶力竭的流行音乐，听到索道金属相互摩擦时的窃窃私语。低头看浅浅河水，有红色的鱼在轻盈游动。我像一只笨重的鸟，被捆绑了翅膀从河面掠过，心一点点地拧紧，直到拧出了一种说不出的滋味。

　　想到愚公移山。山被铲平，树被砍伐，农田被征用……并不是所有的过错都可以弥补。以所谓征服自然的方式彰显人的抱负和力量，结果是亲手将自己一步步逼向无助的境地。当价值建立在一种浑然不觉或自以为是的错误基础之上，对这个价值自身的存在，我们又该做出怎样的价值判断？

　　想到精卫填海。精卫的执着，可敬，但更可怕。精卫翻飞的羽翼，承载着人的贪婪目光。

想到一匹月光下的马。它迅疾地来,又迅疾地去。我看到了它,却无力挽留它。它载着我的目光飞快消逝。它把我的惦念和忏悔拉得好长好长。

想到康·巴乌斯托夫斯基笔下的"最好看的霜"。他在《洞烛世界的艺术》中引用一位画家的话说:"每年冬天,我都要到列宁格勒那边的芬兰湾去,您知道吗,那里有全俄国最好看的霜。""最好看的霜"这个微凉的意象,分明让人感到了一丝温馨。一位生活在齐国故地的友人,曾跟我讲述过她是如何穿过一片闹市,然后到那个广场看望一株樱花的事情。她说那个广场长满了各种各样的花草,在某个角落里有一株樱花。她一直惦记着那樱花是否开了,每天不去看一看就难以入睡。这种惦念持续了好多日子,直到有一天樱花凋谢了。

一朵花从绽放到凋谢,该是一段怎样的路程?

惦念一朵花的绽放,我们可曾有过这样的回忆?

我珍视这样的惦念。但我不知该如何告诉你,这样的日子,这样的山水,还有这样的我的犹疑。

不曾想过,齐国故地居然藏了这样一片安静从容的水。

第一次去那里,完全是因了友人的安排,事先没有丝毫的了解,也不存在任何的企盼,感觉自己仅仅是在走向一个平常的所在。甚至,当友人在路上介绍它古时曾被称作"少海"的时候,作为一个久居海边的人,我其实是有些不以为然了。这般心态,很快就被闯到眼前的景象淹没。我看到了水,看到大片大片的芦苇荡。水漾漾的,像一条淡绿飘带,被密密的芦苇托举着,轻柔而又灵动,安静但不呆滞。水波泛起,芦苇们迎风起舞。居住海边的日子,一直感觉自己像一滴水;而在这里,我更向往的是成为一株水中的芦苇。这些在《诗经》中被称作蒹葭的植物,让人想起在水一方的伊人。伊人不在,一只不知名字的水鸟,停栖在我们刚刚驶过的地方,它安安静静的,不忍心打扰我们这群同样安静的游人。一次次想到那个叫作梭罗的人,想到他笔下的瓦尔登湖,想到干脆从此留下来,什么也不要带来,什么也不想带走,只是这样一个人留下来,留在这水这苇丛之中。

它有一个响脆的名字:马踏湖。相传春秋战国时期,齐桓公历经南征北战,最终击败各国诸侯。一日,他在桓台的起凤镇会盟各国诸侯,众诸侯唯恐落入齐桓公圈套而率大军前来，这片平地被马踏成了湖，"马踏湖"由此得名。曾经的战乱之地，如今成为一个风景秀美的所在。倘若身心沉静到了极致，你会感觉有万马嘶鸣的声音在湖底涌动。湖面波澜不惊，落英无言。水是从容的，像抒情诗一样舒展，平静的湖面倒映着两岸的垂柳和芦苇。与其他的湖相比，马踏湖既不小巧，也不浩渺，近百平方公里的湖区，被纵横交错的沟河分割开来。十几个村落，约几万户人家，很随意地嵌在湖边，藏在苇荡与绿树丛中。横七竖八的小船，则悠闲地停在门前或桥下。因为芦苇的存在，这里的水变得含蓄。水与芦苇若即若离地牵着手，在风中遥相呼应。湖民们则在小桥上来来往往，撑着小船探亲访友，生产劳作……

小桥。流水。人家。房在湖边立，船在门前泊，一道道节制的水，还有无拘的芦苇，构成了美丽的画面，让人心里忍不住地激动。

马踏湖的舟，当地人唤作"溜子"。"溜子"载着湖民的生活，也载满游人的兴致。加上一根竹篙，就意味着一个又一个新的可能。与我们同行的船家是一位素朴老人。竹篙在岸上轻轻一点，"溜子"便倏地蹿出好远。我们端坐小马扎上，听船家絮絮叨叨，看水，看两侧芦苇裸露水中的根。在这样的时候，可以随便地想些什么，也可以什么都不去想，所到之处，低头是漾漾的水，抬头是密密的芦苇。船缓缓地行着，这样或那样的心事都渐渐地抛在船后，沉到了这湖底。清风像梳子一般，将船后的水面梳成柳枝形状。

水有些深邃，有些不够清澈。水面平整得像柏油马路。在这里，我才真正理解什么是"水路"。我们这是真的在走水路啊，水上的路。船家说，马踏湖共有两千多条河道，交织成网，蜿蜒成四百多里的水路。倘若没有向导引路，游人大多会被搞得晕晕乎乎，不辨东西南北。湖区的水路或长或短，或窄或宽，不管如何纵横交错，水路之间都是相通的。常常是芦苇挡在了面前，水也行到了尽头，正是无路可去的时候，只需竹篙在水面轻轻一点，眼前可能就出现座座房舍，闯入了别一番境地。

理解马踏湖，从水开始，到水结束。至于无边的芦苇，好似从心底旁逸出的思绪，葳蕤，且充满了灵性，它会跟你娓娓讲述一个又一个关于水的故事。苇花飘散，那是水的纷纭心事。还有亭亭的荷，一段藕节就是一段长长的往事，它们沉默着，它们不肯说出口。

在湖边，我见到一些久违的农具，它们与我的乳名散发着同样气息。水磨，石碾，木推车……像一支童年的歌谣，亲切，温暖。在农具旁边，湖民紧张地劳作着。一个老人正在纺纱，满脸皱纹里有着几分安详和自足。犹豫再三，我掀起她身边的锅盖，看到了里面的干粮。那是老人的午饭。石碾旁边，年轻的母亲正与年幼的孩子在推磨。他们是游人，他们在以游人的身份体验劳作。仅仅是体验。也许，年轻母亲记忆里的石碾，将是她的孩子永远也无法理解的。他正在快乐地推着石碾。他永远也不会知道，石碾声声，声声都响在这个站在他身边的人的心头。那是关于童年的乡村记忆。

而这里的一切，与古齐人有着怎样的一种隐秘关联？

济青高速公路淄博段，有一块十分惹眼的路牌："一九九〇年全国十大考古发现之一。"由这里，你会发现，历史和现实在同一个横断面上相遇了：地上，川流不息的是各种现代化交通车辆；地下，静默的是春秋时期十三辆战车和三十八匹战马。空间距离十几米，上下时隔两千年。

我相信齐国故地是有着一种"场"的。它在层层的遮蔽中，固执地留存下来。作为一个过客，在那些步履匆匆的日子里，我感受到了它。当我试图用语言呈现它的时候，我感到语言的苍白和无力。它本来就不属于言说。这样的一种"场"，既是一个浸透着历史意味的地域概念，更是一种超越历史、依托地域环境而坚持着的行为方式。它的务实、开放、尚变、兼容的文化特质，已经越来越凸显出来。我们忽略它已经很久了。当远行的背影越拉越长，一种带有童年属性的质地开始显现。我们终于发现，多年来苦苦追寻着的，正是我们已经放弃了的童年。你的，我的，人类的童年。

其实，我们从来就不曾真正地离开过它。

它是源。它由泉而湖，水越积越深，越来越可以承载更多的东西了。它不像远行的河流，它一直留在这里，等待我们终有一天的寻访。现实在遥远且熟悉的地方，念想着它曾经的模样。比如开放性，比如改革性，比如包容性，这些漂荡在历史潮头的东西，其实早在两千多年前就已经被它拥有。这些曾经的理念，正以现代的方式恢复并散发出新的光泽。行走在齐国故地，我一次次想到这样的四个字：途中的根。

是的，途中的根。时光在行走，世事在行走，人们在行走，而根一直留在了那里。它一定是在固守什么。它相信那些远行的人终究还会寻找回来，意义将在寻找的过程中重新焕发。那些泥土的光泽，在阳光下沉静又安详。

　　有时想，齐国作为春秋首霸、战国七雄之一，在先秦的历史舞台上可谓举足轻重，但最后统一中国的为什么是秦国而不是齐国？假若历史可以重演，假若当初是齐国统一中国，那么历史的进程又会怎样？

　　历史拒绝假如，但对历史的反思与追问是不能没有假如的。

　　历史在当代讲述了什么？这个城市的街头，到处都是郁郁葱葱的法桐树，粗壮，沉稳，很是经历过一些风雨的样子。成群的灰喜鹊栖息在树枝，居高临下地俯视着来来往往的行人与车辆，全然一副城市主人的神态。阳光透过树叶筛落在街道上，斑驳中居然渐渐有了绚烂的感觉。这些树如同一个个充满智慧的长者，它们不动声色地存在着，它们心里装着这个城市的过去、现在和将来，它们的根系牵连成为这个城市的底蕴。一座历史悠久的城，倘若缺少了粗壮的树，简直是不可思议的。多年以来，我固执地坚持着这样一个评判标准，就是对那些有着大树的城市心存好感。我相信一个能够容得下树木的城市，应该还会容得下更多别的东西。建造楼房可以缩短工期，而树的年轮无法"提速"，那些风风雨雨是要亲历的，无法略过也无法逾越。树在考验着人的耐性，在对人的素养和城市的品格做出无声评判。在齐国故地，我看到那些粗壮繁茂的法桐，看到一个又一个阔大的广场。那是一些经历了若干年月的树，它们正在吐出新绿，焕发新的生机。

　　在城市的纷扰声中，我想象着一个须发冉冉的长者，他端坐山水之间，一言不语地打量着这个世界。然后，他淡淡地转身，只留下一个背影，留下一片氤氲的气息。这世界于是渐渐安静下来。

（原载《散文》2007年第8期）

卷二
彼在

海边栈桥

我忽略身边的海已经很久了。一只作为景点的锚默立海边，斑斑锈迹留下太多风浪的痕迹。游人熙来攘往，很少有人在意或理解它的存在。谁愿停下身来，听一只锈迹斑斑的锚的诉说？

海是不可解释的。可以感受，可以想象，唯独不可解释。

滨海路沿着海岸线蜿蜒前行。落日在海天交接处静静地浮着，海在脚下涌着温和的浪。咸涩的晚风，将我满身的疲惫一层层剥落。薄薄雾气中，隐约传来海的沉吟，宛若一抹最本真的召唤。曾经丛生的礁石消失了，栈桥依旧。一对恋人撑着小花伞，相依相偎地在栈桥上踱步。相对于彼岸，栈桥的意义在哪里？我喜欢栈桥，喜欢它欲言又止的样子。我一次次地走向它，走向这段并不遥远的"桥"，这段让人身心宁静的"路"。没有人会希望通过栈桥到达彼岸，它只是把你送到一个距离美更近、感受更真切的地方，将彼岸定格在视野与想象之中。这是它与其他桥的区别所在。独立栈桥，迎着海风，我不知道是海水充盈着沉默，还是沉默充盈着海水。夕阳已经沉没，海的余温让人心动，让人想象晨曦是怎样再次托起这个城市。懂海的人，此刻应该是沉默着的。

我曾在大海深处的一个小岛上度过数日。那天我们驱车赶到海边已是日暮时分，薄雾蒙蒙，只觉海天一色，渐渐地便从海浪声中辨出机帆船的声音。大家于是雀跃起来，岛上的人应约驾船来接我们了。一阵忙乱之后，船在海中稳稳地漂了约半个小时，然后停泊在一个小码头。下了船，便爬坡，坡势不陡，却挺长。我们背着行囊，走走停停，气喘吁吁，好久才遥遥地看见躲在树丛中的村落。村子不大，不足百户人家，屋舍若隐若现，藏在山的半腰，看上去不甚规整，却与这岛的风格极为相仿，显得格外和谐。岛人热忱地接待了我们，住处是两间古旧屋舍，屋后有树，树下有石桌石凳。大家围着石桌坐下，把酒临涛，其乐融融。岛人常年饮用积蓄的雨水，借风力发电，日出而渔，日落而归。生活在北京的友人，高楼大厦车水马龙习以为常了，陡然来到这里，远离尘世的喧嚣，好似进了世外桃源。我注意到一株默立于芳草青藤之间的树。那是一株黑枣树，树皮是龟裂的，树枝上挂满红色吉祥物。岛人说，自从有人在岛上居住，就有了这树，如今至少四百年了。那夜，我们一伙人坐在小岛码头的台阶上，聊着一些与文学相关的话题，不知不觉间，海潮悄然涨到了我们脚底下……

我在栈桥上徘徊，回想一些与海相关的事情。夜色缓缓罩了下来，越来越紧。城市淡远了。烟台山与海相依相偎。没有了想象，只剩下海。这巨大的水，漾漾地簇拥着栈桥，包围着我。我说不清自己，就像看不清这海一样。生活有着若干的可能，心里装不下这海，就不要说已经懂得了生活。

栈桥附近，有一个叫作月亮湾的地方。那是一片深月形海湾，一道宽约一米、长二十余米的海堤，静静地探进海里。这是我心中另一种形态的栈桥。在它的尽头，是一座不锈钢质的月亮老人雕塑。这里成了青年人谈情说爱、海誓山盟的地方。这片深月形的海湾，与冰心老人的童年紧密相连。二十世纪初，月亮湾南面的山坡上是一座清朝海军的训练场，它隶属于烟台海军学堂，校长是一位参加过甲午海战的军官。他的女儿时常独自一人来到月亮湾，听着生生不息的涛声，看着由远而近的一排排浪花，静静等待父亲的归来。这个小女孩就是后来蜚声文坛的女作家冰心。她在《忆烟台》中这样写道："我童年时代的烟台，七十年前荒凉寂寞的烟台，已经从现代人们的眼中消逝了。今日的烟台是渤海东岸的一个四通八达的大港口，它朝气蓬勃、容光焕发地正忙着迎送五洲四海的客人。它不会记得七十年前有个孤独的孩子，在它的一角海滩上，徘徊踯躅，度过了潮涨潮落的八个年头。"

潮起潮落。近在咫尺的海，是一个遥远的存在。

海不是隐喻。海究竟记住了什么，栈桥深深地懂得。

（原载 2010 年 3 月 20 日《人民日报》）

何处是归程

那时的北方县城盛行街头卡拉OK。乡下年轻人到县城工厂就了业，一边被按捺不住的激情驱动，一边警觉地打量这个陌生的世界，有些茫然，分不清哪是梦想哪是现实，不知该怎样融入眼前的生活。卡拉OK摊点沿着县城街头延伸下去，宛若或明或暗的篝火，歌声此起彼伏，饱含对命运转机的欣悦，道路和远方构成了一支嘈杂的大合唱。夜色中，他们歇斯底里地唱，不是表演，是表达，像一棵走过严冬的树，开始舒展枝叶，扬眉吐气。

这是一九九三年的北方县城。我总算走出乡村，成为县城郊区一家工厂的职工。外面的世界都是陌生的。我对这个陌生的世界充满了热爱。白天在工厂车间上班，下了班就到厂区前面的马路上散步，从一个卡拉OK摊点走向另一个，在喧嚣中保持沉默。散步成为我品味新生活的一种方式。在很长的一段时间里，我无法接受散步这个概念，觉得这对一个乡下人来说是矫情造作的。当我日渐习惯县城生活，偶尔在故乡小路上漫无目的地走一走，仍能察觉到村人异样的眼神。我理解他们。他们把积攒的所有力气都用在应付生活上，劳作与劳累才是过日子的常态。这让我想到那些以散步姿态游走乡间的所谓文人，他们以审美眼光看待乡村事物，忽略了更为真实的汗水和泪水。二十世纪九十年代初期，当我开始在县城郊区学习散步的时候，我并没有意识到一条更为艰辛的路已从脚下铺向远方。不同的青春，共同的异乡，街头卡拉OK随处可见，《小芳》《潇洒走一回》

《谢谢你的爱》《来生缘》……唱得声嘶力竭、南腔北调。在异乡的夜晚，除了这般发泄，还有什么方式更能契合乡下年轻人对城市生活的向往与表达？

一个女孩在唱《潇洒走一回》，她每天晚饭后都在邻厂门口的那个卡拉 OK 摊点唱这首歌。我每天都去听。我看不清她的脸。她高，瘦，有着飘飘的长发。她的歌声并不优美，但她唱得投入，动情，深深地打动了我。我们同在一家工厂，她是另一个车间的缝纫工。我并不知道她的名字，但我莫名地相信，她与我心目中最美好的事物相关。她几乎每天晚上都去同样的地方唱同样的一首歌。她不曾察觉，人群中有一个人沉浸在她的歌声里怅然若失。我始终没有勇气主动跟她说一句话。后来，有一天中午，在厂区，我上班，她下班，我们迎面相遇了。同事告诉我，这就是那个唱《潇洒走一回》的女孩。阳光下，我们擦肩而过，我只是迎面看了她一眼，长久以来的美好念想就被击碎了。那是一张怎样空洞的脸啊，浓妆艳抹，火眼金睛，表情夸张，很难与那些夜晚的沉郁歌声联系到一起。她不是一个素朴的人。我觉得自己看错了整个世界。那次相遇，让我对朦胧事物从此有了一种本能的质疑。一段假想中的情感，水一样漫过心头，很快就了无痕迹。

我对陌生的县城生活过于专注，可是我仍然看不清它。看不清这个世界的，还有那些从乡下进入县城的同龄人。他们兴奋又苦闷，有些慌乱，有些不适，被生活裹挟着，跟跟跄跄，走了很久，也走出很远，才突然明白身后的事物。到那家工厂上班不久，我就被工人罢工的历史吸引和感动了。

那家工厂在县城东郊，厂房覆盖一片黄色琉璃瓦，透着既古典又现代的气息。在二十世纪九十年代初期的北方县城，应该说是难得一见的花园式工厂。它还有一个特殊身份，是小县城第一家中日合资企业。工厂产销两旺，效益却连年亏损。根源终于被挖掘出来，原来是因为日方代表的暗箱操作：原料的价格被抬高，产品出口时价格被压低，工厂生产形势越好，亏损的窟窿就越大。"病灶"一揭开，迅速引燃罢工事件。在一九九二年，中日合资企业大罢工是一件逆流而上的事情。职工们不吵，不闹，不游行，只是集体静坐在工厂办公楼前，要求有关方面给个说法。罢工持续了三天，工厂经营的真相一点点浮出水面，日方投资者灰溜溜地逃走了。作为县城的第一家中日合资企业，在罢工抗争中获得新生，屋顶的黄色琉璃瓦被一场大雨冲洗得清亮洁净。我不曾亲历那场声势浩大的罢工事件，后来当我动手写作工厂创业史的时候，特意采访了很多当年罢工的亲历者，他们以革命者的姿态，深情地回顾了当时的情景。有个细节让我印象尤深，工厂旁边村子的老百姓得知工人在罢工维权，把家里的猪宰杀了，把猪肉从院墙直接抛进厂区，以这种方式声援工人的正义壮举。若干年后，当我在别处亲历招商引资和征地拆迁的冲突时，格外怀念那场不曾亲历的罢工事件。那是一个理想主义的年代，大家有着共同的情感，共同的底线和愿景。

刚进工厂的时候，我在羊毛衫车间当维修工。我们八个学徒工，跟着同一个师傅学艺，别人很快就出徒了，唯独我始终不具备独立作业的能力。在机械维修方面，我是一个不开窍的人，师傅手把手地教，我都学不会，更别说什么触类旁通举一反三了。我不敢独自值班，数百名纺织女工，每人一台设备，每时每刻都可能出现故障，我怕因为自己维修技术的不过关，耽误了别人的工作。让我感动的是，工友们给了我最大限度的宽容和包容，每逢我值班，机器设备倘若遇到故障，她们都是自己动手维修，不让我为难和尴尬。在她们看来，一个写诗的人不会维修机器是正常的。她们以最素朴的方式鼓励支持了我。上班时我独自躲到车间的某个角落，伏在一条长凳上写诗，工友们从不轻易打扰我，偶尔过来聊几句，也是一副小心翼翼的神态。我把写下的诗文与她们分享，有人很快就能通篇背诵下来。那时我疯狂地迷恋写诗，每天都沉浸在诗歌里，有时睡梦中被一句诗触动，随手摸过枕头底下特意备好的纸片，并不睁开眼睛，在黑暗中梦游般记下那些诗句，然后塞到枕头底下。宿舍里住着十六个工人，荷尔蒙气息，臭脚丫气味，混杂成了一种说不出的氛围。舍友知道我的枕头底下总有纸片，早晨时常把手探到我的枕头底下，顺手把诗稿拿走当作了手纸。有几次，我把写了诗句的纸片攥在手心，他们就从枕边的书上撕走几页。我哭笑不得。他们不以为意。后来，宿舍调换了，八个人，全是搞技术和跑业务的，他们从未动用我枕头底下的诗稿，也不撕书。他们每天晚上都打麻将，宿舍里烟雾缭绕，麻将声永不疲倦。我坐在上铺，读书，写诗。那段时间，锻造了我在嘈杂环境里不受干扰安心写作的能力。再后来，我调离生产车间，到工厂办公室从事文秘工作。办公室的套间成为我的单身宿舍，总算拥有了一个人的独立空间，诗稿可以随意放置，床头的书也可以摞得老高，再也不必担心别人伤害它们。那些独处的夜晚，真让人珍惜和怀念。有时读书写作熬到下半夜，我也会像夜班工人那样，拿着饭盒去食堂打一份加班餐，吃份热乎乎的馄饨。那些清水里的馄饨，有着百般滋味。从宿舍到食堂大约五百米的距离，夜辽阔，满路都是馄饨的味道，还有野草拔节的声息。

放下手中的管钳，拥有一张书桌，这是我在县城工厂时的梦想。我的梦想很快就实现了。一张书桌，意味着生存方式的改变，意味着从此拥有了一方耕耘的领地。夜里，我独自坐在宽大的办公桌前，觉得自己是一个坐拥世界的人，常常忍不住就淌下了眼泪。

我渐渐地爱上了散步。从工厂往北，大约走两三里的路，有一座桥。站在桥头回望来时的路，一片模糊。抬头向前看，县城的灯火隐约闪现，仍然是一片模糊。我不知道，是否该以散步的姿态继续走下去，向着那片隐约的灯火，以及比灯火更远的前方。每次，都是一番犹豫之后，我又循着原路回到工厂。这样的散步几乎是每天都在重复的，有时候在一天之内会重复好多次。我记不清究竟徘徊了多少个来回，只记得在工厂与桥头之间，我走来，又走去，反反复复。我说不清楚散步对我来说意味着什么，我每天都被散步折腾得精疲力尽。这种疲惫让我保持了内心的宁静。一种我所向往的有秩序的生活，恰恰是以无序和不可把握的状态渐次呈现的。我是亲历者，也是旁观者。生活像一面破碎的镜子，每一粒碎片中都有一个完整的自我。

那时最开心的事情是食堂里杀羊。掌管工厂食堂的，是一位姓胡的师傅，矮矮的，胖胖的，据说是特级厨师，大家都称呼他胡总。胡总是不轻易下厨的，除非厂里来了特殊客人。到了冬天，胡总隔三岔五就招呼我们几个相熟的年轻人去喝羊汤。羊是胡总亲自动手杀的，羊汤也是胡总亲自熬的，从一只羊到一锅羊汤的整个过程，胡总全是一个人操持，不放心任何人插手代劳。他从乡下把羊买来，并不马上宰杀，而是先拴在食堂的门口喂养一段时日。这只被展览的羊很快就成为话题，熟识的人见了胡总，总要催问什么时候动手。胡总眯着双眼，并不作答，只是意味深长地笑。一天又一天过去了，不同的人都重复着对羊的关心。甚至，那只拴在食堂门口的羊，也渐渐失去了继续等待的耐心，不愿再容忍这份拖沓和煎熬。在某个早晨，胡总操刀上阵了。他的杀羊动作据说很专业，我不曾亲见。

我只记得常常是在某个寒冷的中午，我们会被胡总招呼到食堂的简陋雅间，围着一大盆热气腾腾的羊杂汤坐定。很快，房间内就响起了一片喝汤的声音。一只羊，经由胡总的手，被制造出了万种风情。喝完羊汤，抹一抹嘴，有人慨叹："羊味很足，不愧是特级厨师。"众人笑，随声附和，半是玩笑，半是认真。羊汤喝光了，盆底显露出来，有人一声惊叫，发现了盆底沉淀的一层羊屎，像一粒粒珠子，光滑，饱满。"怪不得羊味这么足呢。"有人一语道破天机。

工厂里还有一位师傅，是从上海聘请的印染专家，姓谷。从背影看，谷师傅与食堂的胡师傅有些相仿，也是矮矮的，胖胖的。不同的是，谷师傅有一张白净的脸，脸上看不出丝毫的烟火气息。他住在厂区的贵宾楼里，每天黄昏总是一个人背着手，在楼前的小花园里走走停停，像在想什么，又像什么也没有想。偶尔，会看到他在街头卡拉OK那里唱同一首歌："既然不是仙，难免有杂念。"我记住了这句歌词，记住了谷师傅唱这首歌时的表情，蹙眉，低首，呈忏悔状。那年夏天，他的女朋友从上海来看他，黄昏时分在小花园里散步的就变成了两个人。他们手挽着手，相依相偎，旁若无人，成为厂区的一道风景。谷师傅的女友并不漂亮，但她有一种说不出的气质。她来自上海，带着大都市的陌生气息。那时不用说大上海与小县城之间，即便县城与乡镇之间，也是有着巨大反差的。户口是差异的标签，标示着一个人的命运，农家孩子读书考学，大多是为了把户口迁到城市。

宿舍在办公楼的一楼，距离工厂传达室仅有一百米的距离。在午夜，我坐在桌前读书，传达室时常传来女工的笑声。一个门卫，还不满十六岁，身材魁梧，长着一张俊朗的脸。据说他初中还没毕业，跟着镇上的某位高人习练武术，然后就到这个工厂当起了门卫。他的名字与唐朝大诗人杜甫谐音，究竟姓什么谁也不曾问过，厂里的人都喊他"杜甫"。"杜甫"不会写诗，但是他懂感情，会恋爱。我留意到，传达室几乎每天晚上都有女工的说笑声，而且主角时常变换。有人做过统计，在这家接近千人的纺织工厂，年龄最小的"杜甫"是谈恋爱最多的人，在一年的时间里，他谈了十多个女朋友，平均不到一个月就换一个。没有文化的"杜甫"，并不成熟的"杜甫"，何以深得女工爱慕？若干年后我才明白，原因很简单，"杜甫"是习武之人，他能够给人安全感。那个年代的年轻人从乡下到了县城，置身一个陌生的现实环境,内心最需要的,不是文化认同,是最起码的安全感。

办公楼走廊的尽头,在临近洗手间的地方,是大学生专用宿舍。四个纺织专业的大学生,毕业后被分配到了县城的这家工厂。他们上班下班,独来独往,像孤独的鸵鸟。工厂尊重知识分子,没有安排大学生住到职工宿舍楼,在办公楼单独腾出了一间屋子,给他们提供一个便于学习的清静环境。自从大学生住进办公楼,洗手间变得脏乱不堪,下水道时常堵,整个走廊里飘着一股烂白菜味。终于有一天,有人循着异味走进大学生宿舍。四个人的居住空间,惨不忍睹,俨然一处荒芜的垃圾场。他们心怀天下,不屑于打理一间房屋,这让我想不明白,工厂的很多人都想不明白。然而大丛是不以为然的。大丛是一所名牌大学的毕业生,学的是纺织专业。他姓丛,身材并不高大,反而有点弱不禁风的样子,不知因何被喊作"大丛"。大丛一般不与别人说话,自从被分配到了这家工厂,他按时上班,准时下班,满脸的漠然。相互熟悉了,我才知道,他无法容忍自己从农村考上名牌大学,毕业后竟然被打发回了老家县城。他觉得自己流落到这里,是个滑稽的错误,而且,这个错误必须纠正,现实必须向他道歉。他在县城工厂忍辱负重地工作,为的是等待现实向他道歉的那一天。他不知道是谁造就了这个错误,应该怨恨谁,时常对着天空咬牙切齿,一双愤怒的眼睛似乎要把天空盯出一个洞。他对着天空自言自语,我没有听清他究竟说了些什么。他对着天空自言自语时的严肃表情,让我对他有了几分理解。曾经,我特意尝试着与他交流沟通,最终却没有找到共同的语言。我们两个人的心思都在别处,住在同一层楼房里,各自孤单着,不愿走向彼此。我在现实面前节节败退,渐渐学会向现实妥协,习惯了与困难和解。大丛与我的最大区别,是他不属于自己之外的任何事物,他的心中有一把尺子,他固执地相信和执行自己的尺度,丝毫不理会别人的眼光。每个周末,他都会到我的办公室给女朋友打长途电话。他的女朋友家在烟台,他每次给女朋友打电话的时候,总会表现出一种罕见的温柔和拖沓。后来他的女朋友来过工厂一次,很清秀的女孩,并不漂亮,有一种柔弱的美。大丛找到我,吞吞吐吐大半天,我好不容易才听懂他的意思,他想借我的单身宿舍用几天。我犹豫片刻,答应了。我住到大丛脏兮兮的宿舍,原本属于我的空间,暂时成为大丛和女友的二人世界。我有些难过,想到了很多。在县城工厂的两年，我始终没有恋爱。那时心比天高，总是渴望远行，渴望一个人去流浪。我庆幸自己终于离开了农村，成为县城工厂的一名职工，但是我也知道，我的心在别处，在更远的远方，一个未知之地。事实上，那几天大丛更难过，他的女朋友来工厂看他，是一次为了道别的相聚——她的父母不同意他们的爱情，因为大丛的农村出身，也因为他目前在小县城的工作。他们无力改变现实，无法扭转父母的固执态度。我记得大丛的女朋友离开工厂时两眼红肿，几乎哭成了大白兔的眼睛。从那以后，大丛几乎完全变了一个人，更少与人说话，甚至不用眼睛正视别人。每天的午夜，他端坐在宿舍门口，抱着一把吉他放肆地弹奏，他的弹奏有时紧凑，有时舒缓，更多的时候是杂乱无序的。他坐在长长的走廊尽头，一个隐约的影子，忽明忽暗。好几次我去洗手间从他身边经过，他旁若无人地拨弄着吉他，我看到他的脸上淌着两行清泪。那一刻，我觉得自己真正理解了大丛，理解了这个一腔热血的青年。大丛很快就辞职了。他离开工厂前找到了我，他说只与我一个人告别，对借用单身宿舍的事情仍然念念不忘。我没有惋惜也没有挽留，我觉得他是该走了。他是一个有梦想的人。一个有梦想的人应该永远在路上，拒绝归宿，归宿只会是一种伤害。若干年后，当我从县城来到这座滨海城市，几经跳槽，去公安局办理落户手续的时候，居然邂逅了大丛。他也在办理户籍手续，是从这个城市迁往另一个城市，他仍然没有结婚，一个人在打拼。当年他从故乡县城追寻到了这个城市，最终也没有挽回他与女友之间的爱情。我们没有叙旧，匆匆地客套几句，就匆匆地作别。或许，彼此都不想碰触往事，对那些看似尘封的往事都有一种特别的小心翼翼，怕多说一句话就惊扰了那些早已落定的尘埃。

　　与大学生的处境形成对照的，是一个目不识丁的兔毛贩子。据说他刚开始贩兔毛时瘦得像一根麻秆，整日骑着自行车穿街走巷南腔北调地吆喝收购兔毛，然后倒卖给工厂赚取差价。时日久了，他的生意像滚雪球一样越做越大，与工厂的合作关系也越来越牢固。后来他就不再亲自去吆喝了，雇佣几个人，穿街走巷去做他以前做过的事情。再后来，他只需待在县城里，乡下不同渠道的兔毛贩子就源源不断地把兔毛汇聚到他的手中。他俨然成了兔毛收购领域的领军人物，只要咳嗽一声，全县的兔毛贩子都会患上感冒。几年的光景，他已大腹便便，开始用鼻音说话，完全变成了另一个人。

　　工厂门口的小商铺是不能忘记的。那时我抽烟厉害，工资常常维持不到月底就花光了。小商铺老板个头不高,精明干练,敢于赊欠货物给我们,特别是烟。那时工厂的男职工大多把抽烟当作一种时尚,一块一毛钱的"宏图",一块五毛钱的"双马",是普遍抽的香烟牌子。下了班,经常见到有人老远就朝着小商铺喊:"老板,来盒双马。"老板就会迅速地抽出一盒烟,远远地抛了过来。那人接住烟,财大气粗地回一句:"记我账上,月底一起算。""一块五!"老板一边大声重复着,一边低头在一张硬纸板上记了下来。这些密密麻麻的记录不清的账目,常常需要我们用大半个月的工资去消除。也有消除不掉的账目,有的工人赊欠了一大笔款,辞职后偷偷地溜走,从此杳无音讯。小商铺老板的情绪会低沉好几天,再抛烟给我们的时候先咕哝一句:"账该结一下了。"我们并不理会,他也不介意,兀自咕哝一声,仍然是记账。他当然知道,对于我们这帮子人,如果不赊账,他的货就难以卖得动,做生意,总是要有风险的。"人不能因为可能摔跤就不走路。"有一天我问他那么多呆死账为什么还敢赊账的时候,他这样说。我永远记住了这句话,这个经营小本买卖的人,说出了人世间一个最朴素的道理。一个人,不能因为可能摔跤就拒绝走路。其实摔跤也是走路的一部分,只是我们人为地把这一部分剔除了,并且缺少正视的勇气。这个朴素的道理,我在以后的行走中,一直记在心里。

工厂旁边的村子,村支书坐的是奔驰车,手里拿着砖头一样的大哥大。那个年代盛行报告文学,我在一本杂志封面见过村支书的风采,是当时非常流行的模式:坐在锃亮的老板台前,一手擎着大哥大,一手夹着香烟,一副正在联系业务的深沉样子。那个时候县城周边的村子,因为土地被征用,有点一夜暴富的味道,钱多得不知该怎么花。有的村子不肯坐吃山空,卖了地,收了钱,搞起了村办企业,最后的经营结局都一塌糊涂。那个工厂所在的村子,村支书脸膛红润,时常穿一身绿军装,看上去有些威严。村支书很少说话,开口说话的时候,字是逐个地从嘴里往外蹦的,经常蹦出了这一个字,下一个字不知需要间隔多长时间才肯蹦出来。耐性不够的听众,简直会在他蹦出来的两个字之间窒息。性格急躁的,甚至会萌生一个念头:用手指探进村支书的嘴巴,把他含在咽喉迟迟没有说出的那个字,直接抠出来。村支书每天上午九点都会准时出现在工厂大院里,好像是工厂的特聘人员,又仿佛是因为工厂占用了他们村的土地,他无法改变每天都要沿着村子转悠一圈的旧习。他在工厂大院里转悠一圈,然后就到工厂办公室坐定。他基本不开口说话，偶尔干咳几声，或者从嘴里蹦出几个字，抽烟，喝茶，然后再抽烟，再喝茶，一直到中午。工厂里不管来了什么客人，他都跟着去陪客，戏称自己是专职"三陪"。如果工厂哪天没有客人，村支书就会做东请客，张罗着我们一起去捧场。他酒量并不好，据说每天必须要喝一点，否则会很难受。他中午喝了酒，下午就不见了踪影，究竟去了哪里，谁也不知道。

巨变似乎是发生在一夜之间。工厂并没有给职工们梦想中的"铁饭碗"。当初进厂工作时，他们以为从此可以将一辈子的生存问题寄托在这里了，一个人所能做的和应该做的，就是埋头劳动。他们并没有意识到，这是一个迅疾变化的年代，如何应对和适应这个每时每刻都在变化的现实环境，并且在这个现实环境里谋求生存和发展，委实是一个问题。那些与县城保持了同样品性与节律的人，甚至还没有反应过来是怎么一回事，巨变就发生了——企业改制，过去同吃同住的人，一夜之间有了身份差异，有的成了承包者、企业家，有的成了被雇佣者、下岗者。原本相仿的生活，差距突然拉大，并且越拉越大。而在这种巨变发生之前，大约有五六年的时间吧，我已经成为县城工厂的"逃离者"——后来我才明白，那段看上去还算安静的青春岁月，其实是在积蓄某种力量的，直到有一天这种力量突然涌动起来，让我无从选择无力招架，于是青春被改变了。一九九五年的九月，我在县城工厂参加工作刚满两年的时候，毅然辞职外出求学。当我几经辗转在一座滨海城市定居以后，曾经回过几次县城工厂，见到当年熟识的人，有一种说不出的陌生感和距离感。相聚，喝酒，回忆过去在工厂里共同经历的事情，却很少有人愿意谈论具体的细节。这些"成功"的时代弄潮儿，都在忙着向前走向钱看，感情不咸也不淡，疏于回忆和言说。无论现实怎样变幻莫测，他们都懂得营造属于自己的风调雨顺的小天地、小气候，丝毫没有了当年从乡下刚到县城时的茫然和青涩。他们看透了生活，深谙现实的"软肋"，具备一种越来越娴熟的操控生活和现实的能力。某某成了政协委员，某某成了人大代表，某某的工厂规模超常规扩张，迁出工厂大院到外面自建了新的工业园，圈了一大片土地……而更多当年工厂里的职工，在为柴米油盐奔波，用全部的心力招架生活。这些卑微的生命，像一株株昙花，绽放与凋落都在不经意的瞬间，彼此偶尔想起和谈起，谁都不曾真正在意。所有的悲欢离合喜怒哀乐，都涌动在县城的表情之下，不管情感怎样冰冷和凝滞，生活终将继续。

去年回乡，路经县城的那家工厂，我特意进去转了一圈。工厂早已破产了，整个厂区一派荒芜。当年这里属于城郊，因为县城的不断开发与膨胀，现在已经变成一个繁华地段。据说有开发商盯上了这块地皮，准备大兴土木。我在工厂院子里下了车，内心酸楚。这是我曾经熟悉的工厂吗？这是曾经收留我的青春梦想，让我走来又远去的工厂吗？我蹲下身，想辨认我曾经留下的足迹，一层细细的尘埃覆在地面。宿舍楼前的花圃里稀稀疏疏地种了几棵玉米，干瘪的玉米棒子了无生机。我举起相机拍照，年幼的女儿有些不解地看看那些玉米，再看看我，她不明白我为什么要拍那些并不美丽的景色。办公楼被改造成了简易旅馆，我曾经的办公室和宿舍的窗玻璃上贴满"特价房""钟点房"之类的广告语，字并不齐整，这让我的心绪更加缭乱。工厂门前的路拓宽了，车辆如织。我不知道这条路是通往哪里的，我曾经在上面散步，遥望万家灯火，徘徊又徘徊。我知道，我和这家工厂彼此都已不敢相认，我们无法接受彼此的改变。我们在试图改变什么的过程中，却被一种看不见的力量彻底改变了。无力把握自身的命运，这是我们的共同遭遇。

一晃二十年过去了。

那些县城工厂的往事，那些最初出发的地方，那些沿途的驿站，我一直不忍去碰触它们。我把它们安放在内心的某个角落。人情冷暖，世态炎凉，我越来越没有了打开它们、面对它们的勇气。被现代化和城市化的浪潮裹挟着，我更珍视的是时代变迁中的个人遭遇，一些温情的细节还原为最珍贵的青春记忆。然而我又是矛盾和纠结的，作为一个拥有怀旧情结的人，我的怀旧很少涉及具体情节，那些过往的事物大多幻化成为一种气息，在内心弥漫着，我感觉到了它们的存在，却说不出它们。曾经，我以为一九九三年的县城工厂生活是一段不曾融入的生活。当我走过了一些路，经历了一些事，渐渐变得安静下来的时候，我才终于明白那段岁月是真正用心度过的。我们拥挤在疾驶的时代列车上，不愿中途下车，又想伸手抓住沿途的一点什么，时刻保持了一种融入生活的姿态，其实仅仅是从生活的表层轰隆隆地走过。

我们都是过客，匆匆过客，两手空空的过客。

这并不是我想要的生活，然而我接受它，并且满足于它。我时常想象，若干年后当我日渐苍老,会回到生养过我的乡下老家,回到最初出发的那个地方,过一种不被别人赋予这样或那样意义的日子。简单,心安,日出而作,日落而息,与大自然保持同样的节律。在异乡的天空下,我才知道故乡的好。

列车疾驰。暮色苍茫。城市和原野都变得遥远,一盏向后飞奔的灯火让我备感孤寒。慢下来,成为一个艰难的梦想。我已听不到道路和远方共同构成的激越嘈杂的大合唱。

(原载《散文》2013年第4期)

空　　间

一

　　蝉鸣，来自窗外的某棵树上。这只鸣叫的蝉，之前曾在地下蛰居了多少年月，我并没有想过。似乎，这也不需要去想。

　　我每天的生活，像这蝉鸣一样悠长单调。太阳升起的时候开始晨练，然后吃饭，上班，间或微笑，沉默；黑夜降临之前，下班，回家，然后吃饭，散步，上网，睡觉，或者失眠。没有为什么，一直觉得生活本来就该这个样子。在家里，我会利用一切空闲的时间，教我的女儿背诵《三字经》。她才四岁，整天把"一而十，十而百，百而千，千而万"挂在嘴边。她觉得这挺好玩。

　　每个周末的早晨，我总在太阳升起之前，从住宅小区的西门出来，然后穿过五个十字路口，抵达一个地方。那里有一间空空荡荡的房子，距我平日的住处大约十多里地。我的工作很稳定，家庭也很幸福，但是说不清为什么，总有一种从日常生活逃离出去的念头，而且这念头越来越强烈。终于有一天，我不顾已经背负的房贷压力，再一次从银行贷款买下了这间小型公寓。选中这个地方，是因为它位于城与乡之间，距离我工作和生活的城市不远也不近。我从小在农村长大，现在却已不再习惯农村的生活；在城里定居多年，一直没有完全地融入和适应城市生活。正如一个诗人所说的那样，故乡是再也回不去的故乡，异乡是待不下去的异乡。不管是故乡还是异乡，我都怀着同样的一种不甘。我知道，那是一种流淌在血液中的东西，任何外力都无法将它更改。在城乡接合部，我终于拥有了一个可以安放身心的空间。这间小小的房屋，背靠大海，坐拥一片浩荡的葡萄园，我给它起了个名字叫"葡园"。每个周末，我都会去那里，像奔赴一场私密约会，读书，写作，或者什么也不做，什么也不去想。狭小的房间里，摆放着一张阔大的绿色书桌，这让我时常想到窗外绿意葱茏的葡萄园。我很少去葡萄园散步，也不会去海边凝神伫望，只是守在我的房间里，偶尔眺望一下窗前的葡萄园和窗后的大海。对于窗外的世界，我有太多的话要说。我写下了它们，那是一些永远没有机会发表的文字。我会一直写下去，以这样的方式。这是我的命。我认命。将来某一天，我会把这些文字装进漂流瓶，让它随着时空去漂流，期待在某个时刻某个地方，与某个人邂逅。文字倘若有着这般命运，应该知足了。

写累了的时候，我会在房间里踱步，从窗口走到门口，然后从门口返回窗口。来来回回，每次我都默念着步数，至今仍然没有记住这个房间的确切长度。因为书桌的存在，我总觉得房间之外的那片葡萄园，其实也是房间的一部分。有时候，我会在阳台久久地俯视楼下的葡萄园，偶尔回过头看一眼我的绿色书桌，好像它们有着某种内在的联系。往远处看，这个城市一片平坦，路面很少有起伏和坡度，更少见到山，哪怕是很小的山。站在阳台上，越过大片的葡萄园，可以看到一座山，山上有着隐约的建筑物。我从同事那里得知，那是在山上新建的看守所，而且，看守所人满为患，每年都在不停地扩建。我对看守所不感兴趣，对看守所里的人倒是很有兴趣，他们对现实规则的拒绝和破坏，究竟源自一些怎样的想法？我与他们的最大不同，大约在于他们将拒绝和破坏付诸了现实，而我仅仅是生活在纸上，最单薄的纸上，然后这些写满虚无的纸，将随同漂流瓶穿越时空，抵达那个更加虚无的人的手中。

因为厌倦喧嚣和热闹，我逃离到了这里；在这里，我却又感到一种说不出的孤单。阳光是沉默的。沉默的阳光终于爬上桌面。一只苍蝇追逐而来，我没有驱赶它。这个房间太清冷，有生命力的，除了我，就是这只小小的苍蝇。阳光照耀着我与苍蝇，这个房间平添了若干暖意。我聚精会神地盯着桌面上的苍蝇，想起一个朋友拍摄的关于苍蝇交配的视频。他曾经绘声绘色地向我描述，那段短短的十几分钟的视频，如何让他寻找和捕捉了整整一个夏天。他觉得那是世间最纯洁和美好的两性关系。为了拍摄这样的一段视频，他甘愿付出漫长的时间代价。那位朋友是一个公务员，也是一个摄影爱好者，我无法相信平日循规蹈矩的他怎么会有如此创举，何以产生这么奇异的想象力。他说他所拍摄的，其实仅仅是一种本能，人和动物共有的一种本能，并不需要所谓想象力，需要的只是耐心，还有尊重。

我不曾亲见那段视频，更无法理解和认同那个朋友的情感逻辑。很多荒谬事情，其实有着更为荒谬的原因。直面这个世界，爱这个世界，与这个世界始终保持对话关系，这不仅仅是一种越来越稀缺的能力，更是一种珍贵的品质。若干年前，我对葡园的寻找和选择，其实不过是在现实中节节败退的结果。这个发现让我百感交集。在这个叫作葡园的地方，我与另一个自己对话，我们谈到了往昔，谈到了将来，唯独不谈论当下。我和另一个自己都想拒绝当下，都想将生命意义浓缩到一张书桌上，不关心书桌之外的任何事情。然而，这是不可能的。

二

留意到那个窗口，是在一个黄昏。我站在阳台上，不经意间发现对面有个窗口架着一台望远镜。像我这样的一份简单生活，居然也值得偷窥？我找不到任何理由来解释藏在窗口后面的那双眼睛。或许，那台望远镜的存在，本来是用作看海的。海在我的身后。

某个午夜，我在书桌前写作，偶一抬头，看到对面楼上的那个窗口，一个女子倚在窗前发呆。两栋楼之间仅仅隔了一条马路，我有点难为情，却又忍不住偷窥的欲望。那一刻，我说不清自己究竟是一个偷窥者，还是一个被偷窥者。我一个人躲在这个房间里，其实这个房间一直在别人的目光里，我从来不曾独自拥有过它。似乎仅仅几年的时间，城市就像潮水一样漫延过来，这间房子被巨大的建筑群淹没了。这间房子的门，其实一直是虚掩着的，从来就不曾彻底关闭。透过这扇虚掩的门，我看到外面的影子，斑驳的、残缺的影子。

终于有一天，这扇虚掩的门被敲响了。我正在午休，枕边放着读了几页的莫拉维亚小说集《不由自主》。这个房间的门从来没有被敲响过，这里的物业管理很严，除了业主，外人是很难进入的。我犹疑着，打开门，是一个年轻女子，似曾相识的样子。我说："你找谁？"她说："你是戈多。"她的语气，不是打听也不是询问，是直接判断。我点头，越发糊涂了。

"我可以进屋么？"她不等我回答，径直走进房间，在沙发上坐下。她好像对这里的一切都很熟悉。沉默了一会儿，她才开口说话。她说很喜欢我的中篇小说《别问我是谁》。

我完全蒙了。没有任何人知道我一直躲在这个房间里，至于那篇叫作《别问我是谁》的小说，我昨晚熬了一个通宵刚刚完成初稿，根本就没有公开发表。我不知道坐在我面前的这个年轻女子是怎么知道我，怎么找到我的。这个房间没有电话，也没有互联网，我与外界没有任何的联系，更谈不上与陌生人有什么交往了。我说："你必须告诉我，你是怎么找到我的？"

她浅浅地笑，说："这并不重要，可以给杯水吗？"

我站起身，冲了杯咖啡递给她。我每天的生活都是靠着苦咖啡支撑的。离开了咖啡，我对这个世界总是表现出一副无精打采的样子。那天我和她喝了一杯又一杯很浓很苦的咖啡，说了很多很多的话，一直说到夜色渐渐降临。她始终没有谈及她是谁，是如何找到这个房间来的。当我下定决心要追问到底的时候，却突然醒了。我看到房间的门依旧紧闭，电脑依旧开着，正午的阳光洒满了绿色桌面……

三

葡园后面的海是原生态的，岸边礁石丛生，刻满了风浪的印痕。突然有一天，礁石被炸掉了，据说要在海边修建一座栈桥。与栈桥一起规划的，还有葡萄园附近的一个高档别墅区。就像孩子堆垒积木一样，一栋又一栋的别墅转眼间就搭建起来。在这片别墅区里，随时可以看到业主带着宠物狗在溜达，每栋别墅的院落里，还喂养了几条很大的看门狗。狗与狗是不同的，正如人与人的不同。这个偏僻的城乡接合部，这个最初被穷人无奈选择的地方，越来越被有钱人留意和看好。

年轻的时候，大约是在二十世纪九十年代，我曾经热切地盼望拥有一个BP机。如今，我对手机厌倦至极，因为平静生活随时都可能被它打扰。

我想关机,但又不能,在政府机关里谋生,单位要求必须二十四小时保持通讯畅通。到了周末,我躲进葡园以后,会把平时与外界联络的手机关闭,仅仅开着那部专门用作办公的电话。这是别人通向我的唯一渠道,因为生计问题我不能阻塞它。我不希望电话铃声响动,偶尔有电话打来的时候,总会惹人烦躁和不愉快。一般情况下,那部手机躺在书桌一角,安安静静的,周末两天始终默不作声。时日久了,突然在某一刻,我的心底涌起一股被人遗忘的感觉。我不知道,这种所谓的归隐生活之下,是不是依然有着与这个世界交流与融合的渴望?

记得参加工作之前,我曾对母亲说,如果每天早晨都能吃上几根油条,那该是一种最美好、最值得过的生活。那时在我的心里,城市生活的最重要标志,就是早餐可以吃油条。后来,当住进郊区那个租赁的厢房时,我开始过上城里人的生活,油条成为我的日常早餐。每天早晨起床后,匆匆地洗把脸,然后匆匆地往外走,去路边的小吃部吃油条。小吃部是我的朋友东子家开的,我几乎每天早晨都会得到特殊的关照,比如在米粥里加上一勺白糖,这让我觉得一整天的生活都很甜蜜。我吃完油条,就在路边等候单位的班车,上了车,汇入城市的车流,看着窗外的人与物,回想自己这些年来走过的路,心里常常涌起很复杂的想法。这里面,有一种我永远也说不出的感动和感激。对于那些陌生的人,我是心存感激的,是他们的帮助,他们的打击,甚至他们给予的伤害,让我成了我。我感谢他们。

很快,我就对油条有些失望了。那个晚上我去东子家里借一本书,他刚好正要调面,以备第二天早晨炸油条之用。他把袜子脱掉,然后两只脚探进一个大面盆里,反复地踩着,搓着。这让我惊愕得好久没有合上嘴巴,我不敢相信城里的油条居然是这样做成的。我质问东子怎么能用臭脚丫来调面。东子笑着说,这样省力啊,你这个乡巴佬,脚躲在鞋子里,比手干净多了,手每天要接触多少细菌啊。东子的解释,让我更加不明白。若干年后的今天,当地沟油、毒奶粉肆意泛滥的时候,我才终于明白了东子的话。这并不是一个干净的世界,一双手每天要制造多少肮脏的东西啊。相比之下,我越来越觉得脚是值得信赖的。我爱上了散步。我在散步的时候会想到很多的人与事。人生应该是一场散步,而不是一次长跑,更不是什么百米冲刺。慢慢地走,慢慢地看一些事物,想一些事物,你会给自己鼓掌的。很多人拼尽了力气,一口气冲到别人设定的那个目的地,然后在别人的掌声与喝彩中，独自体味不为人知的疲惫和落寞。我在散步的时候，时常会与路边的一朵小花对视，我相信那朵小花是不寂寞的，我也相信它会觉得我并不孤单。有时候，我会蹲在地上，密切关注一只蚂蚁的去向。它吭哧吭哧地爬了半天，总也爬不出我的视线，于是我觉得我的眼光真是"长远"，我满意于这样的眼光。生活其实就是这样，很多所谓的超前意识，所谓宏伟抱负，不过是鼠目寸光和急功近利的代名词。

……

在葡园，我关于这个世界的记忆，几乎全是支离破碎的。对这个世界的完整记忆，是我从来就不曾拥有过，还是后来被我弄丢了？我越来越搞不懂自己了。我固执地拒绝安装互联网，企图尽可能地保持一份田园的感觉。我与这个世界是脱节的，这让我安宁，也隐隐有着某种念想。或许在我的内心深处，一直盼望着来自远方的消息，我对这种所谓田园生活的选择，其实正是为了拒绝这样的一份等待。人是一种很怪的动物，我对外界的固执拒绝，事实上最终导致了我的更加在意。没有来自远方的消息，我一直活在记忆里。葡萄园，海，都在不停地被篡改，我不知道除了记忆，还有什么会是我所熟悉的？

四

这一摞手稿，是他的母亲帮助誊抄整理的。他研究哲学，读过太多的书，写下了太多的文字，几乎过着一种与世隔绝的生活，人届中年，仍然不具备与这个现实社会打交道的能力，不得不与父母生活在一起。我是他唯一的朋友。除了我，他与外界几乎没有任何联系。我曾经主动说起要帮他整理一些文稿，争取出版一本书。他的母亲很快就把他的一大摞日记本寄了过来，字迹潦草，怪异，需要很吃力地逐字辨认。我下过决心，想拿出半年甚至一年的业余时间，专门来整理他的这些手稿，希望这些文字能被更多的人读到，得到更多人的理解和认可。如果不能帮他做好这件事，我的内心是会不安宁的。这些手稿跟随了我好长一段时间。搬家，工作调动，我一直带在身边。那些年，正是我的工作和生活压力最大的时期。即使业余时间，我也没有自主支配的权利和自由，整天被工作折腾得焦头烂额，以至于自己的文学创作也不得不停顿下来。这般境况下，他的书稿根本无暇顾及，我一直没有兑现自己的诺言。后来，我终于鼓足勇气把那些手稿退还给他，并且希望他能够自己重新整理誊写一遍，然后我来联系出版事宜。大约一年以后，他的母亲托人把誊抄清楚的文稿捎了过来，工工整整的十本。

一个年迈的母亲，戴着老花镜，忍受着病痛，用了整整一年的时间，一笔一画地抄写整理儿子的文稿。我无法想象，当她一边照料现实中不能自立、无法沟通和交流的儿子，一边要面对儿子所写下的那些思考，那些不被理解的孤寂与伤痛，内心会是怎样的一种滋味？

我一直固执地以为，他是一个艺术天才。他记不住自己家里的电话号码，但他几乎记得西方所有重要哲学家的生卒年月，谈到他们的著作更是如数家珍。大学时期，我和他是舍友，我们时常半夜还在谈论艺术，有时候观点发生分歧，争论越来越激烈，谁也无法说服对方，就干脆起床痛痛快快地动手打架，有一次竟然把宿舍阳台的玻璃打碎了。第二天大清早，我和他相约一起去吃早餐，若无其事地继续探讨昨晚的艺术问题。临近大学毕业，他却突然退学了。文凭在他眼中，只不过是一张废纸。他拒绝接受这样一张纸的覆盖。毕业数年以后，我结婚度假去上海，在他的家中逗留了一日，然后带他一起去周庄游玩。途中，要给他的家里打个电话，他仍然记不住电话号码，需要从记事本里查阅。我把这个事情跟一些搞文学的朋友说过，他们大多当作笑料，或者感到不可思议，一笑了之。

他是一个缺陷太明显，优点却丝毫没被发现和挖掘的人。他活在城市的某个不为人知的角落，在父母的照顾下孤独地生活。他的母亲在电话里说，他是一个精神有病的人，一直在吃药治疗。他拒绝被当作病人，情绪激动的时候非常可怕。他不会上网，获取知识的唯一途径就是书籍。他整天待在家里读书，很少锻炼，体质越来越差。他居住的房子是父亲单位给租赁的，在上海机场附近，条件很差，一下雨屋里就漏水。他父母的梦想是按揭贷款在镇上买个小房子，一家人搬到那里居住。

一个艺术天才，一个不满并且不甘于现实的人，难道就该被现实赋予这样一种命运？我时常在电话里与他长时间地谈论艺术，但我不能明确地告诉他艺术在现实社会中其实是多么尴尬和无力，不能说他对艺术的坚持究竟是正确还是错误的。我担心我的敷衍会误导了他，让他在艺术沼泽地里越陷越深。但是，倘若我坦诚以告，这对他无疑是一个致命的打击。我只是一遍又一遍地告诉他，要好好生活，做一个快乐的思想者。甚至，当他无力穿越那些思想上的困厄和障碍时，我宁愿他选择放弃或绕行。生活中的很多困难，常常并不是被克服或解决，而是被绕避或遮蔽。我想说的是，生活本身其实也是一种哲学。

已经很久没有他的消息了。他的书稿一直放在我的桌边，就像一块压在心上的石头。这是他与这个社会对话的唯一方式。他在自己的房间里写下它们，然后交付给另一个更为巨大和虚无的空间。我是唯一的见证者。不管这些文字将会从此消弭还是留存下来，不管他最终是否有勇气有力量走出自己的房间，我都祝愿他能够过得好，企盼他的世界之外的那些人，即使不能去关爱他，鼓励他，至少，不要去伤害他。

五

窗外的蝉鸣渐渐地淡了，代之而起的是建筑施工的声音。葡萄园在一点点地萎缩，楼房越来越多。这片葡萄园曾被誉为这个工业城市的"肺"，如今这个城市已经不需要正常的呼吸了。葡萄园的东北角挺立着六栋楼房，脚手架上人影模糊，叮叮当当的施工声不断传来。向前看，视野被楼房遮挡；向后看，也遭遇了同样的遮挡。我的这间房屋在十四楼，原本是可以看见大海的，倘若天气晴朗，还会看到大海涌动的细碎波浪。好像仅仅是在一夜之间，海就被隔在了楼的另一端。我看不到海了，只是在静谧的夜晚，会听到海在哭泣的声音。再后来，我读到米沃什六十岁时写的那首叫作《礼物》的诗："如此幸福的一天 / 雾一早就散了，我在花园里干活 / 蜂鸟停在忍冬花上 / 这世上没有一样东西我想占有 / 我知道没有一个人值得我羡慕 / 任何我曾遭受的不幸，我都已忘记 / 想到故我今我同为一人并不使我难为情 / 在我身上没有痛苦 / 直起腰来，我望见蓝色的大海和帆影。"合上书，我在我的房间里一次次地抬起头，我没有看到大海，我只看到了一片冰冷的楼房，看到那些建筑工人，在楼下蚂蚁一样地来来往往。他们是渺小的，渺小如一只蚂蚁，一粒尘埃。这座巨大的城，并没有一只蚂蚁或一粒尘埃的容身之地。我是一只幸运的蚂蚁，一粒幸运的尘埃，我有这样的一个空间可以停留，哪怕是短暂地停留。终将有一天，我会锁上这个房间的门，背起行囊，向着我曾经生活过的地方走去。

　　托尔斯泰曾经说过："我感觉我的生命越来越精神化了。"我喜欢说出这番话的这个老头。我不喜欢他的说教，比如《一个人需要多少土地》。作为一个写小说的人，我并不擅长虚构。我已经被这个社会太多的真实击伤。那些真实，已经远远超过了一个人对事实的承受能力。我总觉得那是另一些人的另一种虚构。而我，只需要把它们真实地记录下来，就可以留下这个时代的真实。或者说，虚构其实才是这个时代最大的真实。太多已经和正在发生的事情，不但打破了常规，而且超过了人的想象所能承受的最大限度。我们生活在一个比想象还要虚幻的现实之中，这对我们的想象和虚构形成了新的讽喻。托尔斯泰在小说《一个人需要多少土地》中是这样虚构的：魔鬼对一个农民允诺，只要他在太阳下山之前回到早晨的出发点，那么途中经过的所有土地都将归他所有。结果这个农民累死在途中。托翁的虚构，我们自然不会当真，他只是试图告诉我们一个道理，正如他在文章的最后所写到的："这位农民的墓穴宽三俄尺，长六俄尺。"托翁的态度是很明了的，很多人也都持有相同看法。然而，我认为仅仅用贪婪或私欲加以评判是不够公允的，农民酷爱土地是理所当然，他们对土地的吝啬或贪婪都不该被粗暴指责。其实我所热爱的写作，何尝不是这样？在一条没有止境的路上，怀着隐约的希望，独自固执地走着，直到有一天"累死途中"。这一切，很快就将被人遗忘，甚至从来就不曾被人知晓过。然而，这不能成为远离写作和拒绝思考的理由，正如墓穴的尺寸无法遏制那个农民的梦想或欲望一样，因为与魔鬼有约，与心灵有约。

六

　　雨是善解人意的。雨一直在下。那时她正在经历着一场刻骨铭心的失恋。长达七年的感情走到了岔路口，她终于决定只身一人从那座城市迁居上海。所谓换个环境的轻松说法，其实正是对那段感情的结束与割舍。在一座完全陌生的城市，她回忆着那些往事，不想对熟识的人说起，又想找个人说一说。"那只有你了。"后来她是这样说的。

我见过照片上的她和他,两人之间是很默契的感觉。她说:"当初读研究生时,我们可是被誉为校园里的神仙眷侣啊。"说完这话,她在网络的另一端沉默了一下,然后说:"在这个充满隐喻的社会,'神仙'二字是否本身就意味着不现实与不可能?"

一份不可能的爱。也许,结束是最好的选择。

但我一直不明白,很多情感的发生和结束,为什么常常是在生日这一天。那天是她的生日,她向我讲述了去年的那个生日,她和他正式分手的事情。之所以选择那个日子,大约潜意识里是想铭记一段感情,是一种藏在心底的、只属于自己的"仪式"。

"你还记得那年的雪灾么?那么大的雪,公路都被封了。路上没有车,他从老家出发,在风雪中走了整整一天才走到学校,只为了来看我一眼。那天他病倒了,高烧不止。

"因为他对我很好,我就觉得应该和他在一起,一直在一起。他不喜欢读书,并不理解我,沟通与交流自然成了一个问题。我知道他其实并不是理想中的男友,我一直在降低自己对他的要求,已经很低很低了,一直低到尘埃里去,还是没有开出花来。

"昨天想他了。昨天天冷,去苏州。他姓苏,苏州到处是'苏'字。想起下雨的时候他蹲在地上给我卷裤脚;冬天一起走路时他总把我的手放在他的口袋里,特别暖和;我出差时他一路发短信,怕我孤单。他又失眠了,是在博客上写的,他说有个她拉着他的手。我不想打扰他,希望他早点找到自己的幸福,可是又觉得,他不应该这么快这么轻易就从七年的感情中解脱出来。

"他在同学博客里留言说:'大雪让人的行走变慢,在雪中行走,会慢慢地想明白一些事情。'

"以前总觉得我可以独自承担一切,最近发现原来我是那么渴望被倾听。真的谢谢你以倾听的方式,陪我走过了一段最难过的日子。那天在苏州很想给你寄一片枫叶,地上的太脏,树上的不忍心摘,也就只能想一想了……"

我在网上听她的讲述,始终都保持着沉默,甚至连一句安慰的话也没有说。人与人的相遇,真是一件很难说清的事情。像一列火车,突然停在一个不知名字的城市,这个城市灯火辉煌。她真是一个懂事的女孩。我甚至已经记不清与她最初交往的过程。偌大的网络,也许只是百无聊赖时的几句不经意的问候,就彼此关注和留意了。那个夜晚,她关掉手机,看着博客上关于那个城市第一场雪的文字,蜷坐在床上,发呆。博客里的音乐一遍又一遍地重复,她只听到许巍的那一句"就这样坐着",身心都是空的,连困倦都感觉不到了。

我始终没有见过她。一个年轻女子,背负着一段失败的感情,从一个城市到了另一个城市,然后在某个雨夜开始了对陌生人的讲述。我能够理解。最虚无的网络,流淌着最真实的人性。在这样一个虚拟空间里,有着这样的一份倾诉与聆听,这已足够。

七

路过的事。

之一:去郊区的山上,参加一个与文学相关的扎堆活动。我不记得山上有什么宜人的景色,只记得我坐在车上与来往的车辆擦肩而过,与田地里劳作的农人擦肩而过,与高高的楼房和低矮的农舍擦肩而过。我努力爬到了山顶,然后吃力地从山顶向下走,在半山腰看到一个并不年轻的女人坐在巨石之上,旁若无人地歌唱。返程途中,又遇到另一个并不年轻的女人。她在公路上一个人痴笑着舞蹈,完全无视来来往往的车辆。几乎满车的人都以各自的方式,表达了对女子的嘲笑或同情。我在想,作为一个写作的人,仅仅有同情是不够的,还该有探究更深层次原因的勇气。也许,那个在巨石上唱歌的女人,那个在马路中央独自跳舞的女人,她们也在心里嘲笑和同情我们这样的一群人。每个人总把世界理解成自己所理解的那个样子,其实世界远远不止是那样的。

之二:夜里下起了雨。我本来是要去单位的,走到半路,看到有打架的,警车的灯在不停地闪耀,三五个警察正在调查打架的原因和过程。我站在旁边听,很快就明白了大致的来龙去脉。两个女人——与那个看上去像个小痞子的男人有关的两个女人,大约是在争风吃醋,然后动了手,彼此打得头破血流。那个男人一直在现场,他不知道如何是好,不知应该帮谁。他真无助。

之三：小区门口，一个交警正在处理一起交通事故。卖水果的老农骑着摩托车回家，对面的一辆出租车突然转向，于是两车碰到了一起，好在人与车都没有大的损伤。出人意料的是，出租车司机下车后的第一反应，不是关心摔倒在地上的老农，而是迅速地把出租车后面的保险杠用脚踹了下来，制造了一个假现场，然后理直气壮地指责老农追尾，装出一副无辜受害者的样子。整个过程，被几个过路的人看到了，他们愤怒地指责出租车司机。他拒不承认。老农不知所措。交警左右为难。这个时候，有人用手指了指小区门口的监控器。出租车司机不再狡辩，掏出一百块钱塞给老农，解释说一开始我是怕被你讹诈，然后急匆匆地开车溜走了。受伤的老农，自始至终没有说一句话。现场的交警，并没有做出任何的裁决。我站在围观的人群里，不知道是在看热闹，还是想看到最终的争执结果。人心这都是怎么了？这个世道究竟是怎么了？……

这是一些路过的事情。我忘记了当时是从哪里出发，要去往哪里，我只记得这些事情发生在我经过的路边，它们与我有关，与所有路过的人有关。这些日常的事情，让我的所谓理性思考黯然无趣。我不知道那些所谓的理性思考和价值意义对生活究竟有着多大的作用，我们常常在没有弄清楚这些基本事实的情况下就开始了表态和发言。一些看法的来与去，好像不必经过大脑，不必经过眼睛，仅仅凭借机械一样的惯性。我知道很多的语言，常常是因为惯性而产生的。这样的惯性将把我带往何处，这是一件值得警惕的事情。

鱼说："没有人知道我在流泪，因为我活在水里。"

水说："我知道你在流泪，因为你活在我心里。"

这是很俗很浅的一个比喻。鱼与水同处一个空间，呈现了事物本来的样子。我珍视这样一份自然的、本原的存在状态。在葡园，我已看不到大海，看不到葡萄园，也没有勇气和力量去走更长更远的路，经历更多的人与事。坐在这个小小的房间里，我拨通了一个越洋电话，不等对方开口，甚至并不知道对方是谁，我说"我爱你"，然后挂断了电话。

（原载《散文》2010年第11期）

童 话 书

> 童年无童话。我对安徒生的阅读和喜爱,是三十岁以后的事情了。
>
> ——题记

瞬间温情

该是一双怎样的眼睛,才能发现这样一个瞬间?

海是安静的。枯叶在安静地飘落。被关押在这个城垒里的囚徒,或许也是安静的。

一缕阳光,一只小鸟,成为幸福的代名词。这些在日常生活中被忽略的事物,原来并没有真正得到理解和珍惜。囚徒脸上露出了温柔的表情。狩猎号角声响起,他欣慰地目送小鸟从铁窗飞走。

它们曾经来过。它们的羽翼曾经在这个人的心头划过。一颗爱的种子,不经意间留了下来。种子,意味着新生命的开始。在这样的一个瞬间,从安静到安静,他走过了一段怎样澎湃不安的心路?"黄昏是温柔的,海水是平静的,一点风也没有。"这幅画里,曾经有过最汹涌的表情。

我喜欢这样的表情。我一直想象,在人群中有一张脸,无论岁月如何将它扭曲变形,它始终是淡定的。它的零度表情里,写满了不为人知的狂热。

一个铁窗中的人，理应有着比常人更深的思与想，爱与恨。不是简单的悲悯，也不仅仅是忏悔，这关涉作为普遍意义的人，在人性深处最真实的一种情怀。他以沉默的方式，说出自己最想说的话。

这是岁月的留痕。这是伤害后的顿悟。这是摔倒后的郑重站起。走过了歧路，他对方向感与脚下的每一步更加珍重。独自咀嚼时光，时光在他的舌尖留下苦涩味道。众声喧哗之中，沉默是一种品质。我尊重那些以沉默方式说服了我的人，热爱那些在瞬间就可以长久征服我的人。一个人的心里装着什么，他就会更多地看到什么；一个囚徒内心的良善，岁月在他心头走过时的宁静，让人为之动容。

在这个粉墨登场的时代舞台，我愿做一个被观众和演员遗忘的人，独坐某个角落，冷眼旁观，就像后海崖壁上的一个"囚徒"。后海，是我心目中最美好、最真实的海，我对它的向往，大约是因为所有的安宁所有的惊涛骇浪，都是属于海自己的。我把身心安放在那里，独立崖壁，眺望远方，拒绝合唱，拒绝随波逐流。一颗勇敢的心，笑傲苍茫岁月，哪怕举步即是悬崖。

一个人的强大，首先在于内心的强大；一个人的安静，更多地在于内心的安静。很多貌似强大和安静的人，常常被一些蝇营狗苟的琐事击败。从安徒生这篇叫作《城垒上的一幅画》的简短童话中，我想到那些被省略的文字，它们不必现身和言说。一页书纸之上，站起了一个完整的人，他是由那些被省略的文字组成的。阳光和小鸟，成为他生命中最美好的礼物。他的无言的表情，让坐在书房里的我总想说点什么。墨绿色的书桌，宛若后海的那片原生态港湾，我愿意把生命中的每一个白天和夜晚，都停泊在这里。

精神弹簧

一个演木偶戏的人，自以为是世上最幸福的人。倘若这其中存在一种因果关系，那么这逻辑是如何产生的？机械式的表演，或者说一种完全可以被操控的表演，意义在哪里？

"你是幸福的吗？"

"是，我和我的班子无论到什么城市去，都受到欢迎。当然，我也有一个希望……我希望能成为一个真正戏班子的老板，一个真正男演员和女演员的导演。"

"你希望你的木偶都有生命，你希望它们都变成活生生的演员。你真的相信，你一旦成了他们的导演，就会变得绝对幸福吗？"

作为导演的所谓幸福，其实是并不真实的。如果木偶们真的获得了生命，那么作为木偶戏的导演，将不得不面临一个问题：你是否还能适应这些具有生命意识的人？是否还能统领和掌控这些拥有正常思维、追求自由和自主表达的演员？

这个问题就像一个巨大的历史窟窿。一个盲目短视的时代，陷落进去将是注定的结局。

在《演木偶戏的人》的结尾，"导演"是这样说的："因为你是我的同乡，所以我才把这话告诉你。"

"你"则如此回答："而我呢，作为他的同胞，自然要把这话马上传达出来——完全没有其他的意思。"

或许，很多人会从这样的对话中看到整篇童话的叙述角度和技巧。我所熟识的写作朋友，大多在致力于叙述的技艺层面的探索，他们相信"怎么写"远比"写什么"重要。我觉得对一个作家的最大考验，在于他能否以自己的眼睛穿越现实，发现真相，能否看到时代和社会最真实的一面，并且纳入自己的艺术表达世界。在这个价值失范、心浮气躁的年代，"写什么"依然是重要的，甚至是最为重要的。

在安徒生这则童话的结尾，我看到的不仅仅是叙事技巧。木偶戏的表演和导演过程，其实是一个被遮掩的秘密。这样的一个秘密里，掩藏着太多不为人知的真相。

当木偶们获得了生命，每个人就成为一个独立的世界，开始拒绝被操控的表达，以至于整个戏班子都想和导演谈一谈，对自己所扮演的角色提出各种要求。不管这些要求是否正确，他们开始按照自己的意愿塑造自我。这让曾经最幸福的导演成为世上最可怜的人。他把整个戏班子重新装进匣子里，让他们恢复到原来的木偶状态，并且痛下决心："我再也不能让你们变得有血有肉了！"

这样的一个木偶戏导演的心路历程，如果与更为宏大的现实发生关联，会碰撞产生怎样的火花？作为现实中的我们，终将被这样的火花照耀还是灼伤？

法国哲学家柏格森在《弹簧魔鬼》中，讲述了孩童常玩的一种游戏：一个箱子，揭开盖子就有一个魔鬼跳起来，你把它压下去，它又跳起来；你压得越低，它跳得越高。这是两种固执性的冲突，一种是纯机械的固执性，一种是玩弄机械的固执性，而前者时常屈服于后者，就像猫捉老鼠的游戏，猫松开口把老鼠放下，老鼠像弹簧似的跳走，却又被猫一爪子抓住。

由此，柏格森谈到了精神的弹簧："想象一个刚表达出来就遭到压制，遭到压制又表达出来的思想；想象一串刚迸发出来就被阻挡，遭到阻挡又迸发出来的言语。我们又将看到这样一种景象，一个力量要坚持，另一个固执的力量要阻挡。不过这种景象没有物质内容罢了。"

时代的舞台。精神的木偶。鼓掌的观众。拥有正常的思维，这是一件让某些导演深感恐惧的事情。

或许，是我想得太多了。就此打住。

为了孩子，我们一起祈祷

在招牌与风暴发生关联之前，安徒生讲到了"表演"。一种叫作"鸟"的乐器，被高高地擎在空中，前后摇晃着，发出叮叮当当的响声。阳光照在这个乐器上，让人的眼睛昏花起来。在表演的队伍中，最前列的是一个丑角，他赢得了热烈的喝彩声，以致作为讲述者的外祖父，到了很老的年纪，仍然忘不了那个场面。

在这样的心理背景下，外祖父讲到了京城迁移招牌的古老故事。形形色色的招牌，标示着形形色色的存在。一场前所未有的风暴，改写了这些存在物的既定秩序，瓦片在天空中飞，木栅栏被吹倒了，河里的水跑到岸上。最有意味的是，风暴所到之处，不少雄伟的教堂尖塔必须弯下腰来，从此再也没有直起来。

教堂是信仰的象征，当教堂的尖塔弯下了腰，信仰是否还能高昂头颅？

这是关于信仰的真实写照。招牌的错置，是否意味着本来的名不副实？风暴所担当的角色，是要摧毁一些什么，还是想建设一些什么？

人力所不能企及的境地，风暴轻易就抵达了。而人的忍耐与沉默，可以孕育更为巨大的风暴。

一场风暴，改写了一座城由招牌构建起来的形象。因为招牌被风暴挪移了位置，那些荒谬的事物于是失去遮羞布，显现更为荒谬的原形。甚至，参议员们非常庄严的会议，回头望去，也不过一场儿戏。在一个充斥各种表演的环境中，风暴是最坚决也最公正的执行者。它横扫一切。

这个故事中，招牌是被更换的。感谢风暴。我看到了外祖父的暗自欣喜，以及更多人的更多期待。这个被讲述的故事，这个听来的故事，以欲言又止的方式，透彻地传达了它的最真意旨。

"这样的风暴在我们的这个时代里大概是不会发生的，不过可能在我们的孩子的时代里发生。我们只好希望和祈祷：当风暴在调换招牌的时候，我们恰好都待在家里。"

或许，这是唯一的选择。

为了孩子。

"风暴有些什么话要说"

这是风的诉说。森林，墙壁，天上的云块，敞开的大门，还有烟囱，壁炉，燃烧的火……面对这些世间的事物，风在试图讲述什么。

在风的讲述之外，还有一个叙述人。像一个风中的旁观者，他的冷静和理性，足以让风为之驻足。

一个贵族，有三个娇美的女儿：意德、约翰妮和安娜·杜洛苔。他是有着皇室血统的贵族，骄傲得不可一世。他时常对自己说的一句话是："事情自然会有办法。"而风的口头禅是："呼——嘘，去吧！去吧！"这既像一个开始，又似一个结论，有点无奈，也有些自我安慰。

美丽的栎树林里，响起斧头的砍伐声。这个贵族想要用这里的树木，速造一条有三层楼的华丽战舰，他相信国王一定会买下它。一片飞鸟栖身的树林，如何成为水手的目标？从树到战舰的转变，这其中有着怎样的欲望？窠被毁掉了，鸟儿变得无家可归，像流浪的风。面对此情此景，贵族和他的女儿们开心而笑。唯独最小的女儿安娜·杜洛苔备感难过，含泪哀求砍伐工人手下留情，不要伤害眼前的这棵树，因为，树的枝丫上有一只黑鹳鸟的窠，窠里的小鹳鸟正在无助地伸出头来……

这棵树保留下来。更多的树在利斧的飞影中倒下，被加工成为船的形态。这其中的悲剧是注定的。船的梦想和使命是破浪远航，而贵族对这条船的期待，仅仅是国王终将购买它。国王果真派海军大将前来检验这艘船了。然而大将更喜欢的，是那些在马厩里嘶鸣的、雄赳赳的黑马。黑马与战船，作为陆地和水中的工具，因为需求的不对称，同时失去了被利用的机会。接下来，安徒生借风之口讲述的情景，令人格外伤感："在被白雪覆盖的空旷田野上，飞来一群黑色的鸟。它们落到岸边没有生命的、被遗弃了的、孤独的船上。它们用一种喑哑的调子，为那已经不再有的树林，为那被遗弃了的雀窠，为那些没有家的老老少少的雀子而哀鸣。这完全是因为那一大堆木头——那一条从来没有出过海的船的缘故。"

这是一艘永远不会下水的船。这是树木的另一种存在形态。风的可爱与可敬，是仍然固执地"刻舟求剑"，在船体留下自己的努力与期待。正如风所说的："我把雪花搅得乱飞，雪花像巨浪似的围在船的四周，压在船的上面！我让它听到我的声音，使它知道，风暴有些什么话要说。我知道，我在尽我的力量教它关于航行的技术。呼——嘘！去吧。"

风的这段独语，是悲怆的。它的明知不可为而为之，是悲壮的。与其说它在以一己之力，试图成全一条船的梦想，我更愿意以为，它是在缅怀这条船的原初状态——那片快乐的栎树林，还有那些不知已经流落何方的鸟儿。树林倒下了，栖居林中的鸟飞散了。

风的流动痕迹，也是它讲述的过程。风所讲述的一切，一如它所历经的一切，终将成为过往。

贵族选择了制造赤金。他在固执地燃烧一切，并且相信燃烧的最终，金子将会出现。在风的眼中，燃烧的结果注定是一阵烟和一堆炭灰。贵族追求金子，得到的却是贫穷。他烧掉了所有，寒冷的冬天里，他甚至没有木柴取暖，那个树林早已被砍光了。他只能靠雪取暖。雪终将融化，赤贫变得无处藏躲。他对着蜘蛛网自言自语："你聪明的小织工，你教我坚持下去！人们弄破你的网，你会重新织，把它完成！人们再毁掉它，你会坚决地又开始工作，人也应该是这样，气力绝不会白费。"

复活节那天，贵族终于炼出了金子。他把金子装在一个易碎的玻璃杯里，然后把杯子举到空中，让它在太阳光中闪光。他的手在发抖，杯子最终落到地上，跌成了碎片。

这是一个炼金术士的梦想。他一直怀着这样的梦想，即使在一无所有的时候。他重新购买了一个炼金的杯子，盛满从地上捡起来的那些碎片。这个曾经的贵族，这个相信任何气力绝不会白费的炼金术士，他在一条歧路上走得太久太远。作为见证了整个过程的"风"，"我"是善解人意的。"我"的悲悯并不能解决问题，所有的问题终将拥有一个结局。贵族带着三个女儿走出公馆，开始了沿街乞讨的生活。

五十年过去了。贵族最小的女儿安娜·杜洛苔，那朵曾经的淡白色的风信子，也已变得苍老。她活得最久。她经历了一切。

也是在一个复活节，她唱起了最后的歌。在几堵要倒塌的墙之间，在鹳鸟的窠底下，她死去了。她在年幼时曾经挽救过的鹳鸟的窠，成为庇护她的屋顶和天空。

"新的时代，不同的时代！私有的土地上修建了公路，坟墓变成了大路。不久蒸汽就会带着长列的火车到来，在那些像人名一样被遗忘了的坟上驰过去——呼——嘘！去吧！去吧！"

"风"像一个卑微的见证者，又像一个伟大的预言家。它所看到和说出的，正是所谓现代化的宿命，人类的最终境遇。"这是贵族和他的女儿们的故事。假如你们能够的话，请把它讲得更好一点吧！"风说完就掉转身，不见了。这样的结局，让这个故事具有了更多的隐喻意味。

一支火柴从天空划过

我一直没有把这个故事讲给女儿听。这大约是童年时期听到的唯一的安徒生童话，让我关于贫困童年的记忆里留存了一丝暖意。我不知道，时隔这么多年，当我把它讲给女儿听的时候，她是否会更加体味到现今生活的幸福？

卖火柴小女孩的所有梦想，都与寒冷和饥饿有关。寒冷与饥饿，一刻也不肯放过她幼小的身躯，最基本的温饱，成为一个最艰难的问题。那些泡在蜜罐里的孩子，也许永远不会相信，世上还会有着这样的一种生活。

那个流浪街头的卖火柴小女孩，那个靠火柴取暖的小女孩，她手中小小的火焰，照耀了我的整个童年；一支火柴柔弱的光和热，让我感受到了人世间彻骨的悲凉。三十多年过去了，今夜在灯下重读这则童话故事，我依然忍不住想要落泪。

三十年前，我还是一个孩童，那个卖火柴的小女孩，是与我同龄的人。三十年后，我已成为一个父亲，渐渐地懂得如何去爱一个幼小的生命。我时常在想，对童年记忆里的那个卖火柴的小女孩，除了同情与怜悯，我们是否付出过真正的爱？那个卖火柴的小女孩，从丹麦的圣诞夜一直走到了今天，她流落城市街头，在行人匆匆而逝的身影里瑟缩发抖。我们对着书本中的故事流泪，对身边的现实苦难却熟视无睹。

苦难常常是以"理所当然"的样子发生的。我们漫不经心或习以为常的"工作"，或许正是造成某些苦难的根源。作为机器的一个组成部分，哪怕是微不足道的一个零件，也是该有这种自省意识的。我们认识到自己的"恶"了吗？一个庞大机器上的零件，只知道按照既定规则不停地运转，没有认清这个机器批量生产的，究竟是一些怎样的产品。我们斥责历史上的那些所谓"坏人"，却不曾料想自己在后人心目中会是怎样的形象。

安徒生的讲述，像一支燃过的火柴梗，给我们留下了关于燃烧的想象。一支火柴的光和热，是如何穿越冷漠，给一颗柔弱心灵带去最后的慰藉？若干年后，有人紧握这支炭黑的火柴梗，在苍白的现实中写下一个歪歪斜斜的字：爱。

广东佛山小悦悦事件，是当代版的《卖火柴的小女孩》。那个年迈的拾荒老人，是人群中唯一站出来施救的人。她成为一面镜子，照出了人性的自私和冷漠。在拾荒老人面前，那些高谈阔论责任和道德的人，是可耻的。人之为人的底线，为什么要让那些顶着生活重担的肩膀来担当？那些更有力量的人，躲到哪里去了？

爱这个世界，爱这个世界上的每个人。"最孤独的人、最可怜的人和快要死了的人都得到了她的同情与帮助，而这种同情与帮助不是以恩赐的态度，而是以尊重人的与生俱来的尊严与价值为基础的。" 这是诺贝尔和平奖向特里萨修女博爱精神的致意。这位身材矮小的修女，成为茫茫人海中的人格标高。

一支火柴从天空划过，了无痕迹。然而那丝转瞬即逝的微光，在某个仰望天空的人的心里永远留存下来。穿越冷漠的时光和遥远的距离，人性的尊严与美好，将会铭记这一份烛照，并且向那支燃烧过的火柴梗致意。

没有年轮的城市

这篇题为《树精》的童话中说，我们的时代是一个童话的时代。

这样一个童话时代，总在上演一些真实的故事。

一个依附于栗树的树精，梦想着到豪华富贵的环境中去，每天黄昏，她都朝着巴黎的方向望去。这棵梦想去巴黎的树，终于有一天告别自己脚下的土地，向着日思夜想的城市而去。一个声音，像末日的号角一样响起："你将到那个迷人的城市里去，你将在那儿生根，你将会接触到那儿潺潺的流水、空气和阳光。但是你的生命将会缩短。你在这旷野中所能享受到的一连串的岁月，将会缩短为短短的几个季节。可怜的树精啊，这将会是你的灭亡。你的向往将会不断地增大，你的渴望将会一天一天地变得强烈。这棵树将会成为你的一个监牢。你将会离开你的住处，你将会改变你的性格，你将会飞走，跟人类混在一起。那时你的寿命将会缩短，缩短得只有蜉蝣的半生那么长——只能活一夜。你的生命的火焰将会熄灭，这树的叶子将会凋零和被风吹走，永远回不来。"

这是对树精的忠告。这个声音在空中回响，丝毫没能改变树精对城市的渴望。作为一棵有根的树，她希望自己像飘浮的云块一样，可以远行到谁也不知道的地方去。许多人带着铁锹来了。这棵树被连根挖起，装到马车上，向巴黎运去。这是快乐的旅程。这是期盼已久的旅程。这棵树的枝叶忍不住颤抖起来。她并不知道，自己爱上了一个虚无。

她被栽到了城市广场上。这里曾经站立过一棵树，一棵被煤烟、炊烟和城里一切足以致命的气味杀死了的老树，当树精被运抵广场的时候，那棵老树刚被装在马车上拖走了。树精并没有意识到，她所目睹的这一幕，正是自己接下来的命运。

泉水，微风，甚至清新的空气，都离她远去。工业文明像一个蓄谋已久的伤害，等待一棵远道而来的树。钢筋混凝土的世界，以冷漠的方式接纳了这棵树。

"一切跟我所盼望的一样，但也不完全跟我所盼望的一样！"树精陷入了矛盾，一种不曾有过的想法开始折磨她。在她的梦想中，既有对人的生活的向往，又有对云块的羡慕。云块是自由的，也是虚无的。树精不得不面对的，是一个被改造的真实世界。回归的不可能，生命的枯萎，成为一件注定的事情。"上帝给你一块土地生下根，但你的要求和渴望却使你拔去了你的根。可怜的树精啊，这促使你灭亡。"风琴的调子在空中盘旋着，用歌声说出了这样的话。

十年前，我曾把自己的一本散文集命名为《远行之树》。我想象一棵树，既得扎根，又要远行，这是它只能直面的命运，也是它无法解脱的生存悖论。这里面有着一个人的犹疑和抗争。我把这些难以言说的情怀，托付给了一棵远行之树。那时我不曾想到，在若干年后的城市化浪潮中，树的远行会成为一个普遍现实。一双看不见的手，把大树从深山移植到了城里。在钢筋混凝土之间，一座座没有年轮的城市正在迅速成长。大树进城，大树的枝叶上蓬勃生长着的，是人的急功近利。被移植到城里的大树，在城市天空下支撑起另一片天空，这是正在被创造的所谓奇迹，是"拔苗助长"的当代版本。

树的渴望与人的欲望，在漫长的时光中交汇成为一个点。这个点逐渐地扩大，逐渐地有了光环，逐渐地被更多的目光关注，被更多的人提起，成为这个时代的热闹景象。

云块是在高处的一个虚渺存在。树精对云块的向往，让她最终成为地上的一朵残花，被人类的脚踩成尘土。我的那份曾经寄望于远行之树的遥远情怀，已成为某些人急功近利的一个注释。那些风尘仆仆的赶路，究竟是要去往哪里？

有生命的事物，是不该仅仅成为装饰品的。一棵经风历雨的树，被移植在钢筋混凝土之间，成为当代城市的一种点缀。这棵树的枯萎枝叶，把城市天空分割成了若干碎片。

每朵花里都住着一个灵魂

一盆花里，竟然藏着最真的爱与最深的恨。每一片花瓣，都是说不出的语言和最深情的凝望。这是两个人之间的懂得。可怜的姑娘，她最终对着花盆死去了。

玫瑰花精所见证的，不仅仅是爱情，更有人性的恶。它的使命，就是说出隐藏在花盆里的那个真相。

玫瑰代表爱情，在爱情遭遇陷害的地方，长出了一棵素馨花。它是洁白的。按照玫瑰花精的指引，可怜的姑娘循着梦境来到那片小树林，找到了恋人被埋葬的地方。噩梦醒来，她独自面对残酷的现实，这个伤心欲绝的姑娘，从树林里带回一根素馨花的枝子，并把它栽进了花盆里，一同栽下的，还有一个悲伤的秘密。她把花盆摆放在窗前，每天看着它流泪。她的恶毒的哥哥，那个杀死她的恋人的凶手，不理解她为什么总是对着花盆流泪。她日渐憔悴，但是素馨花的枝子长得越来越新鲜，终于冒出了许多白色的小小花苞，像是一些如鲠在喉的话。

似乎从来不曾深想，玫瑰何以代表爱情？玫瑰见证爱情的美好，以及爱情所遭遇的磨难和罪恶，它以自己的方式说出这些。只是，我们是否懂得？

我并不喜欢借助于玫瑰的爱情表达。爱情在于彼此的理解之中，这样的理解，应该是通过默契来表达的。玫瑰，作为一个被赋予了公共色彩和意义的外在物，如何可能真实透彻地传达内心的讯息？安徒生的童话《玫瑰花精》中，在玫瑰停止的地方，长出了一朵素馨花，曾经的血红，变成了雪白。

每朵花里都住着一个灵魂。对花朵的误读，已经成为司空见惯的事情，这是人无法逾越的局限。花朵的存在，并不仅仅为了获得观赏和赞美。当一朵花，在春天之外独自绽放，然后凋零，化为脚下的泥土，谁还会记得，从绽放到凋谢，一朵花走过了怎样一段不为人知的路。我终于理解了，若干年前一个朋友所讲述的，路边小小花蕾的颤抖，会让她突然泪流满面。把叶脉视同一条回家的路，需要怎样丰盈的情感？又会从中汲取怎样的生命汁液？

打量一朵花时，我们并不只是一个单纯的观赏者。人性的深处，包含着对美的渴念，以及对美的成全与占有。面对一朵花，会更清晰地看到人性的美好和邪恶。

工业文明也是一朵花，它接受太多人的血泪和汗水的浇灌。它绽放，然后被采摘，编织成了七彩的花环，戴到少数人的头顶。在我的眼里，所有外表光鲜的事物，都是开放在这个时代枝头的花，每朵花里都藏有一个待解的谜。我们被花的艳丽迷惑，也被花的芳香笼罩和浸润。我们是一群流连忘返的观赏者。

在最细嫩的花瓣后面住着一个人，一个能揭发罪恶和惩罚罪恶的人。当花瓣在绽放的瞬间释放出的香气成为复仇的箭，那个作恶的人注定在劫难逃。

影子是有根的

顾影自怜的人，看不到脚前更长更远的路。就像那些前行的人，往往忽略了身后的影子。

安徒生童话《影子》中的那位学者相信，他身上一定有着影子的根，甚至一度，他以为影子是他所能看到的唯一活着的东西。他写了许多的书，研究这世上什么是真，什么是善，什么是美。

影子是一个"黑色的人"。借助阳光的力量，他存在，并且成长。当那位学者以主人的身份，对自己的影子承诺"我决不把你的本来面目告诉任何人"的时候，影子完成了对人的占领。人已经沦为影子的影子。当影子也拥有生命，这些原本沉默的事物都开始发声。喧嚣的世界突然变得安静，万物惊恐地睁大眼睛，聆听这来自异域的声音。

影子是这样自我介绍的："我住在有太阳的那一边，下雨的时候我总在家里。"

这究竟是一个怎样的影子，我说不出。我只知道，影子无处不在。假若所有的影子重叠汇聚到一起，阳光必将被遮蔽。

当一位美丽的公主爱上了影子，对影子产生爱情，这意味着，影子与权力完成了堂而皇之的勾结。这时，影子对他的主人——那位学者说出了这样的话："现在一个人所能希望得到的幸运和权力，我都有了。我现在也要为你做点特别的事情。你将永远跟我一起住在我的宫殿里，跟我一起乘坐我的皇家御车，而且每年还能领十万块钱的俸禄。不过你得让大家把你叫作影子，同时永远不准你说你曾经是一个人。一年一度，当我坐在阳台上太阳光里让大家看我的时候,你得像一个影子的样儿,乖乖地躺在我的脚下。"

看似漫不经心的言说,说出了一个永远阐释不尽的问题。而艺术作品的生命力,恰恰取决于它在时间长河中被阐释的可能性有多少。

安徒生以童话的方式,呈现了一个看不清也说不清的世相。他笔下的"影子",是洞悉世间真相的,正如影子所感慨的那样:"我看到谁也没有见过和谁也不应该见到的东西。整个地说来,这是一个卑鄙肮脏的世界!要不是大家认为做一个人是件了不起的事情,我决不愿意做一个人。"

每个人的身前,其实都有一所神秘房子。房门虚掩着。面对这扇虚掩的门,是该彻底打开它,还是永远地关闭它?很多人犹豫不决,不知道该做出怎样的选择。

这是一个布满影子的世界。我写下这些关于影子的题外话,更像是一份自我提醒。循着黑色的影子,我将向着更深的黑暗走去,祈望在摸索行走的过程中,找寻一缕被遮蔽的阳光。

爱上炉火的雪人

一个雪人,爱上了屋子里的炉火。

"你永远不能到那儿去,"看院子的狗说,"如果你走近火炉的话,那么你就完了!完了!"

雪人最终没有走到火炉那里。整整一个夜晚,他一直在窗外注视着她,注视着那团他深爱的火。

后来,太阳出来了。再后来,雪人融化了。

我愿意这样以为,雪人最终没有走近炉火,不是因为怯懦,也不是因为爱得不够坚定。恰恰相反,雪人之所以与炉火保持了一段艰难的距离,正是因为他的坚强,他对于炉火的深爱。作为雪人,靠近一团自己深爱着的火,然后为之融化,或许是一种最幸福的成全。但他不能。他担心自己的融化会将炉火熄灭。他不忍伤害那燃烧着的火焰,他希望那小小的火焰永远微笑着。因为爱,他选择了距离,一段不远也不近的距离。

这是一个男人的隐忍。这个男人一直在默默遥望着那团火,直到死去。

我在这则童话中体味到了一股暖意。这样的暖意,不是来自燃烧的炉火,也不是因了理智的雪人,而是源自炉火和雪人共同的存在背景——寒冷。是的,是寒冷。我从寒冷中感受到一种不同于寒冷的东西。或许,它叫作感动。因为寒冷的存在,雪人和炉火的存在才成为可能。寒冷作为一种存在,既是雪人所需求和向往的,也是炉火所要驱除的。在向往与驱除之间,雪人和炉火相遇。注定的短暂相遇,瞬间已经足够,一刻胜似百年。有些情感之所以值得回味,往往在于它的短暂易逝,就像昙花一现的美丽瞬间,就像熊熊燃烧的炉火,还有迅疾融化的雪人。

　　假如,这样的故事被某个女孩来讲述,会是怎样的一种情形?

　　想到安徒生笔下的《海的女儿》。海底公主为了赢得人间王子的爱,必须获得人所特有的"灵魂"。她为此做出了最大牺牲,让巫婆把她的鱼尾变成人腿,并且割下舌头作为巫婆的报酬。她从此成为一个哑巴,无法表达对王子的爱情,甚至当王子因为误认而与另一位女子结婚时,她都无法说出事情的真相,无法亲口告诉王子她才是他所要寻找并与之结婚的救命恩人。王子与那个女子结婚之夜,也是她获得"灵魂"的希望彻底破灭的时刻,她的最后出路是恢复原形,返回海底,度过三百年的岁月。但前提条件是,她必须在太阳出来之前,将一把刀子插进王子的胸膛,当他的热血流到她脚上时,她的双脚才能恢复原形。"不是他死,就是你死!"同伴的催促越来越急,朝霞正在毫不犹豫地逼近,海底公主已经别无选择。看着新娘身旁正在幸福入睡的王子,她弯下腰轻吻了他的睫毛,然后是短暂的犹豫,然后,她把手中的刀向浪花里掷去。刀子沉没的地方,浪花发出一道红光,像有许多血滴溅出了水面。她再一次将目光投向熟睡的王子,然后纵身跳到海里,感觉到自己的身躯正在融化为泡沫。她最终没有获得"灵魂",没有获得爱。但她为了灵魂、为了爱做出了那些所谓灵魂高贵者和拥有爱的人难以企及的选择。因为爱,所以放弃爱。她在做出巨大牺牲之后,放弃了解释,也放弃了对于这份感情的挽救,只因为不忍对王子造成丝毫伤害。她把祝福留下,把自己带走。这是爱的另一种表达,它让语言变得苍白无力。

　　在爱情受阻的地方,激起碎玉一样的浪花。透过这些浪花,我看到人性的柔软,爱的凄美。

　　这是一份简单的爱,是我们本应熟悉,然而却变得越来越陌生的爱情。

不需要附加任何东西,包括所谓的天长或地久。不管是雪人,还是海底公主,都拒绝花言巧语的承诺,甚至不曾有过任何表白。他们将情感永远埋在心底,然后在某个不经意的早晨悄然离去。阳光下,没有人会记起那个长长的夜晚。他(她)独自熬过了。

我看见雪。看见这些无家可归的孩子,正在飘落尘世。

我看见一片倔强的雪花,从那个仰望者的睫毛悄然滑落,在炉火的映照下更加轻盈洁亮。

最后的夜晚

这是最后一夜。

当晨曦升起,当那个叫作"明天"的日子如期降临,老街灯将永远告别这条街道。

已经多少年了,它一直守望在这里。街道的秘密,就是它成长的细节。那些匆忙的步履,那些徘徊的心事,喜悦和悲伤,孤独或喧嚣,都曾经走进老街灯的温和目光。老街灯珍藏着它们,永远都不会说出口。

老街灯的存在,仅仅是为了对一条街道的守望吗?当它的光越来越孱弱,终于无力继续照亮别人的路的时候,那些曾经被它照耀过的人,并没有为它指明一条道路。离开这条街道,老街灯不知道自己将要走上一条什么样的路。当它带着这条街道的所有秘密离去,街道仍然是那条街道,仍然布满匆忙的步履,徘徊的心事,仍然上演着一幕幕的喜悦和悲伤,孤独或喧嚣。

因为别人的遗弃,老街灯成了守夜人的珍藏。在离开那条街道之前,它从来没有想过,自己与守夜人原来是如此默契。守夜人和他的妻子也老了,这条街道,这盏灯,已经成为他们生命中不可割舍的部分。这么多年来,守夜人从来不揩老街灯的一滴油。现在,他拥有了这盏"退休"的灯。它就被搁在火炉旁边的靠椅上。我相信老人独自凝望它的时候,心底一定会涌动很复杂的想法。老街灯曾在那些风雨之夜温暖过他,就像此刻它在陪伴着他的孤独一样。炉火的温馨,让那些风雨往事披上了一层暖意。那些相依为命的日子是值得回味的。老街灯记得,守夜老人每个星期日下午总喜欢读一些游记类的读物,他高声朗读着那些关于非洲、关于大森林和野象的故事。他从未离开过这条街道和这盏灯,他的心里有一个关于远行的梦想。

是命运不肯放走他。当他终于可以走开的时候,却不知道自己接下来将要遭遇怎样的命运。有些东西,其实是我们无从把握的。就像在奔往某处景观的途中,我们无法拒绝沿途的景致,不管是令人愉快还是忧伤。甚至,它们的存在,或者这种存在所呈示的意义,已经远远超过作为目的地的所谓"景观"。而这一切,常常被我们发觉,却很难让我们做出有违初衷的选择。人们就这样固执地走完了一生。

而守夜老人留了下来。还有老街灯,也一直留在那里。我们忽略了他们的存在。我们是匆匆的赶路者。

因为搬家,我翻阅起了旧的习作。它们已在牛皮纸信封里尘封十多个年头。我无法让自己不按照当下的心态和眼光去重温那些文字。我在翻阅它们的时候一直在努力让自己回归当初的心境。这些稚嫩的文字收留了我的青春,遥远而有质感。它们打动了我。我珍视这份真实,期望写下具有同样品质的文字。多年以后,我也会像今天一样成为自己的读者。就像那盏老街灯,它曾经照亮我的远行之路,也一直在记着我的回家之路。

另一种现实是,难耐寂寞的老街灯主动走进熔炉,被铸成一架可以插蜡烛的漂亮烛台,摆到了诗人的绿色书桌上。那些曾经的风雨,于是在诗人笔下氤氲成为浪漫的风景。也许,这仅仅是一个梦。这个梦让我有了说不出的伤感。

被复制的"欲望"

在这则童话结束的地方,安徒生说:"你现在可以好好地想一想。"

现实生活中,园丁是一个很少被质疑的角色,他常常与辛勤、无私等词语相关联。在童话《园丁和他的贵族主人》中,园丁除了培育花草,还对花园有一个统一的规划。他的规划里,包括铲除那些老树。那些老树,已经站立在那里好些年月了,树上住满了鸟儿,像是鸟儿的快乐家园。他曾经建议主人砍掉那些老树,废除这片鸟儿群居的景象,通过自己的双手来重新规划建立一片理想花园。而主人的态度是:"既不愿意砍掉树,也不愿意赶走这群鸟儿。这些东西是古时遗留下来的,跟房子有密切关系,不能随便去掉。"

这个回答令人感慨。我一次次地试图说服自己,主人的这个回答是来自于一份独有的理性。我是多么希望,这个回答不是偶然的,也不是随意的敷衍,它来自一个有主见、有正常温度的心灵。即使放在当下,它依然是弥足珍贵的。

主人想保留那些老树,同时他也一直在观望外界的冷暖和收成,期望将一些好的品种移植到自己的园地里开花结果。当他得知那些在外面备受赞誉和青睐的水果居然产自家园地的时候,他让园丁去开了一纸证明,来确证这个难以置信的事实。

园丁是有欲望的。园丁的欲望,在于他想通过自己的浇灌和剪裁,让自己的花园拥有整个春天,表达整个春天。他按照自己的意愿,来划定花草的存在秩序。这样的时候,园丁成为一个技术主义者,他的所有举措都被赋予合理合法的外衣,他以职业的名义,对生态进行肆意篡改和破坏。

是什么支配了园丁的这些想法?当暴风雨把那些树连根拔起的时候,园丁内心的规划终于可以实施了,他要在这块充满阳光的土地上播下欲望的种子,他想使它们变成花园的骄傲和主人的快乐。所谓园丁,是贵族主人的园丁,他侍弄的芬芳花草,是首先向着贵族主人绽放的。我相信园丁是怀着善意的,这并不意味着他不做错误的事情。善意与错误,并不是绝缘的。

大树倒下了,曾经栖落树上的鸟儿变得无家可归。屋子里的人说:"它们曾经用翅膀扑打过窗子。"当鸟儿用原本用来远翔的翅膀拍打窗子,它们试图告诉你的,是对家园的理解和怀念。

我们赖以生存的这片辽阔土地,已经被分割得支离破碎。千千万万的"园丁",一手擎火,一手执冰,在铲除的同时也在播种,在破坏的同时也在建设。正如安徒生所讲述的那样:"在原来是两棵老树的地方,现在竖起了一根很高的旗杆,上边飘着丹麦国旗。旗杆旁边另外有一根杆子,在夏天和收获的季节,上面悬挂着啤酒花藤和一簇簇香甜的花朵。但是在冬天,根据古老的习惯,上面挂着一束燕麦,好使天空的飞鸟在欢乐的圣诞节能够饱吃一餐。"

他们铲除古老的事物，并不影响他们对古老习俗的遵循，并且视之为一种美好的德行。现实生活中，有的人破坏生态环境，然后反思和忏悔，在潜意识里把这种反思和忏悔当作了自我开脱的理由，很快就变得心安理得起来。这是当代版的"掩耳盗铃"。当一种支离破碎的存在，以"完美"的方式呈现出来的时候，这里面必定有一个巨大的虚空。

在园丁和贵族主人的故事里，我看到了"土地"的问题。土地是园丁和主人发生关联的中间物，所有的故事，都是从土地上滋生出来的。园丁的自信，是因为那些来自外界的肯定。主人在批评园丁的时候，不曾料到他在外面看好的那些水果，其实恰恰来自自己的土地，出自这个被批评的园丁之手。一个人的看法正确与否，需要外界来加以确认，或许这是人天性里的悲哀。沿着主人的目光，园丁开始酝酿新的计划，他作为园丁的审美观念的落实，恰恰构成了对自然生态的强力破坏。反观当下，那些开发建设者，那些遇山开山、见河架桥的人，他们的动力来自一种怎样的欲望？城市开发与建设，是当下的最大现实，应该有一个不变的刻度存在，而不是简单的顺应。这个时代有着太多理直气壮的顺应，在顺应中迷失了自己，这委实让人悲哀。太多被掩饰被美化的东西，将在时光中渐渐被揭去面纱。

南辕北辙的事情正在堂而皇之地上演，这其中的深层次原因，我们是否有足够的勇气来正视？很多简单的事情，其实有很复杂的背景和原因。这是一个常识。我们常常忽略了这样的常识，缺乏足够的勇气正视它。常识的被漠视和被忽略，使常识变得高深莫测，极易回到迥然不同的另一面。

"为了我们的粥"

从一本旧诗集上撕下来的一页纸，用来包装了干奶酪。

"把一整本书撕得乱七八糟，真是一桩罪过。"那个学生说。看到学生秉烛夜读的情景，他被深深地震动了。一种无以言表的美，彻底把他征服。这是一种陌生的感觉。这种陌生感在他的内心迅速地蔓延。因为知识，因为对知识的渴求，学生房间里特有的"场"，被门外的小鬼感觉到了。他站在门外忍不住感慨："这真是美丽极了，这真是出乎我的想象！我倒很想跟这个学生住在一起哩。"

知识的魅力让小鬼再也难以平静，在他的认知世界里，这扇天窗被学生读书的那个场景给打开了。他从此有了主见，再也不信任那些坐井观天的高谈阔论。他对顶楼学生房间里的光线充满了向往，那是对知识的迷恋。他沐浴着从学生房间里泄漏出来的音乐，心中充满了神性和温暖，忍不住凄然泪下。他自己也不知道为什么要流泪，但在流泪的时候，他体味到了一种幸福感。

　　这样的幸福是短暂的。

　　当顶楼上的灯灭了，音乐停止，小鬼才开始感觉到冷。冷，是对现实的描绘。他从精神回到了现实。他需要来自小商人的粥。

　　一场火灾，检验了他内心的真正需求。火灾中，小商人首先想到要抢救的，是股票；他的太太想到的，是耳朵上的金耳环；女佣人则跑去找她的黑绸披风，因为她没有钱再买一件；而小鬼想到的，是冲到楼顶，把学生放在桌子上的那本奇书抢救出来。千钧一发之时，他惦念的，是书。火被熄灭了，小鬼的头脑冷静下来，他的想法又回归原位。他说："我得把我分给两个人，为了那碗粥，我不能舍弃那个小商人。"

　　这是最真也最素朴的现实。这是一个人对待现实的态度。他需要学生房间里的那种读书情景，同时也离不开小商人所代表的物质世界。

　　小鬼的矛盾和犹疑，在现实中具有普遍意义。有一个细节不该被略过。当小鬼在火灾中冲到学生房间抢救那本奇书的时候，他看到学生正泰然自若地站在一个开着的窗子前面，眺望着对面那幢房子里的火焰。这是一个读书人对火灾的态度。他是观赏者，或许也是感慨者和言说者。现实的火灾对他是"无意义"的，他更多地沉浸在内心的燃烧之中。

当"出身"不再成为一个问题

　　始终用婴儿的眼光看待世界，这是诗人所为。用成年人的世俗眼光打量孩子的内心世界，这又意味着什么？同是属于儿童的纯真，被一些世故的眼光分割成了三六九等，支离破碎，并且有了所谓的区别。我深深地记得童年在农村时，偶尔看到城里的孩子，他们的食物和玩具，都是有别于我们的。在幼时的眼光中，他们是来自另一个世界的人。

将军的女儿"小小的爱米莉",正是这样一个来自"另一个世界"的人。安徒生笔下的将军,是一个没有参加过战争的将军,虽然他的身上挂满了勋章。他夫人的贵族头衔,是七岁那年用钱买来的,这意味着,她曾经拥有一个与普通人的孩子一样的童年。但她未对普通人的子女,比如看门人的儿子乔治表现出同情和关切,甚至更加厌弃他们,疏远他们。

看门人的儿子乔治无法改变贫穷的生活,但是他拥有最丰富的想象,他用仅有的一个铜板买来一盒颜料,画起了彩色的画。他的梦想就是实现梦想,让那些彩色梦想变成现实。他把最初的几幅画送给了小小的爱米莉。

乔治和他的父母,住在将军的地下室里。"太阳照着住在第一层楼上的人,也照着住在地下室里的人。"我曾在一篇题为《城里的月光》的散文中,写过一个城乡接合部的民工。他住在我家对面楼的地下室,他的儿子与我的女儿时常在楼前一起玩耍。那真是一个阳光男孩,他的父母生活在阳光照不到的角落,承受生活的艰辛和磨难,用双手积攒阳光,把阳光种植在孩子幼小的心里。

安徒生的笔,流淌着善意。他写下看门人的儿子乔治的成长和成功历程,让他与将军的女儿最终拥有了完美和谐的结局。这是一份美好的祈愿。在安徒生的讲述中,"出身"已经不再是一个问题。乔治通过自己的努力,改变了既定的生存秩序,在新的秩序中为自己谋求了新的位置。他的执着,在于他可以把画在肥皂泡上的梦想变为现实。这样一个穷苦孩子的命运遭遇,被安徒生写得很美。这让我们反观当下的贫富二代时,会感到一丝温情,同时也会体味到彻骨的寒意。当贫富两代人的后人不能像艾米莉和乔治那样,最终走到一起终成眷属的时候,他们将会怎样对待彼此?

这是一个有"门"的世界。门是通行的入口,也是阻挡的界限。一个看门人的儿子,在现实中其实是无法走进那扇门的。他是被拒之门外的人,也是随时可能破门而入的人。另一些人眼中的风景,恰恰成为隔绝他的栅栏。他在栅栏这边的世界,遥看着栅栏那边的世界。他把"门"视为唯一的合法通道,依然保持了对"门"的尊重和对"门槛"的礼节。门里门外的两个世界,同时出现在他心灵天平的两端。童年和少年就是这样度过的。当这批从地下室成长起来的孩子长大成人,他们会如何面对他们生活的城市,以及在城市里生活的那些人?

"出身"是一个问题。"出身"是如何成为一个问题的?并且,如何不再成为一个问题？从《看门人的儿子》中，我想到了这样一系列问题。

可疑的"价值"

　　一枚银毫，作为一个国家通行的货币，走出国门以后，在外面的世界被当成了假货，到处受到质疑和责骂。这枚银毫像是一面镜子，折射着不同人的不同眼光，也让我看到了问题的另一面。试想，别的地方通行的价值和规则，在银毫的故乡大约也是行不通，不被认可的。

　　倘若钱币代表一种价值，钱币流通的过程，是否可以看作某些价值的流传和普及？这显然是不尽合理的。这个物欲时代，金钱至上，非但没有事情让价值普及，而且很多价值已经流失。守卫常识，已成为一件紧要的事情。

　　一枚银毫在异国他乡被当成了假钱。每一个不小心拥有了它的人，都想赶紧偷偷地花掉它。"每次当银毫被偷偷地当作一枚本国钱币转手的时候，它就在人家的手中发抖。"于是，这枚银毫以假币的身份在被埋怨和咒骂中悄然流转，经历了不同的手。一次，它落到了一个穷苦老人的手中，它以"假币"的身份充当了老人一天辛苦劳动的工资。这成了老人的沉重心事。她一天的劳动，是真实的，而得到的报酬，却是虚假的。老人不得不去骗别人，因为她没有力量收藏一枚假钱。她认为那个有钱的面包师应该得到它，他有力量吃点亏，承担一场骗局的后果。老人为自己的想法而内疚。她最终还是去了，打算用这枚银毫换取面包，结果被识破，失败而归。老人把银毫带回家，态度渐渐变得友爱和温和，她决定不用它去欺骗任何人。她想在这枚银毫身上打一个眼，好使人们一看就知道这是一枚假币。转念一想，老人开始觉得这枚银毫可能是一枚吉祥的毫子，于是她在这银毫上打了一个洞，穿了一根线，把它挂在邻居小孩的脖子上。

　　这是一个穷苦老人面对假币的态度，她深知被欺骗的难过，不想再让任何人遭受欺骗。她独自承担了一场骗局的所有后果。她安慰自己，坦然接受这样的现实，并且馈赠他人。读到这个细节，我忍不住想，这个贫苦的老人，她在艰难度日，然而她拥有怎样的情怀？卑微的生命，拥有着高贵的灵魂。这也让我想到，那些劳苦大众对生活的忍受和承受，对苦难的"认命"态度,以及自我心理救助的方式方法。

然而贫苦老人的爱心,又遭遇了功利的眼光。邻居孩子的母亲,从吉祥毫子的身上看到了可能的商机。她想用它去买彩票,没准可以成全她的发财梦。这枚银毫被从孩子的脖子上摘了下来,重新进入假币的流通渠道。

一枚货真价实的银毫,得不到别人的认同,它为此而苦闷。它的命运,是与别人的目光紧密相连的。

这是一个价值失范的环境。正如银毫所感慨的那样:"在世人的眼中,人们认为你有价值才算有价值。"

几经辗转,这枚银毫最终回归了故土。它的身上已被穿了一个孔,这是假币的象征。一个孔,像是一个伤口,它没有流血,它汇聚着形形色色的目光。

回到故土,这枚银毫得到了认可。在他的讲述中,他的一切烦恼于是都结束了,他的快乐又开始了,而且它感慨:"最后我总算是回到家里来了。我的一切烦恼都告结束。我的快乐又开始了,因为我是好银子制的,而且盖有真正的官印。我再也没有苦恼的事儿要忍受了,虽然我像一枚假钱币一样,身上已经穿了一个孔。但是假如一个人实际上并不是一件假货,那又有什么关系呢?一个人应该等到最后一刻,他的冤屈总会申雪的——这是我的信仰。"

银毫的讲述,无疑是一个"光明的尾巴"。我觉得这让一个原本宽阔的故事变得狭窄,格局变小了。我从银毫的态度中,看到一种"好了伤疤忘了痛"的神态。

那些误解的目光,源自哪里?从一枚银毫的遭遇,仅仅想到现今社会的假是不够的。我也想到了那些唯在本土才可通行的"价值"。当一种"价值"只在本土才会得到所谓确认和信任,不具有更为宽广的普遍性,这是可疑的。

为了在闪电的裂缝中看到天

荞麦被闪电烧焦,是因为骄傲和自大。这是老柳树的看法,经由麻雀和其他人的转述,渐渐地成了定论。

遵从基本的生存规律，自然万物都是有智慧的。人类的局限在于，看不到这样的智慧。可是我仍然不想仅仅认同柳树和麻雀的"定论"。作为一个"人"，是该有一些有别于它们的"看法"的。

荞麦没有世俗的果实，不像麦子那样，丰盈饱满，迎着镰刀歌唱。然而我敬佩它面对暴风雨的态度。当暴风雨降临的时候，田野上所有的花都把叶子卷起来，把头垂下来。当老柳树提醒它说："当云块正在裂开的时候，你无论如何不要望着闪电，连人都不敢这样做，因为人们在闪电中可以看到天，这一看就会把人的眼睛弄瞎的。假如我们敢于这样做，我们这些土生的植物会得到什么结果呢？——况且我们远不如他们。"

荞麦并不畏惧这些。它勇敢地面对风暴，它要在闪电的缝隙中看清天的模样。它不像麦子那样拥有成熟的麦穗，并且弯下腰等待镰刀的收割，颗粒归仓。荞麦是向死而生的。

值得庆幸的是，荞麦没有被言说者塑造成所谓临危不惧的"英雄"。恰恰相反，它被视为不识时务的角色，不懂得在暴风雨面前弯腰。在大家都习惯了为求生或获利而弯腰的年代里，我喜欢这种宁死也不弯腰的植物。这株柔弱的植物具有人类所不具有的高贵品质。在空旷的田野里，一株荞麦，像是一个桀骜不驯的人。它的目光所及之处，尽是懂得明哲保身的花儿和柳树们。它拒绝它们的生存哲学，昂头迎接风暴的到来。

倘若有一天我走过一片荞麦田，看到大片被烧得焦黑的荞麦的时候，我会从这片被闪电烧焦的荞麦中，看到天的模样。我大约还会问自己，那棵老柳树，是麦田里的守望者吗？

荞麦的故事像是一个寓言，与当下现实遥相呼应。这是一个柳絮飞扬的世界。飞扬的柳絮，带着老柳树们的偏见，随风起舞……如果一个人的心灵注定要遭遇腐蚀，那也一定是全力抗争之后的腐蚀。相比那些单纯的坚定，我更愿意相信那些犹疑冲突之后的坚定。荞麦其实也是有疑虑的，它最终放弃了疑虑，向风暴和闪电提出挑战，企望在闪电的裂缝中看到天。它愿意为此付出生命的代价。这在老柳树的眼中，显然是不合时宜的。它的不合时宜，是它区别于其他植物的一个标志。它把梦想寄托在闪电上，要在闪电中捕捉自己的梦想。

我愿意认为，这是一株有思想的荞麦，这是一株高贵的荞麦，这是一株值得人类致敬的荞麦。它没有像人类所企望的那样，交出成熟的果实，但是它在闪电的裂缝中看到了天，并且以烧焦的炭黑面容，告诉我们它将有着怎样的重生。倘若这些想法是错误的，我愿一错再错。

充满甲虫的世界

皇家马圈里的一只甲虫，看到马蹄子上钉有金马掌，认为自己也应该有，而且，他认为问题并不在于身体的大小。别人的不理解，让他感觉受到了侮辱。因此，他走到了外面的广大世界。

远离粪堆的世界，让甲虫感到落寞，以至于不断地感慨："这儿连一个粪堆都没有。"在甲虫的旅程中，他一直在寻找垃圾堆，那是他心目中的乐园，一个可以带来幸福和温暖的所在。他甚至为自己的旅行赋予了"秘密使命"，只因为他来自皇家的马圈里。

这是当代很多脸孔的隐喻。现实生活中，我们看惯了那些狐假虎威的人，那些依附于体制而趾高气扬的人。

一只甲虫，梦想着拥有一双金马掌，这是一件多么可笑的事情。他说："清洁这东西特别使我吃不消。"

甲虫到外面的世界转了一圈之后，才发觉，皇帝的马圈，仍然是他最温暖的窝。他回归了，而且为自己的回归找到了冠冕堂皇的理由。他说，一个人只有旅行一番以后，头脑才会变得清醒一些。这个世界不能说太坏，一个人只需知道怎样应付它就成。

甲虫是如何应付这个世界的呢？他是一个妥协者。他为自己的妥协找到了托词。"这个世界是很美的，因为皇帝的马儿钉上金马掌，而他钉上金马掌完全是因为甲虫要骑他的缘故。"

甲虫对世界的态度，是以自我利益的获取为标准的。他把世界分割成了得到的和得不到的两部分，并且编织了自欺的理由。他是愤世嫉俗的，但一点恩惠，就能彻底改变他的这个态度。这是一个靠不住的人。不变的世界，在他的眼中是不断变换的。当一只甲虫与一匹马之间产生了竞争，这个世界一定是在观念上出了问题。

依附于这个既有的社会，如何做一个清醒者，对自身处境，以及身边的事物，有一个相对客观的认知，这是一个正常人最起码应该做到的。

甲虫也做到了，他以自我为中心，以腿为半径，画了一个圈，然后说这就是整个的世界。在这个世界里，他按照自己的逻辑，看待万物，解释万物。

从甲虫的出走到回归，我看到了他从抗争到妥协的整个过程。他原本就是飘忽的。他的心里和眼里，只有自己的欲望。他是为欲望而生存的。他按照自己的逻辑来界定整个世界。他无法容忍世界的整洁。他希望整个世界成为垃圾的乐园。

人群中，我看到太多的"甲虫"。他们背负着所谓的"金马掌"，幸福地蠕动着，这个世界变得臃肿。他们是垃圾的制造者，也是垃圾的组成者；他们参与垃圾的制造，并且成为垃圾的一部分。

卡夫卡笔下的甲虫，是关于人类异化的象征。安徒生笔下的甲虫，更像是这个时代的真实写照。梦想之所以是梦想，也许就在于它与现实之间不可弥合的差距吧。当梦想果真在现实中得到了实现，我们还会心安还会期待还会幸福吗？这个现实，是一个值得我们信赖、让我们心安的现实吗？

向阳光致意

拇指姑娘乘坐一片叶子顺流而下。这片小小的不知将要去往何方的叶子，载着拇指姑娘的命运。

"她完全像一个人——她是多么丑啊！"这是动物的视角，是动物眼中的"人"的形象。我一直以为，石头与石头之间也是有对话和交流的，只是它们说着我们听不懂的语言。人类的自以为是，忽略了这些。在拇指姑娘的遭遇中，我看到了她对自然万物的体恤与友善，她眼中的大自然，精美而丰富。一个人的心里装着什么，就会更多地看到什么。拇指姑娘的心里，充满了善良与爱。

在鼹鼠用来散步的地道里，拇指姑娘邂逅了一只冻死的燕子。善良的拇指姑娘用草编成了一张宽大的毯子，给死去的燕子盖好，想让他在阳光照不到的地下感受到一丝温暖。

这只燕子"复活"了。他原本并没有死去，只是被寒冷冻僵了身体。因为翅膀被多刺的灌木林擦伤了，他不能像其他燕子那样飞到温暖的国度，最后掉落下来，被雪花覆盖。在阳光照不到的地方，拇指姑娘给他送上了最珍贵的温暖。

那只令人生厌的鼹鼠向拇指姑娘求婚了。这意味着，拇指姑娘将要永远地告别阳光。她是多么向往阳光，珍爱阳光，这在大多数人那里，是一种少有的情怀。拥有阳光，并不是天经地义的事情。不经历黑暗的人，是很难真正珍惜阳光的。与其说是燕子翻飞的羽翼拯救了拇指姑娘，不如说是拇指姑娘的善良成全了她自己。这样一个善良的人，理应有一个完美的结局。拇指姑娘最终找到了心仪的王子，所有的坎坷遭遇，都得到了一个完美结局。

给善良一个善良的结局，大自然遵循了最起码的规则，守住了底线。而人类，常常以所谓创造的名义，破坏规则，突破底线。

阳光成为一种被用心体味的事物，这真让人感动。

成就阳光的，是黑暗。是黑暗让阳光成为阳光，具有了意义。珍惜曾经的遭遇，珍藏所有的坎坷和磨难。这是命运的赐予，是生命意义的不可或缺的一部分。不管天气是否晴朗，燕子的羽翼在天空下翻飞，它们永远向着阳光，向着温暖飞翔。拇指姑娘无法主宰自己的命运，但她始终保持了纯真和善良。是善良，让她饱受磨难；也是善良，让她获得了最终的幸福。善良永远都不是错。错了的，是那些对于善良的误解和利用。

那个冬天有着很好的暖气，可我依然感觉到了彻骨的寒意。在那个漫长的冬夜里，我像一只鹌鹑那样瑟缩发抖。那时我热爱抽烟。我掏出一支烟，放到嘴上，并不急着点燃。我擦燃火柴的时候，感觉夜色稍稍地变得舒缓了，不再那么紧张。这个时候，我总会更加意识到自己的疲惫。究竟为什么会如此疲惫？我为之操劳的究竟是一些什么样的事情？它们有意义吗？它们值得我这样去全力以赴吗？我无法回答自己，不能给自己一个明确的答案。我无法说服自己。我连自己都说服不了，然而我却总想去说服别人，让别人欣赏你的付出，相信你的价值。

这般精神困境，是别人很难理解的。其实我也从未期望别人的理解。街上行人熙来攘往，脸上大多写满了欲望或焦灼。走在人群中，寻找一张平和从容的脸，已是一件何其困难的事情。我说不清楚，自己究竟是已经生活在别处，还是正在向往着生活在别处。自成一个世界，这曾经是我所期待的最理想的生存状态。

那是一段已逝的岁月。一个不甘心在夜里睡去的人，一个怀揣牵挂与梦想的人，在台灯下生活。人就像一粒尘埃，因其渺小，也注定了其存在的若干可能性。随便有个地方，就可安放自己的身心。拇指姑娘是渺小的，然而她有着自主的追求，即使是一粒尘埃，她也要寻找并落定在属于自己的位置上。她相信，人生是不能敷衍的。就像活着，不该忽略为什么活着一样。

我记住了拇指姑娘随同燕子的羽翼，向着太阳飞翔的情景。不管是在暗夜，还是在风雨中，心里珍藏着一缕阳光，这是美好而又艰难的事情。在异乡的天空下，阳光是我们彼此相认的表情。

"这个时代什么时候成熟起来呢？"

"我们每个人都是一具弦乐器。"

"但是谁在弹这些弦？谁使它们颤震和搏动呢？精神——不可察觉的、神圣的精神——通过这些弦把它的动作和感情表露出来。"

在童话《新世纪的女神》的开篇，安徒生就提出这样一个问题："在这样一个忙碌的时代里，我们为什么要问这么多的话呢？"

是因为想活得明白，必须活得明白。人到世上走一遭，是应该明白因何而来、为何而去的。这是一些不该被放弃被遮蔽的问题。

面对这样的问题，我们是否还有最起码的诗意和探求欲望？

谈论诗，似乎是不合时宜的。诗歌是微弱的，也是顽韧的。它几乎是在以"多余者"的身份，显示整个时代的伟大与脆弱。

新世纪的女神预示着一种希望吗？她具备诗的品质，同时拥有一颗女人的心。她包容一切，包括被三棱镜所折射出的所有色彩。色彩是对时代最鲜明的解释，每个时代都有它所特有的色彩。因为，色彩是可以吸引并迷惑眼睛的。

我们赋予了色彩太多的含义。

我们赋予了自身行为太多的所谓意义。

"这位新女神的计划是什么呢？她究竟想做些什么？"我们这个时代的聪明政治家问。政治的功利性，以及新世纪女神的诗性，决定了矛盾的必然存在。

"你还不如问一问她究竟不打算做些什么呢!"这是一句素朴的话。我敬佩安徒生的伟大,他通常用这样看似不经意的话,说出我们永远无法解脱的困境和矛盾。我们习惯了"做什么"的语境。"不做什么"是对力量和理性的双重考验。

太多的事情原本是不该去做的。相信后来的人,给后人留下足够的空间,这是一种德行。当下的很多"作品",譬如城市开发,譬如填海工程,正是缺少了这样一种德行的表现。那天我随同一个浩浩荡荡的党政考察团,沿着海边城市观摩,所到之处,都在实施浩大的填海工程,尘土飞扬,海变成一个模糊的存在。

谁是浮躁世风的最大推手?新世纪女神的诗性与母性会带来新的气象吗?

岁月是一条河,永不停息。所谓伟大的和卑微的事物,所有曾经发生和将要发生的一切,都不过是岁月这条河上的转瞬即逝的泡沫。我们从泡沫中虚构了美丽的幻影。

"这个时代什么时候成熟起来呢?"安徒生在不经意间,说出了一个被遮蔽的问题。我们可以理解一个时代的不成熟,但无法原谅一个时代自以为是的成熟;我们可以宽容一些人的理性局限,却不能容忍他们以理性方式实施的冷酷欺骗。生态环境的被破坏,将会成为这个时代最耻辱的印记,成为地球和人心的一道永远无法痊愈的伤口。

这是一代人的痛。

这是被代表了的一代人的痛。

不该忽略的细节

一只哈巴狗的死去,被嵌进了成人的故事之中。小镇上的那位前来处理制革厂几份股子的太太,把文件交出去以后,就把她的哈巴狗抱在了怀里。这是整个故事开始时的情节,在安徒生眼中,这一部分是可以删掉的。

接下来的情节是,哈巴狗死掉了。

哈巴狗是如何死掉的,这是一个未解之谜。小镇上的那位太太把文件交出去后,把哈巴狗抱在怀里,这样一个莫名其妙的情节,何以成为整个故事的重要组成部分?我们是否可以猜测,哈巴狗的死与制革厂不无关系。

"我们的窗子面对着制革厂的院子。院子用木栅栏隔作两部分。一部分里面挂着许多皮革——生皮和制好了的皮。这儿一切制革的必需器具都有,而且是属于这个寡妇的。哈巴狗在早晨死去了,被埋葬在这个院子里。"

然而孩子们并不理会也不理解这一切,他们围着哈巴狗的坟跳舞。其中一个最大的孩子提议,开一个哈巴狗坟墓的展览会,门票是一个裤子扣。

活着的哈巴狗,还有死去的哈巴狗,都成为一条利益生产链条上的"结"。大人和孩子分别以自己的方式,占据了它。

这只小小的哈巴狗像一面镜子,照出了人灵魂深处的一些东西。

感谢那个衣衫褴褛的小女孩。她贫穷得连一个扣子也没有,她站在制革厂外面紧靠入口的地方,一句话也不说。"每次那扇门一打开的时候,她就朝着里面怅然地望很久。她没有一个扣子——这点她知道得清清楚楚,因此她就悲哀地待在外面,一直等到别的孩子们都参观了坟墓离去为止。然后她就坐下来,用她那双棕色的小手蒙住自己的眼睛,大哭一场;只有她一个人没有看过哈巴狗的坟墓。"

这样的情景令人动容。也许作为成人的我们,不屑于留意这样一件微不足道的事情,更无法理解它何以成为一个孩子心中难以放下的伤心事。那个为之伤心的小女孩,让我们看到了人性中残存的美好,还有久违的感动。

被主宰的世界

一个锡做的兵士。

一个用一条腿支撑军人威严的兵士。

一个始终把步枪扛在肩上的兵士。

这样的一份庄重与庄严,被置于孩童的游戏世界之中。或者说,锡兵的命运,一直操控在孩童手中,是作为孩童的玩偶而出现和消失的。他对意义的固守，于是具有了别样的意味。

锡兵以一个小孩子的生日礼物的身份出场。因为原料不够用，最后被铸造出来的那个锡兵只能有一条腿，这种先天残缺，既让他从众多锡兵中显现出来，也让他格外留意同样以一条腿站立的那位舞蹈家。锡兵对舞蹈艺术的陌生，并没有影响他对舞蹈家的爱恋，他从舞蹈家独脚站立的表演中，生出了同病相怜的感觉。

桌面，窗台，水沟，下水道，运河，鱼腹，厨房……这些原本没有关联的地方，经由孩子们的手的推动，成为锡兵命运的驿站。他被动地一路走了过来，从桌面到窗台，到沿着水沟漂流，然后进入下水道，进入运河，进入鱼腹，进入市场，进入厨房，一直到被女仆从鱼腹剖出，放回桌子上。锡兵意外地发现，自己居然又回到从前的那个房间。他看到从前的那些小孩，看到桌子上从前的那些玩具，还看到那座纸做的美丽宫殿和那位娇小的舞蹈家。她仍然用一条腿站着，另一条腿仍然高高地翘在空中。他望着她，她也望着他，他们没有说一句话。

所有的一切都不曾改变。所有的一切都已改变。回到原点，锡兵将与同伴们面对接下来的共同命运。谁也不曾发觉，他在此前究竟遭遇了什么。这个用一只脚站立的锡兵，他走过一段别人不曾走过的路。

生命是由若干偶然组成的。若干的偶然组成了所谓的必然。锡兵始终扛着步枪，以庄严的姿态，见证了戏剧的发生。

仍然是经由孩子的手，锡兵走向最终的命运。他被随手丢进火炉里。他开始熔化。他仍然扛着枪，坚定地立着不动——这是他对世界、对命运的态度。同样被丢进火中的，还有他深爱的那位用纸做成的舞蹈家。

读安徒生的这则童话时，我一直在思考，"孩童"究竟是一个什么角色？他们代表的，究竟是无知还是无畏？是不经意还是不在意？

他们是一群尚未成熟的人。一群心智尚未成熟的人，共同地组成了这个世界，主宰了这个世界。在这样的一个充满游戏意味的世界中，锡兵固守的意义，实质上是毫无意义的。甚至，他所追求的爱情，也轻易地化为灰烬。

锡兵坚定的表情，注定成为一种徒劳。在火中化成一颗小小的锡心，是他对这个巨大世界的唯一回答。

逃离或回归

　　牧羊女和扫烟囱的人被安放在一起。他们成了一对恋人，因为他们都是瓷料做成的，具有同样的品质。然而牧羊女的命运掌握在一个被称为"祖父"的人的手中。她拒绝按照他的要求嫁给那个一身头衔的人，于是对扫烟囱的人说："我恳求你，带着我到外面广大的世界里去。"

　　他们当然知道，作为一件瓷器，举步即是悬崖。他们别无选择，只有向着外面的广大世界逃离。烟囱成为他们的唯一道路。他们是被迫逃离的，也是主动追求的。从漆黑的烟囱里，他们看见闪亮的星星，并且在星星的指引下走出黑暗，爬到了烟囱口。

　　他们看到更多的星星，看到布满群星的夜空，还有脚底下灯火辉煌的城市。这是在高处。他们远远地望去，这世界太广大了。牧羊女向往外面的广大世界，但她没有料到世界会是如此广大，这让她心生恐惧。她开始怀念原来那方小小的栖身之地。

　　他们选择了回归。从逃离到回归，他们走过一段不为人知的路。"你看，在外面白白地兜了一个大圈子，"扫烟囱的人说，"我们大可不必找这许多的麻烦！"

　　人有追求梦想的权利，也有拒绝梦醒的自由。那个广大的世界，与"我"何干？牧羊女甘愿重新回到镜子下面的那张桌子上去，过一种属于瓷器应有的生活。我时常想，牧羊女对广大世界的态度，以及由此而生的选择，究竟应该算是懦弱还是睿智？

　　我理解并尊重牧羊女的选择，这与所谓的积极或消极无关。每个人都有自己的生活，都需要在广大的世界中找准属于自己的位置。我年少时生活在乡下，一直向往着外面的世界。当我一步步地走出乡村，终于在城里定居下来，内心却有一种说不出的失落。冰冷的楼房，穿梭的车流，总让我感到窒息，我无法融入这样的生活，然而又缺少重回乡下的勇气。"我"成了一个悬空的人，在这个广大的世界，并没有一方小小的栖居身心之地。当我在安徒生的童话中，读到牧羊女回归原地的选择时，我想，这样一份逆流而上的选择，其实也是一份超越了广大世界的选择；这份被动的态度，源自一种主动的面对。对牧羊女来说，她选择了属于自己的命运，而不是相反。

那件被称为"祖父"的瓷器，在追赶牧羊女和扫烟囱的人时，不小心跌成碎片。后来，主人设法把他的背粘好，在他的断颈上钉进一个结实的钉子。于是他又像新的一样了，只是再也不能点头，没有了对于世事的态度。

这样一个结实的钉子，其实同样存在于牧羊女和扫烟囱的人的颈部。作为读者的我们，又何尝不是如此？

减法人生

这是一个"我"小时候听来的故事。经过这么多的年月，我也如故事中的"老头子"一样渐渐变老。岁月改变了太多东西，也赋予这个故事更多的新奇感。

他们是贫穷的人，然而他们并不在意失去。老头子在接连不断的失去中获得了快乐。他的失去是自主的。他对失去的态度，得到了妻子的赞赏。别人不解的目光，让这份赞赏成为一种最朴素也最高贵的理解。这对卑微的夫妇之间，有着高贵的"爱情"——尽管"爱情"这样的字眼，在他们那里是羞于说出口的。哪怕一贫如洗，只要理解和信任尚在，生活就是还值得去过的。

我并不奢望太多这样的不设栏杆的信任，人与人之间，确是缺少这样的一种元素。这种随遇而安的心态，这种直面人与事的宽容，正是我们今天所稀缺的。

老头子不管做什么，他的心里总在考虑妻子的需要。他的一路上不可思议的选择，并非出于自私，也不是因为一己的痛快或糊涂，他的心里一直记挂着自己的妻子。

是岁月给了他们这份通透和理解。在他们看来，生活其实很简单，因简单而自足，因自足而快乐，没有什么"真理"可讲，也没有什么得失值得算计。人生更像一次长旅，不是在得到和失去之间的徘徊。快乐是老头子手中最重要的砝码，他因此而轻易地维系了人生天平的平衡。他在缩减之中实施着自己的加法，主宰着自己的选择。他其实是自我命运的真正掌控者。没有什么蒙骗,没有所谓无奈,他完全是情愿的。在这样的一场遭遇中,他同时拥有演员和导演的双重身份。他与两个英国人之间的意见分歧,成为他们打赌的原因,结果对方甘愿认输,齐声说:"老是走下坡路,却老是快乐。这件事本身就值钱。"这个结局看似达成某种一致,其实分歧是在根本上的,英国人用"值钱"来评价快乐,老头子则用快乐作为选择的唯一参照,双方拥有完全不同的价值系统。

我愿意以为,马、牛、羊、鹅、鸡和烂苹果,分别隐喻了老头子在人生不同阶段的拥有。这个交换过程显然不是增值的,也不是等值的。减法是它们之间的换算方式。在它们被时光消减之前,老头子主动进行了删减,在失去之中占据主动,也获得快乐。

"给我一个支点,我就可以撬动整个地球。"这是阿基米德说过的一句尽人皆知的话。他还说过一句话,并不为大多数人知道。他说:"即使把我放进一个核桃里,我也要做自己拥有无限空间的国王。"我更喜欢这句话,因为这里面有着更大的自信和从容。

在贫穷的日常生活里,老头子与妻子拥有属于自己的无限空间。这空间处在世俗之中,却是世俗眼光无法抵达与理解的。在一个并不简单的现实世界里,他们共同向我们呈现了一个简单的、自足和知足的心灵世界。

儿童节时,我陪女儿去大剧院观看木偶剧《白雪公主和七个小矮人》。我提前两个月就预订了票,票价很高,而且需从我居住的开发区赶很远的路,到市中心订票。六月一日那天的大剧院,成了儿童的乐园。节目开演半个多小时以后,我看到一个白发老人,至少有八十岁的样子,颤颤巍巍地走到我右前方的座位。他是一个迟到者。他不是陪同小朋友来的,也不是被陪同来的。他是自己来的,是一个并不协调的"闯入者"。剧院的工作人员搀扶老人找好了座位,他吃力地坐下,坐在了一群孩子中间,观看舞台上正在表演的《白雪公主和七个小矮人》。大剧院里人满为患,没有人留意这样的一个老人。我坐在老人的身后,看着他苍老的背影,心中充满了感动。老人坐在那里,很快就响起了微鼾。他睡着了。一个八十多岁的老人,在儿童节这天独自来到大剧院,与孩子们一起观看木偶剧。漫漫人生长路,他已经走得太累了,剧院成为他最美好的眠处。

这个拥有童心的老人,让我看到了岁月的静好。我们早已习惯用长度来衡量道路,却忽略了宽度的存在。太多的追寻,最终注定不过是一场虚无。

被忽略的道路宽度里，其实蕴藏着行走的意义和快乐。

在一个无法主宰自我命运的现实世界，老头子和妻子以减法的方式主宰自己的命运。他们主动地舍弃，快乐地放弃，在日渐缩减的人生里，他们成为自己的主人。

"我将向谁走去呢？"

很多人从《海的女儿》里读到了爱，唯美的，孤绝的，义无反顾的爱。

我读到了声音。小人鱼在追求梦想的途中获得巫婆的所谓帮助，是以失去声音为代价的。按照巫婆的说法，小人鱼凭借轻盈步子和富于表情的眼睛，就完全可以征服男人的心。她失去了发声的可能。当表达成为一个问题的时候，更多的问题随之而生。

"在海的远处，水是那么蓝，像最美丽的矢车菊花瓣；同时又是那么清，像最明亮的玻璃。然而它是很深很深，深得任何铁锚都达不到底。要想从海底一直达到水面，必须有许多许多教堂尖塔一个接着一个地连起来才成。"《海的女儿》的开篇即呈现了这样一种关系：人类可以在既蓝又清的海面上航行，却无力抵达海底世界；海底的人要想浮出水面，则是需要以信仰为动力的。"教堂的尖塔"所拼接起来的一条路，我愿视之为信仰之路。

大海的最深处是海王宫殿，在宫殿外面的花园里，每一位海公主都有自己的一小块地方可以随意栽种。她们把这方私密领地分别布置成了鲸鱼、小人鱼的样子。在大多数海公主心中，对梦想的想象，不管是强大的、被尊重的鲸鱼，还是美好的、被宠爱的小人鱼，都没有离开"鱼"这样的形象。而那个最美丽的小人鱼不是这样，她把花坛布置得像一轮太阳，在里面只种植像太阳一样红的花朵。从海面升起，然后从海面沉落，这是太阳的轨迹，也是小人鱼的宿命。

关于小人鱼对于海面的梦想，安徒生做了如此动情的描述："不知有多少夜晚，她站在开着的窗子旁边，透过深蓝色的水朝上面凝望，凝望着鱼儿摆动着尾巴和翅。她还看到月亮和星星——当然，它们射出的光比较弱，但是透过一层水，它们显得比我们人眼看到的要大得多。假如有一块类似黑云的东西在它们下面浮过去的话,她便知道这如果不是一条鲸鱼在她上面游过,便是一条装载着许多旅客的船在开行。可是这些旅客们再也想象不到,他们下面有一位美丽的小人鱼,在朝着他们船的龙骨伸出一双洁白的手。"

小人鱼的五个姐姐都在热切的向往中浮出了海面,外面的世界很新鲜,也很让她们惊奇,她们最终还是选择了回归。正如她们所感慨的那样:"究竟还是住在海里好——家里是多么舒服啊!"她们的梦想,仍然是属于鱼类的并不需要追寻的梦想。她们将在守望中度过作为鱼的一生。

小人鱼第一次浮出海面见到王子的时候,焰火是他们的背景。美丽的,绚烂的焰火。短暂的焰火。在风暴之夜,小人鱼从沉没的航船中解救了王子。天明时分,当风暴已经平息,她把他交还给海岸,交还给岸上的人群,然后怀揣一个无法言说的秘密,返回了海底世界。

小人鱼向往有灵魂的生命。生命的短长已不是什么问题,成为问题的,是灵魂的有无。她说:"为什么我们得不到一个不灭的灵魂呢?""只要我能够变成人,可以进入天上的世界,哪怕在那儿只活一天,我都愿意放弃我在这儿所能活的几百岁的生命。"

"你决不能有这种想法,比起上面的人类来,我们在这儿的生活要幸福和美好得多!"老太太劝告小人鱼说。

在小人鱼看来,生活的幸福和生命的美好,在于灵魂。"我要牺牲一切来争取他和一个不灭的灵魂。"

小人鱼追求爱与灵魂的路,是一条尖刀上的路。从鱼尾向双腿的转变,巫婆向小人鱼索取声音作为酬劳。小人鱼获得所谓灵魂的前提,是甘愿被割去舌头,失去了曾经为她赢得掌声的美好声音,从此成为一个哑巴。再也不能歌唱,无法说话,表达成为一个问题。小人鱼向往成为一个人,却没有意识到自由的表达对人类有多么重要。

一个不能发声的灵魂,跳舞成为唯一的表达。小人鱼不停地舞着,双脚触到地面,就像在刀尖上行走。她的心,在流血。王子并不知道,在那个暴雨之夜,是小人鱼挽救了他的生命。他把邻国国王的女儿错认成了救命恩人,他要去寻找她。

小人鱼追求爱的旅程,与王子追求爱的旅程,平行,但不相交。在那艘驶向邻国的豪华船上,海成为他们共同的背景和话题。

"你不害怕海吗，我的哑巴孤儿？"王子问。这样一句看似关切的话，其实隐藏着更深更痛的伤害。因为陌生，因为不被理解，因为王子对她的一无所知。

他谈论着海。海是他们的唯一话题。然而小人鱼是向往陆地生活的，她从海底来，理应带来另一个世界的消息。为了和王子在一起，她永远牺牲了自己的声音。她所牺牲和忍受的，王子并不知晓。王子对救命恩人的错认，是对小人鱼的双重伤害。爱情尚未开始，就已匆匆结束。

小人鱼选择了离去，以及离去前的祝福。这是最后一夜，因为爱，她放弃了爱。

"我将向谁走去呢？"她回到了苍茫大海。

"我想我还是走到广大的世界上去好"

从丑小鸭到白天鹅，我们习惯于放大励志层面的意义。问题是，并不是所有的丑小鸭都有机会变成白天鹅。有些时候，人更需要固守属于自己的命运。

当刚孵出蛋壳的小鸭子在绿叶下感慨这个世界真够大的时候，鸭妈妈教导它们说："你们以为这就是整个世界，这地方伸展到花园的另一边，一直伸延到牧师的田里去，才远呢！连我自己都没有去过。"

在鸭妈妈心目中，从池塘到牧师田地的距离，才是整个世界。她把这个关于世界的概念传输给了刚出世的小鸭子。

它们总喜欢谈论世界。当鸭妈妈带着小鸭子们来到另一个"广大的世界"——养鸡场，看到两个家族正在争夺一个鳝鱼头，她感慨："你们瞧，世界就是这个样子！"她一边鼓励小鸭子们拿出参与竞争的勇气，同时又告诫它们如果遇到那只老母鸭，就得赶紧把头低下来，因为她是这个世界最有声望的人物。认知的局限，对所谓权威的盲目妥协，注定了作为鸭子一生的平庸。

丑小鸭以"丑"而区别于它的同类。因为丑，它到处挨打，被诽谤，被讥笑。不仅在鸭群中是这样，连在鸡群里也是这样。处境越来越糟糕，最终它只好飞过篱笆逃走了。离开"它们"，是它并不情愿的唯一选择。

我愿意将"丑"理解成为一种独特的表征，它拒绝传统思维习惯，带着注定不被理解的孤独，一次次选择了离去。而前路，正是在这样的离去中日渐延伸，一直把它送到"它们"不曾抵达的地方。沿途的遭遇成就了它，使它实现与同类本质上的分离。

逃出沼泽地，丑小鸭来到一个简陋的农家小屋。这里之所以成为它短暂的栖身之所，是因为主人对鸭蛋的期待。在农家小屋，它与主人的猫和母鸡相处，它们一开口就是高谈阔论"我们和这世界"。丑小鸭是一个闯入者，也是一个异见持有者，它的"异端"看法遭到了它们的攻击——

"你能够生蛋吗？"母鸡问。

"不能。"

"那么就请你不要发表意见。"

"你能拱起背，发出咪咪的叫声和迸出火花吗？"猫问。

"不能。"

"那么，当有理智的人在讲话的时候，你就没有发表意见的必要！"

这是母鸡和猫反驳丑小鸭的逻辑。如果说"丑"是它遭受拒绝的外在原因，那么自私狭隘则是外界对它实施伤害的内在根源。在有的人心目中，自己与世界之间是可以画等号的。他们根本无视也无法容忍别人的存在。学习生蛋，或者咪咪地叫，或者迸出火花，唯有做出这种符合它们本性的行为，才可能被认同，被宽宥。

"我想我还是走到广大的世界上去好。"丑小鸭回答说。

我喜欢这个平静的回答，这里面有不必言说的坚定。丑小鸭知道，在自我之外，在"它们"之外，还有一个更为广大的世界。它是被它的同类排挤走的。它是被世俗偏见驱走的。排挤和驱逐，最终成就了它。丑小鸭第一次见到那群漂亮天鹅的时候，就被深深震撼了。它再也无法忘记那些美丽的大鸟，虽然它并不知晓它们的名字。

历经整个严冬，当春天来临，丑小鸭从水的倒影中看到全新的自己。它得到了人们的宠爱。它所有的痛苦遭遇，成为一笔谁也拿不走的财富。

"当我还是一只丑小鸭的时候，我做梦也没有想到会有这么多的幸福。"后来那只"美天鹅"的如是感慨，让我有一种说不清的滋味。丑小鸭向美天鹅的"成长历程"，曾经感动和激励了那么多的童心，然而我总觉得这里面是缺少一点什么的。

小鸭子逃避了猫和鸡的实用标准，又陷入人的美丑圈套。阐释小鸭子不同遭遇的，难道仅仅是丑或美，以及由此而生的那些磨砺和幸福？小鸭子最终的所谓幸福，同样没有脱离外在的赋予。被讥笑和被迫害是痛苦的，被赞美则是幸福的，果真如此简单吗？我更愿意以为，幸福是一种内在体验，不必兼容那些外在的目光和言说。

美与丑，有能力概括这个复杂的现实世界，有力量阐释难以言说的心灵世界吗？

这是一个问题。

这个问题，应该交还给向孩童讲述这个童话故事的大人们。

看不见的风景

一个周，七个故事。我曾认真地探求这七天之间的内在逻辑，觉得每一天、每一个故事都不该是孤立的，它们一定有着某种潜在的关联。

我的这种努力是徒劳的。

七个故事分别讲述了什么，似乎并不重要。七个故事由谁来讲述，这才是真正值得关注和深思的。

如果说人的一生是一个圆圈，那么每个周则是这个圆圈中的若干小圆圈，它们是独立有序的，偶尔也有重叠。它们共同构成了生命年轮的质地。

梦想之所以是梦想，或许正在于它的不可实现性。倘若对梦想施以现实的标准和尺度，且以务实的眼光来打量，那么这样的梦想还值得向往吗？——挂在墙上的曾祖父的画像发出一声叹息。他永远无法理解孩子心中的那些奇思异想，无法理解为什么星星是可以摘下来擦亮的。

一个叫作奥列·路却埃的人。

一个叫作哈尔马的孩子。

一个讲述者。

一个倾听者。

他们共同组成一个梦，并且参与了关于梦的解释。

一幅风景画镶嵌在墙上，哈尔马把双脚伸进画中，于是他走进了画里的世界。草，树枝，阳光，湖，小船，帆，银色的光，天鹅，森林，鱼，蚊蚋，小金虫……画中的一切都是灵动的,哈尔马在它们的簇拥陪伴下,继续张帆远航。他穿过森林,通过大厅,经过一个城市的中心,最终来到他的保姆所在的那个城市——"保姆"是一个隐喻,收藏着童年,以及那些最蒙昧的记忆和气息。他走了那么久,走过那么繁华的路途,最终又回到童年,回到最初出发的地方。这个梦,试图告诉我们一些什么?

另一段旅程。一条船,驶过好几条街道,绕过教堂,开始进入一片汪洋大海。当再也看不到陆地的时候,他们看到了一群鹳鸟。这些鸟儿也是离家出走的,它们的翅膀载着对温暖国度的向往。最后,一只疲倦不堪的鸟,坠落在船的甲板上,被人随手放进鸡屋里。

鸡屋于是热闹起来。母鸡、鸭子、吐绶鸡对这只从天而降的鸟,极尽讽刺挖苦之能事。鹳鸟试图告诉它们一些关于外面世界的故事,这立即引起它们更多更强烈的讥讽。这时哈尔马走了过来,把鸡屋的门打开,把鹳鸟唤到甲板上。它展开双翼,怀着对哈尔马的谢意,重新向温暖的国度飞去。同样的一片天空,对母鸡、鸭子和吐绶鸡来说,意味着不可能;同乘一条船,很多所谓同行的人,其实并不是要与你共同抵达最终目标的人。

"明天我将把你们拿来烧汤吃。"哈尔马在梦醒前的这句话,是对这个梦最好的解释。

所有的不可能都是可能的。哈尔马去参加了小耗子的婚礼,他坐着顶针,让自己的身材变得只有指头那么大,穿过一条长长的地下通道,抵达自家食物储藏室的下。在小耗子的婚礼现场,他亲眼看见一个小耗子在一粒豌豆上面啃出了这对新婚夫妇的名字。这是一件多么有趣的事情。

小耗子的爱情,淡化了它们窃取人类粮食的事实。哈尔马的妹妹与玩偶的婚礼,拒绝收受任何食物,他们打算以爱情为食粮生存下去。蜜月里,是到乡下还是去国外旅行?这成为一个问题。燕子和老母鸡,站在各自的立场分别做出了解答。经常旅行的燕子,知道外面世界的好。这显然是老母鸡所不能理解和接受的。老母鸡满意和满足于乡下的生活,因为那儿生长着油菜,还有一个可以玩土的沙坑。并且,老母鸡由此得出这样的两个结论:"人们可以习惯于这种天气的。""谁不承认我们的国家最美丽,谁就是一个恶棍——那么他就不配住在此地了。"老母鸡对旅行的不接受不认同,源于她曾经坐在一个鸡笼里走过一百五十里路的经历。同样是旅行,燕子与老母鸡的差异在于,燕子有着自由翻飞的羽翼,而老母鸡却是被关在鸡笼里的。老母鸡对旅行的不认同,得到了身为新郎的玩偶的认同。所谓旅行,在他看来无非就是爬上去随后又爬下来罢了。而燕子,执着地向着温暖飞翔,在南来北往中亲历了更多的风景。

老母鸡与玩偶的相似之处,在于缺少对自由和对更多可能性的向往。新郎玩偶对远方的拒绝态度,以及对门外沙坑和油菜的选择,预示着爱情作为日常食粮的不可能。

高处的恋情

这是一则爱情寓言。

主角是陀螺和球儿。陀螺的旋转,是一种在原地的徘徊。而球儿总是试图挣扎原地对自己的束缚,它努力地远离,每次都回到了原地。它们的共同之处,是离不开外来的力,需要借助外力完成自我表达。

不管鞭子怎样地抽打,陀螺始终固守着自己的命运。它旋转着,优雅,从容,友善,这其中包含着对命运的理解与宽容。

球儿之所以对燕子产生爱恋,是因为它错把自己在外力作用下的跳高当成了飞翔。它没有翅膀,但它有一颗好高骛远的心。它把每一次作用于自己身上的外力,都当成了摆脱现有处境的机遇。它没有明确的方向,没有对方向的自主性。它也并不在意方向,只希望脱离"此在"。

球儿像一个时髦小姐一样,对自己的身世很骄傲,因为它的爸爸和妈妈曾经是一双鞣皮拖鞋。显然,拖鞋是与长路和远行无缘的,它只适宜于方寸之地的徘徊。

而球儿从未停止与命运的抗争,它对高处有一种热烈的向往,一次次地挣脱地面。终于有一天,它跳离主人的视线,失踪了。

陀螺陷入无休无止的思念。它相信球儿终于落到燕子的窠里,它们一定结婚了。

五年过去了。有一天,陀螺全身被涂上颜色,变成一个金陀螺。它载歌载舞,得意忘形,结果一下子跳进垃圾桶里。在垃圾桶里,金陀螺邂逅了它的旧恋——曾经骄傲得不可一世的球儿。它在屋顶上的水笕里躺了整整五年,被水浸泡得早已面目全非。陀螺这么多年来的思念,顿时被它自己否定了。变换的地点,与漫长的时间合谋,扼杀和结束了原本脆弱的爱。

接下来,金陀螺被倒垃圾的小丫头偶然发现,重新回到屋子里。但我相信,这只是暂时的,依赖外力的人生,最终结局既是不可预知的,也是早已注定的。透过时光,我看到金陀螺锈迹斑斑的茫然容颜。

(原载《散文》2012年第1期、第3期)

世界并不是一个倾听者

想象的边际

我试图用想象去触摸想象的边际。当我的想象与更大的想象重叠到了一起,我才看到部分的现实。对生活,我并没有太多奢望,这个作为局部的现实已经足够安放所有梦想。我的梦想拒绝飞翔,它不需要另外选择栖落的土地,它在脚底下生根,发芽,安静地成长。

不远的将来,它也许会长成一棵草,也许会长成一棵树,这都是我乐于接受的。我的担忧在于,它不能永远只是一粒种子,不能拒绝发芽和扎根,不能屈服于龟裂的土地。对于那些习惯了在虚幻的季节花园里观蜂赏蝶的人,一粒种子就是一个被遗弃的世界。

此刻的孤独并不是真正的孤独。我知道来时的方向,也知道将要去往的地方,我只是在匆匆行走中停下脚步,不为休息,不为负累,只想慢下来,看看另一个不同的自己。我成为我的道路的一个节点。我把自己从喧嚣人流中分离出来,回到我所能接受的地方。这个地方是狭小的,但它有着最辽阔的腹地,以及不可触及的边际。我拥有双重身份,是这个世界的王,也是这个世界的仆人。因为卑微所以伟大;因为伟大所以孤独。拒绝为那些外在的逻辑让路,我的逻辑在我的世界里畅通无阻。

此刻的孤独,让我看到久违的自己。

此刻的孤独,让我与那个久违的自己不敢相认。

歌声响起。就像一件瓷器被不小心打翻在地，锐利的碎片将我的视线分割成了千万份重叠的存在。

　　这一段被悬置的生活，让我从此学会飞翔。俯视大地让我更深地懂得了大地，穿越天空让我更真地理解了天空。在大地与天空之间，存在一种唯有飞翔才能理解的逻辑。一只飞翔的鸟在天空与大地之间的盘旋，正是我所理解的守望。一只飞翔的鸟，懂得如何在浩渺的天空扎下自己的根；一如那块沉默的巨石，从来不曾放弃开花的梦想。

　　石头内部的花朵，连同飞鸟翅膀下的箭，让我理解了天空与大地的相望，让我从此知道一棵树越是对天空充满向往，越是要懂得在土地里深深扎根。

我们都曾是诗人

　　每个人的心里有魔鬼也有诗人，只是后来被动或主动地把诗人交了出去，魔鬼继续留在心里。把魔鬼留在内心，是因为对外在的世界不够信任吗？抑或为了抵抗那些意想不到的事物？我说不出。别人说出来，我也不想相信。这个困惑的特殊之处，在于被困惑的我并不想知道确切的答案。答案是什么，答案在哪里，这都不重要。重要的，是问题本身，它让我忽略了其他。

　　诗歌，也许是我面对这个坚硬现实的一种自救方式。

　　我无法认同他们的表达，太多的形容词和大词交织在一起，构成他们对于这个世界的态度。一种人生观，从词语的陷阱挪移到舞台上，且以表演的方式呈现，失望感和厌弃感接踵而至，我不想成为台下的观众，我想逃离——从这种被表演的情感场域中逃离，从虚无的自信与自我中逃离，从渐渐老去的肉身和精神躯壳中逃离。我并不知道我想逃向哪里，我只知道我需要逃离，从此刻开始。

　　形容词的出现，大抵是因为对表达的不自信，需要借助所谓形容词来强化某种意绪。诗人是多么另类和自信的人，然而他挥舞着形容词，就像一个牧羊人朝着寂静天空甩响鞭子，驱赶无所事事的羊群。一群羊，走在大地上，也走在天空下；一群羊，走在牧羊人的前面，也走在时光的后面。

它们不时地回头,从牧羊人手中的鞭子辨识前路的方向。

若干年前,我以写诗的方式与这个世界对话,觉得世界并不理解我;若干年后,我已学会把诗意融化到常识里,我只跟这个世界说一些家常的话,不再苛求任何人的所谓理解,因为我理解了整个世界,理解了这个世界上的任何一种存在。悲悯,是我们相互抵达的秘密通道。

我爱这个世界,不管这个世界爱不爱我。

我要表达,不管你是否倾听。

我所说出的,只是一些素朴的话,这是我对生活的理解和向往。历经了一些事情,也看懂了一些事情,说家常的话,保持正常人的体温,将是我生命中最为看重的状态。

正如我对自我的寻找,是从启程时把自己交付出去的那一刻开始的,这是后来走过了很远的路以后,我才终于想明白的一件事情。

这条路的终点,正是出发时的原点。一条路,让我们从童年走到老年,从活着走到死去,从我走到我。回到原点,然而它早已不再是当年出发时的原点了。它改变了我,我也改变了它,我们在相互改变中改变世界。

不知来自内心哪一部分的力

关于嘈杂,关于慌乱,关于莫名的悲伤,我时常不知该如何用语言来表达它们。当我试图表达的时候,总会陷入更大的困境。一方面,我说不清表达的目的何在,我一定是在寻求某种和解;另一方面,用一个个词语和句子写下内心最复杂的感受,写下即是终结,我的表达事实上并没有赋予那些感受更新和更深的意味,反而让我陷入自绝的泥沼。这与日常中的矛盾和犹疑并不是一回事,它们是属于我一个人的,也许永远只能属于我一个人。

巨大的孤独,还有与孤独相处时不知来自内心哪一部分的力,从来没有停止侵袭我。我的心安,因为侵袭的存在而存在。我一次次在重复的,就是迅速回到内心。每天,从远离人群的地方走向人群,我只允许自己短暂地迷失。那些看不见的路,就像一些潜隐的可能,我将自己托付给这样的未知。

我们活在生活里,也活在自己的身体里。身体是我们与外界沟通的一个载体。我的心,是不会轻易示人的,更不会轻易容许别人的闯入。我的心是一个小小的世界,我是这个世界里脆弱的王。当这个小小的世界与外面的世界发生碰撞,摇摆和动荡将是注定的遭遇,我的犹疑和疼痛都是真实的。

我承认我的犹疑。我的犹疑更多的是一种内心挣扎,它与对这个世界的不相信有关,与对生命意义的质疑和追问有关。不管怎样,它拒绝左顾右盼。我对那些左顾右盼的人有一种本能的厌恶。我的犹疑更多的是一种内在力量,任何外力对我的选择和判断都不可能产生根本性的改变。因为自信,所以释然。

可是,我依然想说的是,我不喜欢被打搅,也不想见太多的人,所谓体面所谓名利所谓权力对我来说毫无意义。我只想过一种不后悔的生活,只想活得更像我自己。

表演与表达

我以文字方式捕捉和定格了那些瞬间感受,如今重温它们,我的心依然颤抖。那些毛茸茸的感觉,那些湿漉漉的思绪,那些莫名的忧伤与驻望,还有那些无法表达和呈现的气息,都在文字中渐渐苏醒过来。我为当年我与文字之间相濡以沫的真诚而感动,庆幸留下了这样一份精神档案。如今我已最大限度地抛弃世俗冗务,生活与写作几乎是重叠的,缺少了必要的神秘性,缺少了难以自抑的激动,我不知道我所写下的文字再过若干年之后,是否还会给我如此深长的慰藉?那些流失的心绪,我是否还会记起?

在更多的时候,我成为一个隐匿的旁观者,记录我所看到的那些秘密,留给后来的人。隔着无法确认的时光,我想告诉他们这个时代的一份真实。看见,并且记录,这更需要勇气,需要一个人诚实地面对自我和他人。

当代人的心灵依托已经成为一个不容回避的问题。大地之上,游荡着那些无处安放的心灵,它们的躁动,它们的安宁,它们的沉默和倾诉,本质上都是孤独的。

不以道德尺度评判世事,并不是说就可以放弃道德底线。这是两回事。

底线的丧失，让所谓标高变得尴尬。如果知识分子都以谈论精神为耻，那么精神该交给谁？精神最终将沦落何方？看似最虚无的精神，其实是这世间最坚硬的存在。我的存在，想与这样的存在相伴。

那些表演的人，请戴好面具，我不想看到你们真实的面孔。我知道这个世界并不美好，人心并不纯净，但是我仍然不想直面那些丑陋的面孔。当我看到面具，我的目光已经跃过了他们，这是一群不值得在意的人。他们存在着，成为这个世界的一部分。他们的存在之于我的意义，就是时刻提醒我，做一个真诚的人有多么重要和多么艰难。生活是一个大舞台，你方唱罢我登场。表演是他们的事情，对待表演的态度则是我们的事情。问题是我们在很多时候为他们鼓了掌，喝了彩。我们是一群并不称职的观众，是我们的态度"成就"了他们的表演。

一种仪式，倘若缺少起码的庄严感，还有存在的必要吗？真正的庄严来自内心，那些带着心灵温度的气息，是任何外在形式都无力抵达的。置身形形色色的所谓仪式中，我承认我是冷漠的。就这样安静下去，我不想借助于写作之外的任何表达。在一个表演场域里，我只是一个安静的观众。也许我会被感动，并且为之鼓掌。但是我拒绝排练，拒绝预演，拒绝被指导的鼓掌。如果我鼓掌，那是因为我真的被深深地感动。

我不会走向舞台。我的表达拒绝表演。

在日常生活之外，在艺术殿堂之内，我们都是坐在台下的人，任何的高大感和表演欲，无知且无耻。

我与另一个我

我时常分不清哪一个是我，哪一个是另一个我。面对变幻的现实，我常常不知道该派出哪一个我去应对。我的存在，是因为有另一个我的存在。当我与另一个我相视无语或促膝相谈，这个世界就变得安静下来，再大的喧嚣和热闹对我来说都是无效的。我之所以成为我，是因为另一个我替我应对和打理那些现实事务。世人所认识的，其实是另一个我；我一直站在这里，只有极少数的朋友知道我所在的角落，知道我脆弱得不堪一击，也知道我强大得不可战胜；知道我低微得融入泥土，也知道我高傲得天马行空。另一个我始终走在人群中,偶尔说一些我并不认同的话;另一个我似乎并不介意我的看法,在我之外,他是一个独立的存在,只有我知道他的冷漠里有着怎样的一份狂热,他对喧哗的选择是因为对我和我所向往的安静有着更深的爱。这份爱不需要理由,并且不可言说和解释。这是我和另一个我之间的秘密。

我与另一个我的关系,大于我与世界的关系。世界是在我与另一个我之间浮现出来的。

我时常向女儿讲述我的童年时代,我的讲述更像是一场虚构,它们在当下几乎找不到相关的对应物。然而这仅仅是昨天的事情,并不遥远;我的虚构能力再强大,也无法描绘一个简单的明天。明天就在眼前,它是确定的,也是未知的。

我与另一个我哪个更真实,哪个更重要,我拒绝简单地评判,他们都是我生命中的一部分。另一个我是为我而冲锋陷阵的。另一个我把我藏在某个角落,我的安静与沉静于是成为可能。躲避在角落里的我,不需要墨镜和面具,不需要任何修辞,他只要一开口说话,就是最真实的态度。这个世界似乎并不需要真实的态度,他们需要的仅仅是态度,不在意真实与虚伪。

另一个我并非另一种存在,他是本然的存在,是关于我的真实存在。当与另一个我独处时,我就像回到了故乡。一个戴着墨镜和面具回到故乡的人,是不道德的。

我所向往的最好状态,就是我与另一个我和谐相处。然而现实一次又一次告诉我,这是不可能的,这无异于人世间最大的奢望。人之为人的意义,离不开这个悖论的存在。

夜晚降临的时候,一天的生活刚刚开始。唯有坐在书桌前,我才感到踏实和充实。阳光下那些令人眼花缭乱的事物,我早已不再信任。我选择在夜晚与另一个我对话,有时我是沉默的,有时另一个我是沉默的。更多的时候,我和另一个我都是沉默的。

然而我想说的是,一个戴着墨镜和面具回到故乡的人,是不道德的。

(原载《青年文学》2014年第11期)

速度寓言

纸上生活

有一种情绪,梗在心头。写作是疏通这些情绪的有效方式。当我写下这些文字,心中却在惦念着另外的文字。我不是一个眼观六路、耳听八方的人,无力兼顾更多。将此刻的书写进行到底,或许就是对另外那些未知的文字的成全。

在一张白纸之上,我总是把自己不断推向新的险境。纸上的险境给我更大的安全感和满足感。

我想要表达的,是我没有写出的那一部分。

我梦到过的一些文字,因为没有随时记录,很快就淡忘了。我不知道那些被淡忘的文字是否还与我有关,它们曾在我的生命里出现过,旋即消逝了。我曾经想在梦里构建另一个现实,然而它们经不住一次醒来,经不住双眼在黑暗中的打量,虽然我没有看到任何东西,我只是看到了黑暗。巨大的黑暗之中,我在期待黎明一点点地降临。

过一种纸上的生活,我经历了比现实中更多更大的困境。我在一张纸上以文字的方式沉沦和躲闪。在一张纸里,我看到了被包住的来自现实的最炽烈的火。火在燃烧。火与纸相安无事。我怀疑我的眼睛所看到的,怀疑我的心灵所感知的,怀疑我作为个体生命的存在。我怀疑被纸包住的火,怀疑用来包火的纸,怀疑纸和火的背后伸出来的一双手。

是纸上的生活让我更深地理解了现实。这个巨大的现实，不过是一张白纸而已，上面写着安徒生的《皇帝的新装》，写着卡夫卡的《变形记》，写着此刻这些凌乱无序的文字……

写下我想要写下的，并且不再修改它们。这是它们本来的样子，凌乱，抵制既有的规则和秩序。它们是我的心灵所走过的路。我走过太多的路，这是唯一一条可以自主的路，自主并不是因为自信，是因为我想尽可能抵达真实。

生活无处不在。无处不在的生活，我该在哪里？我的与生活无关的言说，也是生活的一部分。

当我们谈论艺术的时候，生活在哪里？这个本来不该成为问题的问题，是我反思艺术的起点。

对于写作这样一条抵达未知可能性的道路，我总是自愿设置太多的障碍。在别人的窥视之下，我不肯轻易放过自己，甘愿让自己陷入双重困境。在困境与困境中，我感受到了更多，它们无以言说。可是，对于无以言说的人生，我总是想要说些什么。这让我陷入更大的虚无之中。当众人在欲望的海洋里越陷越深，我愿意面对一张白纸，写下干净的句子。它们之于我的意义，即是它们的意义。

这已足够。我遇到了它们。

之前和之后的时光

是在此刻，我看不清的此刻，无法表述的此刻，我千真万确正在面对的此刻。当我纠缠于此刻的时候，此刻已经永去了。

之前的那些日子，我并不记得；之后的那些时光，我不曾经历。我被遗落在之前与之后的夹缝里，像一个孤独的孩子，迷失了回家的路。若干年后，当我能够理性地看待自己和自己之外的事物，当我可以自主地沿着一条路走下去的时候，这个世界依然不提供道路。我的跋山涉水，我的风雨兼程，不过是在世俗的傲慢和偏见的夹缝里徘徊而已。

一个徘徊的人，写下了对于漫漫长路的体悟。一路上的切肤之痛，还有一路上的关于风和雨的记忆，来自何处？因为过度真实，它们让我感到了虚渺。

我只是一个徘徊的人，在之前与之后的时光交错中徘徊，在傲慢与偏见的夹缝里徘徊，在我与我之间徘徊又徘徊。

"你们"是一个貌似强大的存在。面对"你们"，我一次次地背转过身。倘若"你们"也算作一种参照，那么其价值在于时刻提醒我不要迷失了自己，不要活成"你们"的样子。曾经做过的事，一直在坚持做着，二十多年的时光就这样走了过来。不需要回首，也不必展望，我可以清晰地判断此在的位置。"在此刻，以这样的姿态站在这里。"这是我对自己的描述。太多的内容被省略了，它们拒绝言说。那些脆弱的，还有坚强的；那些迷惘的，以及义无反顾的，都埋在我的心底，提醒我此刻是怎样的一个存在。之前和之后的时光，其实都留驻在此刻，伴我同在。

我们沿着海边走。新修建的路，有一种陌生感。一些不知从哪里移植过来的大树，被密密麻麻的架子支撑着。广场舞到处都是，规模不一，舞曲有时清越，有时沉闷，按照固定节奏不停地重复着。偶尔有汽车从身边呼啸而过。几栋黑乎乎的半拉子高楼矗立海边，像一个颓然的老人，昔日神采在夜色里依稀可辨。我们沿着海边走，以散步的心态经过了这一切。仅仅是遇到，仅仅是经过，这是别人的时光，恐惧或闲适，隐秘或坦然，都与我无关，不会在我的心里留下什么痕迹。我所在意的，是在别处的事情。我看待它们的目光是从遥远的别处投来的。他们不会懂得。

这个城市在我眼里一直是黑白底片，此刻我看到了它色彩斑斓的一面。当我打开心扉，可以容纳这个城市的全部；当我转过身，这个城市的所有一切都与我无关。这份温和的态度让我深感陌生。我怀念曾经的愤世嫉俗，它们其实就在刚刚过去的昨天；我也期待明天会有似曾相识的激情在等待着我。对于文学，我并没有做太多，仅仅是每天坐到书桌前，甘愿舍弃一些现实的事物，相比那些为文学而殚精竭虑的作家，我所付出的，不过这么简单。

虚无是有分量的

我想让今天彻底失去方向。我想让今天变得无所事事。我想让今天从所有的平常日子里区别出来。我想在今天与自己好好地谈一谈，谈谈这个世界，谈谈生活，谈谈疾病与健康，谈谈焦灼与无助，谈谈爱，谈谈我一直在思考的生与死，以及活着的意义。

所有的逻辑都不再复杂。所有的问题都不再是问题。唯一剩下的问题是，好好活着。疲倦，像一些倔强的种子，植入内心，在瞬间蓬勃成长。这些没有根的成长，并不畏惧一场风的到来；再大的风，也会对疲倦表现出无能为力。我想面对的，仅仅是我自己；我想要成为的，仅仅是我自己。一个人，在去往成为自己的路上，遭遇了太多的自己。他遵循内心法则，逐一将那些事物看透并且放弃。他所经历的内心历程远比现实的道路更为惊心动魄，他所体验的虚无远比所谓的现实更加虚无。虚无是有分量的，它有巨大的分量。这世间没有一杆秤，可以称量这虚无。一颗失重的心，懂得这虚无的分量。

一个人的虚无，可以抵消整个世界的所谓意义。

整个世界都可以放弃意义，但是一个人不能。捍卫作为一个人的意义，有时候比整个世界的分量还重。我的意义，正在于对意义的找寻过程。

写作是虚无的，然而我在写作；前路是虚无的，然而我终将走下去。有些意义是在虚无中显现出来的。我更看重的，是在虚无中显现的那一部分的意义。我并不追求完美，只是不想在生命中留下太多遗憾。人生即是一个巨大的遗憾，它以最日常最细微的方式呈现了出来。生活看似有着若干支撑，其实是无所依傍的。无所依傍的生活为什么要沿着某条路径一直走下去？除了就这样走下去，还有什么样的路径值得依赖？

思绪是断断续续的。曾经，我以一己之心，致力于缝合琐屑的思绪，想把这些琐屑的思绪缝合成一个完整的意义。我的这份努力是徒劳的。所有的这种努力都注定是徒劳的。

此刻，我只相信碎片，相信残缺，相信那些被放弃的依然存在的爱。

浮现或闪现

又一天就这样过去了。那些琐屑的细节几乎同时在我身上发生，宛若无数只蚕在啃噬一片刚刚转绿的桑叶，我本想守住一些什么，最后只剩下了叶梗。

　　窗外传来幼儿园孩子们的声音。这是世间最纯美的声音，它们并不表达对这个世界的赞美和认同。他们以自己小小的心衡量所有事物，以最微弱的力来抵抗或接受一些东西。我忍不住问自己，你是从什么时候开始变得激烈和决绝的？我并不喜欢这个现实，那些征服我的，总是一些卑微的生命。他们的挣扎，他们的无望，他们对爱和尊严的相信，总会在某些时刻打动我。

　　结束一段工作。重新开始一段工作。我的时光被你们分割成了一截又一截，每一截都误以为容留了一个完整的我。在我上路之前，我已把那个完整的我交付给远方。这些年来我一直在路上，始终没有亲见那个完整的我，我的所有跋涉与奔波正是为了一步步靠近那个完整。我不相信刻意的展览。我相信自然而然发生的事物，相信浮现。被高科技武装起来的各类展馆，在声光电的参与下，究竟想要告诉世人一些什么。每一个人都在藏匿自己的内心。在良知面前，在时光面前，终有一些东西将被揭开，裸裎在世人面前。不对称的欲求，不对称的心灵，是这个时代最隐蔽也最无耻的沟壑。剥开所谓高科技，我看到的是苍白的心灵和虚假的面孔。那些声光电交织而成的虚幻现实，从来不曾给我安慰。日常生活中，我时常把网线拔掉，拒绝网络信息的鱼贯而入。我的大脑不是垃圾场，不想被动或主动地盛放那么多的信息垃圾。对这个世界，我有自己的拣选标准，选择一些什么，拒绝一些什么，我所以为的成长与成熟，就是越来越清晰地看待和对待这类问题。

　　生活是一个大舞台。那些私底下的表演，泄露了最真实的内心。

　　我对现实并没有太高的预期，我只希望守住底线，不要践踏和放弃底线。我曾经苦闷和纠结于那些麻团一样的思考，花费太多的时间与心力想要梳理它们，让它们在我手中变得条理分明，事实一次次证明我的徒劳。今天，我突然意识到了那些散乱的思绪也许是一种独有的美，它们并不遵循外界的审美尺度，肆意地存在，成长，乃至消失。不遮掩，不粉饰，不删改，甚至不介入，或许我应该给予尊重。不管清晰与混沌，它们与我最真实的心态相关，我需要正视的，仅仅是我自己。我也在想，是不是我已经力不从心，没有力气按照最理想的状态来塑造和呈现那些文字？

　　文字是散落的骨骼。面对遍地被粉饰被掩饰的文字，我想到一个个具体的人，想到了肉身的尊严如何成为可能。

空白

　　有些事，我不想写进日记，我希望它们日渐从我的记忆里消失，就像从来没有发生过。然而忘记是艰难的。我对忘记的努力，反而让想忘记的事物在心上的刻痕越来越深。

　　在生命履历中留下一段空白，任由后来的自己去努力追忆。追忆将成为我未来生活的主要事务，在追忆中我将变成一片永远的空白。所谓人生，看似五彩斑斓，最终不过是一片空白。那些被涂抹的，那些被删除的，那些我一直都想忘记的，都蕴藏在这片空白里。我直面这片空白。它属于我。仅仅属于我。这是人世间最大的丰富。历尽千辛万苦，我将用一生读懂这片空白。

　　然而此刻的空白，让我想到那些拥堵的事物。它们躲藏到了哪里？这巨大的空落，让我内心更加发堵，总有一种预感，这份空白越是巨大，被抑制的喧哗就越是汹涌。它们终将从一片空白中浮现。面对那些写满了谎言的纸张，我爱我的空白。一张干干净净的白纸，即是我对人生的态度。我所写下的关于世间的思考，也许永远不会大于一张白纸，它们终将被一张白纸收留。记忆里的空白地带，有我最真的爱，最深的痛，最不堪回首却又忍不住频频回首的岁月。我在这片空白地带孤独前行，直到把自己走成山的形状。我总也不能成为我想成为的那个人。生活有着千万个理由，它们不能彻底将我说服。我不想改变世界，世界也不可能改变我。我的所有努力，就是想要成为我应该成为的那个样子，而不是你们所以为和希望的样子。所以在现实中，我是一个并不宽容的人，对自己比对别人更加苛刻。

　　这是自我折腾吗？在别人表达不满之前，我已经不打算原谅自己，我已经离开他们眼中的那个我，向着曾被我亲手抛弃的那个我步步后退。我想退回原点，想把原点错认成终点。我所看重的生命价值，都在于完成对这个错误的守护。

　　同样的一盆花，摆在窗台上，抑或放在远方的栅栏里，给人的审美感受是不同的。我的眼睛并不能控制我的心。我的心里有太多狂野，我的心总会看到我的眼睛所看不到的事物。

我已经好久不写日记了。这段日子有太多的灰色，我不想让它们成为记忆留存在心里。我想忘记它们，因为我永远不可能忘记它们。纵然我忘记整个世界，也无法忘记渺如尘埃的它们。

空中索道

走在空中索道，我听到的是来自地面的叮当声。到处都是施工场面，掘地，铲土，凿石……各种声响汇聚到了一起，嘈杂，刺耳，宛若一支并不和谐的大合唱。走在空中索道，不管在哪个地方，我听到的始终是这个声音，它们来自沸腾的地面，来自那些不安分的心。

若干年前，我还是一个孩子。现在的我依然没有长大。我总是用孩子的眼光打量这个世界。对于这个世界，我有时候有太多的话想说，有时候又一句话不想说。语言是多余的，一如不远处传来的建筑工地的施工声响。很多人希望看到楼房早一天建成，却不想听到建楼过程中这样或那样的声响，所有声音在他们看来都太聒噪。我对这个现实的看法，时常被我自己归结为幼稚。在很多时候，我觉得这个被操控的现实比我还要幼稚，该往哪里去，它不知所措，也无能为力。一些所谓的名声，我偶有陶醉。我知道还有更漫长的路需要去走，我把陶醉当作了一种休憩，一种对自我的安慰。有时候我也会哭泣，在他们的笑声里哭泣，在他们的冷漠和麻木里哭泣，在空旷的山野里哭泣。

我似乎一直在等待来自远方的消息。那些声音穿过遥迢长路来到我的面前，早已变成了一份沉默。

有些时候，我觉得自己是一个演员，站在孤独的舞台上，听到稀稀拉拉的掌声从看不清的角落响起；另一些时候，我又觉得自己是一个观众，坐在免费座席上，看舞台上喧嚣闹腾，心中一片空旷。而最真的现实是，我和他们走在空中索道上，回头看不清来路，前行看不到终点，脚下的地面一片模糊，像是沸腾的水，更加映衬出了空中索道的虚幻。沿着一条虚幻的道路，我们最终将要走向哪里？

我更愿意谈论的是我自己，我以为谈论自己也是谈论世界的一种方式，甚至是最为可靠的方式。他们活在一些大词里,由大词堆积起来的,是一个漏洞百出且缺少温度的世界。他们活在这个世界里,雄心勃勃地致力于创造和拓展这世界。冠冕堂皇的表情,却经不住一个自问。他们活在自己的谎言里,活在由大词构筑起的虚幻里。关于这个世界,我只想说说我自己,说说上班途中人行道被汽车挤占,说说心里偶尔的虚荣和自私,说说那些假装的在意,故作的清高……在他们的言说中,我只想说一句作为一个正常人的正常话。那些闭口绝不谈"我"的人,他们心里真的会容得下别人吗?他们是在掩饰"我"还是掩饰"我"背后的东西?我希望所有的"我"都可以自由行走在阳光下。阳光不仅仅是一种照耀,也是一份考验。那些黑暗的心灵,将以更加的黑暗,逃避和抵抗每一缕阳光的到来。

不悔少作

　　我总是试图修改以前写下的文字。文字中的某个观点,或者某种表达方式,时常让我感到难为情。我回头打量它们,就像看到镜面上分布着数不清的瑕疵,我忘记了那是我的汗水和泪水曾经滴落的地方。终于有一天,我意识到应该克制对那些文字的不满,毕竟那是我的生活,无法删改的生活,我是从那里一路走来的。

　　一直以为在我之外,还有另一种存在更值得期待;一如在这样的话语表达之外,一定会有另外的更精准的表达方式。这是我所以为的写作。在我身上,写作与生命是一体的,我总在寻找另一种表达,就像我曾经以为最美好的生活是在别处的。经历了太多事情之后,我才意识到最值得珍惜和把握的,正是此刻的生活。写作也可以被看作生命长河的流淌,此刻的状态即是最真实的存在,而我所孜孜以求的,不正是这样的一份真实?

　　从此我不再沉浸于呕心沥血的修改之中,我更看重的是此刻的思绪与情感的自然流泻。哪怕是粗糙的,是残缺的,最起码它是真实的,是我的生命状态在此刻的最真实的留存。

　　那些文字,以及那些过往,留在我的身后。它们偶尔跑到我的前方,等待我的再一次面对。每当与那些文字独处,我总忍不住想要动手修改它们,每次都感到巨大的失落。它们经不住修改,修改让它们几近于消失。

这让我不安，也让我反思。有些事物，不是因为修改才变得完美。完美并不是最完美的存在方式，完美其实也不是生活的必需品。我终于明白，我对旧作的修改冲动，实质上是一种对待生活的态度。

校正是多余的。删改也是多余的。正如生活，一个人可以有千万种选择，但是生活从来不给你重新再来的机会。

走过去，只管走过去。只能走过去。

回望来路，所有路过的，都是冥冥中的注定。我已经忘记了是我遇到它们，还是它们遇到了我；是我告别它们，还是它们告别了我。我们早已认不出彼此。不必按照现在的心境去打量它们。倘若要打量，也该将它们置放于人生这个整体背景之下，每一个写下的字都是生命中不可抹去的痕迹，纵然歪歪斜斜，也该倍加珍惜。当我老了，会格外钟爱和珍惜那些文字中的稚嫩，它们一去不复返，永不再来。

从那些懵懂的岁月开始，一些文字就固执地延续下来，不管呈现方式如何改变，有一份郑重是始终不渝的。这些文字以冰冷无情的方式，寄托了我对生命和生活的全部热爱。

（原载《散文》2015 年第 8 期）

玻璃作为一种阻挡

刹那间泪如雨下

我不忍看你,仰起头,水样的天空一片模糊。

曾在暗夜里一次次想过我们的告别。当这个日子不可阻挡地来临,我仍然觉得猝不及防,不知该如何面对。想过潸然泪下,想过相拥而泣,可是我没有想过我们会在车流不息的街头像孩子一样号啕大哭。这尘世的友情,还有储藏心头的盐,以这样的方式出现。

回到彼此的城市,我们像不肯落定的尘埃。那些飘浮的念想,那些频频的回望,有着最真实的根。漫漫长夜,帮主,贸大,启瓶器,明眸皓齿,转盘,酸豆角,星空结构,门槛,宽容,电影学院……这些关键词构成了我们独自的话语系统。众声喧哗中,我们操持自己的话语言说彼此,用未来的写作维护和擦拭那个共同的名字。

时间过去了这么久,我已走出离情别绪,只是在夜里,在某些独处的瞬间,会被某个突然涌动的细节击中。此刻,我坐在书房里,听到那首我们共同唱过的《蓝莲花》,刹那间泪如雨下。那段真空一样的时光,连同你的身影,像雨一样倾盆而降。

我们共同唱过的这首歌,已经成为一抹气息,弥漫在心里,永不散去。

在北京,在文学馆路45号的那个院子,我们朝夕相处了四个月。记得告别的那天早晨,我在616室,蓦然听到楼下传来《蓝莲花》,瞬间崩溃。

那个声音，孤绝，深沉，貌似坚强，是我们都曾欢喜的男中音，在空旷的小楼里久久回荡。那些漫漫长夜都已过去了。在来与去之间，我们留下来，以我们共有的方式留下来。不是结束，是开始。从此之后开始关心远方的冷暖，从此之后走在这条路上不再孤单，不管期待多么漫长，我们终将在某个路口再相遇。

归来时，我生活的这个城市到处都在修路。那些被改造的所谓新路，除了在日常生活里徘徊，还会抵达哪里？就在我写下这些文字的时候，住宅小区的外面，挖掘机正在傲慢施工，家里的地面隐隐发颤。我在四楼，远离地面，远离道路施工的地方，依然感觉到了脚底下的颤抖。就像，一颗心在那首歌中的战栗，相信远方的你也能感受到。

我想说的是，我想你。

玻璃作为一种阻挡

在我与世界之间，隔着一道透明的玻璃。可以看见对面的事物，却不能融入。穿越，意味着破碎，以及可能的伤害。

梦里有个声音若隐若现。侧耳辨听，我发觉那个声音确实是存在的。在窗户的顶端，像是有个什么东西被风不停地拂动，发出断断续续的声响。打开窗，我把手伸了出去，没有感觉到风的存在。万物寂静。是什么在动？任何声音的产生，都不会是没有缘由的，当一种声音以打扰的方式出现，我才想到追问声源，才意识到了玻璃的存在。夜色中的玻璃，身上披满夜色。我以为我看到了最真实的夜色。因为玻璃的存在，我的书桌前的微弱灯光，无法融入广大的夜色之中。一盏灯，此刻是多么孤单。

在最安静的角落，我以最不安的心态度过每一个日子。这个不肯放过自己的人，他对自己的难为，并不被别人所知。已经习惯了每天从某个词语开始的写作，就像穿行在纵横阡陌中，走走停停，相望或相逢，都是自然而然的事情。我与另一个我有时冲突纷起，有时相安无事。一支笔在白纸上刻下伤痕，除了我自己，这世上没有人会读得懂。我从来不曾期望别人的理解，这是我一个人的秘密。在这样一段封闭的不接地气的生活中，我梳理自己的思绪，就像梳理别人的过去和未来。这个玻璃制造的空间，此刻就是我的全部世界。因为玻璃的存在，我与所有的事物都是以牵挂或遥望的方式发生关联，干净且超脱。对这个世界，我始终不放弃自己的想法，我的写作就是对于这些想法的表达，我的沉默则是对于这些想法的另一种表达。一块玻璃可以隔开一个世界，却没能照出我内心的真实图景。外面的世界在玻璃的遮掩下，若无其事地登场。

以内心之力与巨大的现实抗衡，一些精神奇观终将产生并且留下来。

我曾听到一个诗人对另一个诗人的一首关于玻璃的诗作的阐释，他把所有的可能与不可能都寄托在一块玻璃上，这有多么荒唐。玻璃是无辜的，它仅仅是一块玻璃，并不必然地承担更多意义。

玻璃在不被察觉中阻隔了太多事物。透明的玻璃让我心存警惕，虚幻的安全感，以及巨大的不安感，附在玻璃之上，一触即碎。

一直以为我所看到的世界是最真切的世界，事实上，在我与世界之间隔着一块不可逾越的玻璃。一块玻璃，改变了我与世界的关系。玻璃的存在，预示着一个密不透风的世界，以及一个支离破碎的世界，都是可能的。

我的跳动的心也是玻璃做的，它经历了太多起伏与跌落，有着不可愈合的伤痕。

空气宛若一块巨大玻璃，我的求索的目光被折射，然后才完成了所谓的抵达。

被删除的

有谁能够理解，一个人在电脑上敲了一整夜的文字，当黎明降临时，他按下删除键，就像什么也不曾写下。在这个过程中，他完成了自己。有些东西永远被删除了，有些东西以另一种形态留存下来。

有一种爱一直珍藏心头。有一些话，永远不被说出口。一张纸的空白里，究竟隐藏着多少未知的可能性？

若干年前，我已开始尝试着使用减法。这个世界泥沙俱下，减法作为一种温婉的应对方式，时常显得措手不及。在焦虑和犹疑中，我学会了删除，毫不惋惜与留恋，决绝地表达我的态度。相比那些繁华，我更爱我自己，爱我所写下的那些思考与体验。一些琐屑事情，倘若不能在日常中见缝插针地处置，终将联手侵占你的大块时间。我没有耐心去善待所有事务，常常是很小的一件事，就将我折腾得心神沮丧，精疲力尽。

我删除一些事物，也被一些事物删除。我向往着，这个世界能够简单一些，再简单一些。

回首二十多年来的流浪生涯，每离开一个地方，我总是习惯于整理和打包自己，把日记和书信销毁，背着最简单的行囊上路。我不知道我究竟在追求什么，最终将会获得什么，但是我知道什么是必须删除的，它们不该出现在我的行囊里，甚至不该在念想中闪现。

有些人将永远不被祝福。他们从这个世界悄悄拿走了一些东西，造成这社会永不痊愈的伤口，成为人类无法偿还的债。

听一支歌，我习惯于成百上千遍地听，直到听出了声音的骨头，熟悉到不再构成一种打扰，才开始让这个声音从生命里渐渐淡去。而一些人与事，将永远被屏蔽在一段冷静的距离之外；还有一些人与事，与我相遇，然后被我从心头默默地删除。

那些被删除的，有着我对道路与方向的决绝态度。

重量

夜幕降临的时候，我驾车像蜗牛一样爬过这个城市；午夜时分的空旷街道，等待我像风一样飘过返程。在不同时段的同一条路上，我体味到了巨大的轻，这人世间的恍然彻悟，让我无所适从。

那些拥堵的，那些畅通的，那些经过我和我所经过的，都将在记忆中被新的记忆覆盖。这尘世的轻，有什么会在心底沉潜下来，在没有方向的日子里给我安慰？

艺术，友情，存在和虚无……其实都是有重量的。心灵的刻度，也许是世界上唯一无欺的衡量标准。太多的人置身于彩色泡沫里，看不到更远的地方。

对很多人与事的看法，保留并且不说出，也许更需要力量。说出它们是轻易的。我不说出，并不是因为懦弱，我相信它们储留在我的心里，终将转化成为另一种力量；我相信这些被保留的看法所转化成为的力量，将会介入我的血液，直接影响到我对这个世界的理解和面对。我只是想过一种简单的生活，不需要壮怀激烈，我以平淡的方式拒绝那些在别人看来垂手可得、不得白不得的现实名利。写作对我来说更多的是一种生活方式，一种可以抚慰身心的劳动，就像我的父母在故乡土地上的耕耘一样。对于季节和收成，他们无力改变什么，他们所能把握的唯有劳动，在劳作过程中体味日子的滋味。我一直记着我在城市郊区的建筑工地上的那段青春岁月，那是我一生的财富。劳累和贫穷都已淡忘，有一种东西一直留在心底，伴我成长。我的忠厚老实的父母，给了我世间最素朴也最昂贵的品质，这是我行走路上的永远的干粮。与人为善，心存感激，做一个干干净净的人。不需刻意强求，我一直在这样做着；不曾激烈地拒绝，以后也不会。我以平静的方式面对时尚潮流，不管它们如何汹涌，都无力席卷我。我只听从来自心灵的声音。

火车站里一片嘈杂，各种气味交融且凝滞。旅客脸上挂着形形色色的表情，站在人群中环顾四周，看不到一个表情平静的人。每次走进车站，我都会有别样的感慨，但是从来不曾深入地想过车站对于人生究竟意味着什么——从不同的地方赶过来，等待，然后踏上站台，走向约定的旅程。一个农妇，紧紧地抱着怀里的包裹，不停地打量周边的人，她的警惕神情，也激起了别人的警惕。车站嘈杂。旅客的心态比环境更嘈杂，每个人的脸上都写满了焦躁，唯有那个农妇的毫不掩饰的警惕与不安，让我感到是有重量的。这些年来，我遇到的所有旅客都像烟尘一样飘散了，唯独那个陌生农妇的有重量的表情，在记忆中留了下来，成为我看待人与事的一个参照。

彻夜不眠

我躺在床上，所有的往事都是站立着的，它们整然有序地从眼前反复走过。混沌，是我此刻最向往的状态，然而窗外的天色越发明朗起来。

我没有想过我会彻夜不眠。我已经好多年不曾失眠了。每天喝的咖啡，都是固定的品牌，昨晚在外面应酬，我也像在家中那样喝下一杯咖啡，竟然一整夜毫无睡意。想必那杯陌生的咖啡，激活了太多尘封在心底的早已被忽略了的事物。也许不是事物，仅仅是一种情绪，看不见也说不清的情绪。

我一直试图把一分钟掰成两半来用。时间在从容走过。被时间从容走过的我，这么多年来似乎从来就没有真正从容过。此刻是凌晨四点三十分。时钟滴滴答答，无所事事。好多人认为艺术就该是无所事事的产物，其实内在的紧张与纠结，几人能懂？在一日里历经百年，在咫尺之间看到遥远，这种对远方的惦念，并不符合当下的所谓市场逻辑。我痛恨所有打扰别人时间而不自知和自觉的人。痛恨积攒得多了，我终于意识到根源在于自己不够彻底和决绝，对于不相干的事情，对于莫名的打扰，甚至对于世道人心，我并不真正了解。一切都很凌乱，生活的秩序并没有掌握在自己手中。我像一个执迷不悟的孩子，试图从幻象中寻求最真实的情感，为人心的不够美好而负累。那些对别人不构成伤害的自私，不必过多地在意和指责；一个好人，并不必然地遇到更多的好人。人到中年，我才明白了这个道理。

我的彻夜不眠仅仅是一个小概率事件，且与形而上的牵挂有关，并不包含对追问与审判的恐惧。那些见不得阳光的人，他们躲在暗夜里，满怀恐惧，辗转难眠。作为一个失眠者，我对这些另外的失眠者，唯有报以一声叹息。

美好的情绪并不能构成抵御外界干扰的有力武器。所有美好的情绪，其实总是处在被破坏之中。因为短暂，美成为美，成为值得珍惜的事物。

整个失眠的过程，我看到了美好的情绪在一点点消散。

另外的梦

我想我还是有梦的。我的梦并不遵循他们关于梦的规则。我的梦在时光之外，在语言之外，与当下有着血脉一样的关联。

做梦是真的，说梦则难免有假。所有被言说的梦，在我看来都是刻意的，也是可疑的。我尊重那些拒绝说出的梦。

我已多年不再做梦了。当睡眠成为一个问题，梦从何来？我不敢奢谈梦想，能够进入睡眠对我来说就已经是很奢侈的事情。我不会忘记在建筑工地打工的岁月，在木板连铺上倒头便睡，任凭东西南北风都没有感觉。那时的生活是踏实的，体力被消耗到了极点，但是精神始终在飞。迷失在钢筋混凝土的丛林里,我四处寻找可以栖息的枝头。

后来,某栋楼房的某个窗口,成为我瞭望这个世界的眼睛。悬在空中的生活,渐渐淡漠了对土地的记忆。有些时候,我特别喜欢置身于闹市,嘈杂竟然成为一种享受,更加映衬出内心的安宁;而在另一些时候,一片叶子落地的声响,也会在心里激起轰鸣,让我长时间地陷入纠结和不安。

农贸市场飘荡着海的咸腥气息。我的梦不在此处,也不在别处。

炊烟生动的方向,没有谁比你更为真实和久远。

纠结

我总是漂浮在时间的表面。那些水面下的潜流,潜流下的风景,我都不曾真切地看到。甚至,对于岸边的事物,我也满怀依恋,不忍别离。我不想放弃每一种可能性,结果每一种可能性都不属于我。生活在我之外发生。我并不认同它们就是真实的生活。

已经三天了,我没有写下一个字,没有读一页书。不读书不写作的日子,没有人理解我的不安和焦虑。时间就这样流走,我不甘心,又无能为力。我不认同这样的生活,也不曾觉得生活果真是在别处,我所以为的生活与我纠缠在一起,因为一次次的犹疑,它变得渐渐淡远。在社会这个大染缸中浸泡了这么多年,我居然仍是一个连自我情绪都无法控制的人。这种性情,这种真,对我来说意味着什么?在别人越来越习惯了麻木,越来越变得明智的时候,我依然是倔强的,从来没有忘记愤怒。

在这样一个巨变的时代,如何尽可能地成为你自己,这其实是一个严峻的问题。很多人都忽略了这个事情,把对变化的追逐和适应视为人生要义。

是挣扎,让我看到了内心的那份真实。在被改造的时代巨流中,我曾经挣扎过。

空气是沉闷的。身心俱疲,不堪重负。我想找到一个出口,却又不想就这样逃离。这个伤痕累累的世界,每一道伤口都通向另一种可能,每一道伤口都遭遇莫名其妙的盐。宣泄是徒劳的。揭开结痂的伤口,从中找寻一条通往别处的路,也许这是唯一选择。

在精神领地，只能自救，没有人能够真正拯救另一个人。

已经很久了，自从那次疯狂的醉酒之后，我几乎丧失阅读和思考的能力。我被我的消沉状态彻底击垮。这样的一个自己，是我所陌生的。我在这样的一个陌生人身上，发现了真实的自己。

一生只为一事。太多的外力在拉扯。我从未放弃抗争，虽然不动声色。对于应对这个世界的人与事，我始终不够自信，不能坦然自如。我的内力，很多都消耗在抵御外界的纠缠上了。

疲惫中，我在酝酿一场需要付出更大心力的劳动。唯有更大的疲惫才会让我感到安宁。

更广大的生活

我一直在以文学思维来看待生活。而生活并不是那样的。生活一次次宣告它自身的逻辑，不管你的逻辑是否兼容，它一直在以现实的口吻告诉你：这就是生活。

与不同行业的人交流，最终都导向同一个预想中的结局。这委实让人失望。不是我不爱这个现实，我没有那么大的心力做到包容和宽容，我只爱这个现实的某些局部。那些更为宽广的生活，我并不陌生。曾在那样的生活里摸爬滚打，也曾渴望拥有一些封闭的日子，我不怕孤独，也不怕寂寞，我总是担心在热闹中迷失了自己。

所有的喧嚣都让我心存警惕。

我一直在想，那些别人的生活与我的生活之间，究竟是一种怎样的关系？我试图阻隔一些什么，却不知该从何处入手。最理想的存在状态，是成为海中的一座孤岛，作为别人航程的某种参照而存在，那些不曾在大海中乘风破浪的人，没有资格评说它。

我没有想过我是如此傲慢。当我见到那些备受推崇的人，却记不起他们的名字的时候，我才意识到自己确实是远离他们的游戏规则很久很久了，久到当我遇到他们，面对一张张似曾相识的面孔，却打捞不起丝毫与之相关的信息。他们在我的心里，竟然没有驻足之地。我知道这是最大的傲慢。是傲慢占据了我的内心。

一直以为，只要内心不曾在意，那些算计对你来说就没有意义。我忽略了它们对我造成的伤害在我之外暗自发生。这具肉身的苦痛，竟然在远离肉身的地方。

　　最简单的，却被理解成了最复杂的。内心真的不曾在意，然而在某些场合又必须表现出一种在意。我时刻提醒自己：你不是生活在真空里，你生活在这样的一个现实社会，终究是要去做一些事情的，要学会面对那些你不喜欢的人，最大限度地减少他们对你的情绪以及正在做的事情的影响。那些简单的事，那些在别人看来求之不得的事，在我这里总是成为一种负担，让我寝食不安。过一种不被打扰的生活，于我而言是一种最奢侈的向往。我不是不懂得那些所谓的人生道理，我知道来时的路，我知道将要去往的路，我知道在来路与前路之间，一个人需要迁就和容忍怎样的现实事务。

　　这个人坐在房间里写下的这些所谓思考，对于已经和正在发生的现实是多么无力。拒绝安慰，自己对自己的选择负责。我爱着我的路，甚至爱着它的曲折与坎坷。我爱着我所历经的那些阴晴冷暖，它们让我更加体味到了心安的力量。我爱着那些剑光一样的寒意，它们让我在瞬间就懂得了温暖。我爱着遇到的你，你让我从此迷失前行的方向。

沉默也是一种语言

　　那些时光过去了，我留在这里。我知道身体里的某些东西已被时光永远带走，留在这里的，不再是先前的那个自己。我留在这里，不是固守，也不是为了兑现什么承诺——关于过去的事物，关于明天的期望——它们不需要所谓表达，正如我的生命意义并不依靠别人的确证。我向往能像一个真正的人那样活着，不必理会形形色色的眼光，不去追求所谓的"圆满"。我的选择与欲望无关。我只想做一个有尊严的人，偶尔透过虚掩的门，打量外面的世界，用文字记录我所看到的和想到的。

　　在夜里，我听到时光流走的声音。一种含混的、驳杂的、欲语还休欲罢不能的表情，淡淡地转过身，类似于脚步的声响从耳边走过。不管我们在做着什么，最大的损失是那些从未被正视和体察过的时间。时间带着我们一起向时间的深处消逝。在时间尽头，一切的意义都毫无意义。

靠近那些最优秀最素朴的人，他们的存在让我心安。每天坐在书桌前开始工作，随意的某个词语就像蚕茧的丝，总会牵出长长的意想不到的思绪，这样的写作状态是自信的，然而在这种状态中写下的文字总是让我迟疑和困惑，就像一条随意开启的路，最终抵达哪里是不确切和不自知的。那些确切的道路，值得去走吗？回想生命中最重要的一段时光，却没有用来做生命中最重要的事情，那时我还小，还不懂得如何应对和介入这个世界，将太多心力消耗在一些外围的事情上。正是因为曾走过这样的一段"弯路"，我一直对自己说，不管前路多么遥迢艰辛，可以舍弃行囊中的任何东西，永远不能舍弃爱与思考，这是行走的意义，也是我与道路之间相互确认的语言。我不是不懂得现实层面的那些策略，恰恰是因为对它们的熟知，才如此决绝地选择这样一种纸上的生活。在情感上，我只认同这种生活状态，对于其他的，不想付出哪怕最低限度的兴趣和耐心。那些看到的和想到的，只有写在纸上，我才以为它们是真实的。这个书写的过程，有着书写自身无法触及的秘密，每一次的书写都以貌似平静的样子透支了我的情感与想象，同时又塞给我新的情感与想象。那些隐形规则就像一座巨大的牢狱。我已经在狱中生活了这么多年。我坦率地说出我的看法，并不是因为屈服，也不是为了换取所谓优待，我知道我的卑微躯体里藏有一颗怎样孤傲的心，任何人都没有资格俯视它，我也不接受来自任何方面的同情。因为自尊的存在，一个卑微的人变得强大，拒绝与貌似强大的现实和解。

最狂野的抱负。

最平静的表达。

最冷漠的与最火热的选择。我留在这里，一直在这里。

曾经，一边感慨这个世界的喧嚣，一边喋喋不休地说过太多的话。我参与了这个世界的喧嚣，成为喧嚣的一部分。当人人都开始言说梦想的时候，我甘做一个沉默的人。在那些无眠的长夜，我唯一能做的就是直面自我，剖析自我，这是我对整个时代的态度。我的沉默里有更大的躁动和喧哗。对那些林林总总的矛盾，我并不打算进行清晰地梳理，即使它们真的是可以条分缕析的。面对这个不确定的世界，我珍视内心的犹疑和冲突，看似平静的日子涌动着一种不安的情绪，而我所言说的，不是情绪，也不是情感，是情怀。情怀是可以解决当下问题的良药吗？那些阔大的词，并不能解释我们最彻骨的痛。当呻吟被错认成了呐喊，当呐喊被视同噪音，这之间历经了怎样的万水千山？那些体恤与关怀，那些冷静与反思，那些说过的话与未说出口的话，都已不再具有正常人的体温。我们参与了这个世界的冷热无常，成为其中的一部分；正如我们逃避对自己的正视，成为这个世界的虚假的一部分。看不到荣光。那些对荣光的宣扬，只能加重作为一个人的内心羞耻。在这世上，我是一个尚有耻感的人。耻感是我生命中的盐。我的盐正在被一些莫名的眼神和话语所稀释，我的盐越来越少，行囊越来越重。这么多年了，我还没有学会从眼泪中提取盐分，提取这生命中不可或缺的元素。从此之后，我只听从内心的指令，那些纷扰的，那些挑剔的，连同那些理解的与不理解的，都将不在心头停驻。我唯一能做的，就是听从内心的指令，关心那些应该关心的，遗忘那些应该遗忘的，按照自己的方式度过每一个日子，塑造属于自己的生活。

我在内心的旅程，拒绝同行者。这条路是属于我的，我将独自去走，去完成一个人与一条路的相遇。

在钢筋混凝土构建的丛林里，有一座幽静的院子。在院里漫步，心事是散漫的，渐渐地就走出了一种田野的感觉。那天散步时，我从路边树上随手摘了一枚果子，是青色的果子，至今说不上它的名字。我把它放在书桌旁边，每天在写作间歇时都会看上几眼。直到有一天，我突然发现了它的枯萎。一枚青果的枯萎与一朵花的枯萎有什么不同，这让我感慨万千。当一枚果子离开一棵树，那些枝叶仍是葱绿的，而果子已经枯萎，这真是一件让人伤感的事情。我知道这些年来自己得益于一种怎样的精神滋养，习惯了与那些先哲对话，也懂得在喧闹中沉静下来，倾听灵魂的声音，在两种声音交汇的地方，我恍然发觉这个世界背后的巨大沉默，还有这个巨大沉默里包裹的太多声音。

任何语言都是多余的。我只希望保持最初和最终的沉默。这个脆弱的现实，经不住我们的任何言说。那些窃窃私语的，那些轰鸣的，连同那些沉默的，都让这个现实感到恐惧。

沉默也是一种语言。

"从此之后，我只对自己沉默的那部分感到满意。"这是友人在四十岁生日那天说过的话。

这是北京的夜晚。巨大的孤独，看不到尽头的眺望。我总是站在窗前眺望，我的眺望看不到更远的地方，有巨大的回声从楼宇的空隙里传递过来。我从一栋楼与另一栋楼的间隙里，想象那些更为广阔的空间，它们属于另一些人，它们携带另一种声音。而我在固执地等待那个久违的自己一步步走来。我把自己错认成了一个来自故乡的人，拥抱，寒暄，然后挥手告别。

我早已习惯了井然有序的生活。我在生活里徘徊，不对任何人构成打扰，并且拒绝任何人的打扰。那些我爱的与爱我的，我一次次想起。这个永远不能释怀的人，在异乡的夜空下，徘徊又徘徊。

每一次的徘徊，是出发，也是抵达。

那些静默的，那些倾诉的，那些欲言又止的，我一直记着。在异乡的夜晚，在灯下，在案前，写作是邂逅它们的唯一选择。我舍不得入睡，内心有一种东西从来就是醒着的。穿过漫漫长夜，黎明降临，我打开门，微笑着走向人群。

"当我在文学路上走累了的时候，我会想起'鲁院'。"隔着遥远的时光，我对此刻的自己说。

(原载《青春》2015年第3期)

看 地 球

缓慢的抵达

　　我用笔在纸上写信。久违的书写方式，让我对自己有些好奇。那些落在纸面的字，携带着我的体温，与我对视。本想叮嘱一些什么，却终于什么话也没有说。我把它们装进信封，送到邮局，托付漫漫无期的邮路。关于这封信，我拒绝电子邮件，拒绝瞬间的抵达，选择了早已不再习惯的书写方式。这份真实的情义，我不忍放到网络的巨大虚无里。
　　缓慢的抵达，也许是更自信更有力量的抵达。
　　很多人走过千山万水，其实思想早已瘫痪，他只看到这个世界的变化，拼命追逐速度，忽略了变化之下作为一个人的状况。或许，一个犹疑，一次迟钝，胜过任何的速度。我缓慢行走在这条路上，并不期望最终的抵达。一个背影，即是对于这个社会的最坚硬的态度。可是我的爱，我对于这个世界和人心的复杂情感，该如何表达？
　　越来越拒绝与外界的交流。我甚至忘记了自己曾是一个热爱倾诉的人。外面的狂热与我无关。活在这狂热的世上，是否保持了一个正常人的体温，这是我所在意的。车轮滚滚，向着城市而去；人群拥挤，向着城市而去。我从城里来，心知城里事。我不知道，该如何讲述外面的事情？一个人与土地之间血脉相连的脐带被割裂，作为追求效率与速度的赶路人，我们其实成了这世上的无根的存在。最美好的梦想应有一个"核"，像种子那样，生根，发芽，然后才谈得上成长。

我的心里没有种子。我的心里有一座山。每个人的心里都有一座山，它只供你一个人攀登。这是对自我的检验，重量和高度的双重检验。我的小小的内心，只要还放得下这样一座山，日子对我来说就是平静的。存放在我心里的这座山，它的崛起不会被更多的人看见，只有我知道这是一座成长的山。

看潮来潮去，一块孤独的石头渐渐浮出水面。一个人从人群中显现，他所能做的，就是站在原地，回首或眺望。

"突然，一切都变得清晰起来"

契诃夫说："突然，一切都变得清晰起来。"

那些清晰的事物让我恍惚。在一条暧昧不清的路上，我已习惯了辨识沿路遇到的一切，当它们在某个瞬间突然变得清晰起来，我对世界的巨大怀疑也随之产生。是我怎么了，还是这个世界怎么了？从模糊到清晰之间，这个世界一定暗自发生了一些什么。熟视无睹，或者目力不及，都是不可原谅的局限。曾经，我是沉默的，后来在某些场合不得不开口发言，语调渐渐不再平和，对眼前的事物有了另外的期待。我所看见的与我所期待的之间，有一条巨大沟壑，仅仅有美好的愿望，仅仅有悲愤的情绪，是难以填平它的。后来我渐渐理解了眼前的事物，那些沟壑，包括那些以往用来填补沟壑的愤慨，我都留在心里。我的心，是一个巨大的收留场，因为慈悲，所以承纳与宽容。

当一条优美的河上浮起几万头死猪，当严肃的法庭辩论归结为一场风花雪月的事，这个世界的喜感让人更加心痛。该如何对这样的现实做出判断，它们是正确的还是错误的？

这是一个尺度泛滥的时代。每个人都是尺度。很多问题，不能寄希望于清晰的解答。一些热情，一些力量，一些难以言说的事物，常常是在混沌中滋生的。有些时候，"我们"其实是一个伪命题，以集体的名义缺席或失语，逃避对责任的担当，个体的"我"变得心安理得，毫无愧疚。当"我们"溃败之后，"我"在哪里？倘若"我"挺住了，"我们"溃败的根源在哪里？

不再做出简单的是非评判，我渐渐学会了宽容，宽容那些不被理解的与不被祝福的。我平缓地说出我所看见的，以及我所看不见的。

那些琐屑事情始终不肯放过你，它们在你的世界里制造了太多出口，风和各种声音肆意闯入。你的世界原本只有一个出口，你小心翼翼呵护着那颗心，这么多年了，它从来没有松懈过，从来没有停止牵挂。那些被别人放弃的，我不想放弃；那些被别人忽略的，我不想忽略。

真理有时候存在于放弃和忽略之中。我愿做一个留守者。

可是内心的风暴，将把那叶小舟带往何处？

我终于意识到了一些什么。太多需要打交道的人，不必坦诚直面，面具也许是最好的接触方式。在不需要支付坦诚的时候，在面对那些并不坦诚的面孔的时候，面具是必要的。我过去更多的是基于对信息不对称问题的思考，衍生出关于社会和体制的质疑与追问。其实具体到个人，理解和情感也是讲究对称的，生命中重叠的部分有多少，这是决定两个人能否达成深度理解与认同的根本。年轻的时候，曾经对理解有过奢求，因为不被理解而生出若干的烦恼。如今似乎释然了。人与人是不同的。在这个世上，不能假借任何理由抹杀人与人之间的差异，不管这个理由多么冠冕堂皇，不管这个差异如何不可思议。允许差异的存在，允许人的局限的存在，这是对人的最起码的尊重。

看地球

每天坐在书桌前，时常有一种脱离了地球的幻觉。我成为一个旁观者。当我用看待故乡村落一样的眼光去看待这个地球，我发现那些拥挤，那些算计，那些流言蜚语，都变得不值一提。在这个并不自由的小小村落，我们坚持了一些固执和冒犯，并且虚构了所谓的自由。

这是北京，刚下过一夜的雨，天空晴朗得让人生疑。网络上晒过了彩虹，又开始晒蓝天和白云，在北京三个月以来，这是我第一次见到这么干净的天，就像我所生活的那个城市的碧海一样。其实，海水这几年也被污染了，遍布大海全身的病菌与创伤，被我们误认成了波浪。就像此刻的天空，它的晴朗背后的阴霾，也是我们无法看到和体验的。天空一览无余，我在心里怀着巨大的悲悯，在文学馆院子里散步。如此晴好的天气，不舍得躲进屋子。走过一圈，一圈，又一圈，步子越来越单调，我对自己的行走不再好奇。天空的晴朗并不能触动我持久的依恋，我早已忘记了那些雾霾的日子。

我似乎从来不曾真正介意这里的雾霾。

我只是这个城市的过客。

我的生活在遥远的海边。海是一面巨大的镜子，曾经伫立沙滩的我，看到时光的皱纹，看到在更远的地方海与天重叠到了一起。

一颗省察的心，该有多么珍贵。当我做过一件事情，总会反省它的不尽如人意。我从来就不想做太多的事前准备，这个现实并不接受那些所谓的既定规则，是某些人的某些意念强化了它们。可是每次当我从一件事情中抽身而出，遗憾感总会把我淹没。我的回忆是由太多遗憾构成的，这些遗憾集中在心底，发酵成为一种气息，被错认成了美好的向往。然而我知道它们的前世今生，知道它们来自哪里，将要去往哪里。在这个时代，有人感受到了太多东西，唯独没有感受到心灵的痛。这也意味着，他们从来就不曾真正在意自己所做的事情。我知道自己是怎样被无力感一点点吞噬的。对这个世界，我拥有的仅仅是看法，缺少行动的力量。我从来就没有打算将那些所谓看法付诸实施，我活在对明天的构想中。而所有的明天似乎都在以它本来的面目降临，并且接受我的别无选择的认可。

我已经越来越懂得如何与这个世界打交道，如何在这个世界的纷扰之中保护自己免受影响和侵害。这是正确的吗？当我躲在自己的角落，看着外面发生的事情，我只是看着，甚至没有最起码的态度。我的无所谓里有着怎样的一份自私和懦弱。

整个世界都在我的案头，我坐在桌前注视它。一支笔，该放在哪个支点上，才可以撬动桌上的这个世界？

人生最大的动力，也许是爱，也许是仇恨。当示弱成为一种策略，这里面可能蕴藏着一种爆炸式的威力。

这个世界除了基本的是非之外，还有很多根本就说不清也理不清的矛盾。这些矛盾是存在的。此刻的内省并不仅仅是一种品质，也是一种对于现实的态度。纵然我们对现实无能为力，起码可以保留一份内省与反思。一个懂得内省的人，会明白自己应该接受什么，应该拒绝什么。

而一颗内省的心，似乎比整个地球还孤独。

木刻的眼睛

　　一双没有色泽的眼睛，会看到这个世界的生机吗？

　　我曾努力做到像别人所说的那样，以婴儿的眼光打量这个世界。可是这个世界并不符合婴儿的逻辑，这事实上是成人的世界，是婴儿所不理解的世界。

　　一个人的心里装着什么，往往就会看到什么。面对这个拥挤的世界，我的心里空空荡荡。仅仅记录是不够的。仅仅审美也是不够的。那些留存下来的作品，大抵应该同时包含了"史"与"诗"所对应的记录与审美特质。一双木刻的眼睛，一颗不带情感色彩的心灵，会看到这个世界的什么？

　　时常想，如果不写作，我会活成什么样子？这个世界在我眼中又会是什么样子？我对这个世界的看法也许不值一提，我所心安的是，我对自己关于这个世界的看法一直心存追问和质疑，从来没有真正自信过。我一直以为，在我的所谓看法之外，一定还有一些未被认知的看法。对这个局限的看到，让我心存谦卑与敬畏。我更看重的是一个人的怕和爱。爱这个世界，同时也不回避内心的怯懦和恐惧。是怯懦和恐惧让我们真实，让我们在自省中一天天变得坚强。不必回首，留一个背影给漠然的人群，已经足够。我懂得那些技巧，懂得那些人情世故，甚至深谙人与人之间的交往之道，可是我更相信诚实是最好的美德。在彼此信赖的交往中，动用技巧是不道德的。内心波澜汹涌，话到嘴边我忍住了，不说出口，一切就不曾发生。我的不同意见只是丰富了我，对这个世界并没有丝毫的触动和直接的意义。这是一个写作者的悲哀。关于对这个世界的理解，或许他写过一本又一本的书，却很少言及这份深埋心底的悲哀。

　　就像最深的秘密，最真的怕和爱，并不借助语言来表达与呈现。

　　此刻，我愿意将玄思视为整个的世界。一根针，面对承载人类命运的气球，它是犹豫的，在它主动出击之前，锐利的痛已从对方波及它的自身。幻象如此细微，从一根针渐渐弥漫成了一片白雾，巨大的苍茫，不可归结的心事，是由无数根针组成的，试图隐藏其间的我自己，已经无路可逃。

一个人的遭遇，其实是作为整体或他者的预言而发生的。

一双木刻的眼睛，看到了生命幻象中最冷静的存在。

失语

当我无法写作的时候，总被一种失语的感觉深深攫住。表达成为我挣脱这种状态的唯一出路。可是我对这种状态的挣脱，并不是为了所谓表达。我只想解决自身的问题，我看不清自己，需要通过写作来梳理、改变和确立自己。那些心灵的现实，其实是现实在心灵的投影，它们是更为重要的现实。我无法说出它们对于这个现实究竟有什么意义。那些所谓解救徒具形式；唯一的出路在于自救，当一个人陷入某种精神状态，倘若不懂得自救，将永远无法真正解脱。更多的时候，我并不思考写作的意义。意义是一个虚渺的东西，重要的是书写，在书写中打开自我，确认自我，拓展自我，哪怕这样的书写只对我一个人有效。我承认我是有所保留的，那些被写下的文字更像一个人的隐忍表情，拒绝付出真诚。很久以前，我曾习惯于做出判断。面对眼前变幻的世界，感受比判断更重要，很多人常常忽略一己的感受，去做出缺少体温的判断。对于这个世界，不管何时何地，不管自我有多么渺小，永远不要盲从任何的概念和言说。我最信任的是我的感受，感受是我做出所有选择的一个重要参照。

当我不能写作的时候，世界也陷入焦虑状态，此刻一个人的状态，即是整个世界的状态。有时候我会突发奇想，究竟是我影响了这个世界，还是这个世界影响了我？我与世界之间存在一种怎样的关联？

我所向往的安静，不曾拥有。一种简单的生活，究竟需要通过怎样的抗争才能抵达？我对安静的强烈欲求与近乎洁癖的内心尺度，让可能的安静最终成为一件不可能的事情。

安静果真是应对这个喧嚣世界的最有力的选择吗？

当所有的声音都变得无意义，那些有意义的声音在哪里？

凌晨两点，外面下着雨。站在窗前听雨，有一种沟通天地的感觉。从天而降的雨，带来了什么高处的消息？浸入大地的雨，告诉了大地一些什么秘语？

写作是一个人的战争，是一个人的救赎。

心乱如麻。我说不清这份心乱的缘由与状态。那些看似无谓的现实，其实我是介意的，它们一丝一毫的变化，都在我的眼里。我的眼神旁若无人，心一直在张望。我不知道自己在盼望什么，就像那些我所盼望的，并不了解这个正在盼望的人。因为神秘，我们走向彼此。

那个我所确认的未来，并不是一个确切的客观存在。它的生命，内在地包含了我对它的寻找与追求。或者说，我的包括焦虑、犹疑和坚定在内的所有努力，都是它的不可或缺的部分。在与我相遇之前，它是不完整的，是正在成长中的存在。我的抵达是一种成全。这样的一份心情带我上路，向着那个并不确切的未来，一步步走去。这将是我一生的路，沿路的任何景致，飞舞的蜂蝶，都无法改变我走下去的渴望。

用一生的精力去验证一条道路，我不畏惧它的艰难，正如我不在意它有多少现实的意义与价值。走下去，我所要做的，仅仅是走下去，心无旁骛地走下去。那些最重要的彻悟，最惊心动魄的体验，以及最难以割舍的意义与价值，将在行走的途中渐次打开。

旁观者

我从来就不曾真正地介入。我只是一个旁观者，看到了我所看到的。世事纷扰，看见即是一种选择。米开朗基罗在石头中看到大卫的形象，于是搬回家，去掉多余的东西，最终成就了《大卫》这个作品。发现的眼睛，以及懂得什么是多余的，这有多么重要。

那些影响我的事情，在我之外发生，我成为自己的旁观者。与此同时，诸多与我无关的事情在内心纠结，让我不知所措，迷失在别人的事务里。在被动的选择与主动的人生之间，究竟存在一种怎样恒久的力？它改变我，也捍卫我；它远离我，也拥抱我；它伤害我，也成全我。

有些情感是不需要表达的，有些爱永远都不要说出口。

那些不曾说出口的话，我将永远记着。在世界的逻辑中注入个人情感，我仍然是这个世界的旁观者，始终放不下对自我的警惕之心。在这世上，我最不放心的，时刻都在警惕的，是我自己；我最珍惜的，其实是这个旁观者的身份。

　　我与另一个我之间，始终保持一种紧张的关系。我一直站在这个角落，冷眼旁观。我的心是热的。我想告诉你，我的心是热的。这是一个世人所不知道的秘密，我想让你知道这个秘密，这个曾经只属于我一个人的秘密。

　　拉开窗帘，窗外是另一个世界。白色的光有些晃眼。我坐在椅子上，像一个陌生人，内心安详。街上传来汽车驶过的声音。这样的一个上午，夜色依然没有撤离，我依然迷失在昨日的夜色里。这个世界以及这种生活并不属于我，我也从来没有如此奢望过。我更想过的是离群索居的日子，偶尔走向人群，暂时地离开自己。当我离开自己的时候，更加懂得如何爱惜和维护自己。人群并不是让我情感认同的事物。我热爱的事物，永远与我保持了一段抹不去的距离。那些坚定与执着，那些美好的情愫，因为距离的存在而存在。

　　我不羡慕别人的生活。我深爱那些属于我的时光，爱那些时光里简单固执的我自己。这个经历了一些事情的人，始终是沉默的，他的日子越来越简单，越来越安宁。他的沉默，有了一抹悠久的回声。

　　在别人忽略的地方，我找到自己的快乐。请原谅我不能告诉你，这究竟是怎样的一份快乐。那些懂得这快乐的人，我视之为知己。

　　我们终将在路边的某个拐弯处，促膝相谈，然后挥手作别。

我一直站在这个角落

　　我把这个狭小的角落视为我的整个世界。当然也有放飞的梦想，那是一些与明天相关的事物。明天是未知的。明天的我也是未知的。这让我越发意识到，今天最重要的事情是把握自己，不能在诱惑中放弃自己，不能在被裹挟中忘记自己，不能在自己中迷失自己。我曾经一直以为自己是正确的，在这样的意识中失去了太多说不清的东西。这样的失去并没有让我贫瘠，反而让我变得更加富足。我所看重的是精神层面的事物，它们在别人眼里无足轻重，可是我知道，倘若我对它们的谈论不够郑重，我的内心必将失衡。在一个失衡的世界里，一颗失衡的心何去何从？

　　打开自己是重要的吗？有时候我们更需要的不是打开自己，而是封闭自己。面对外界的喧嚣,悄然关上一扇门,这不是对世界的拒绝,不是简单的融入或逃离。人心有时候并不在躯体之内。当我们在一些陌生的地方遇到我们的心,才会恍然意识到,一颗心不在自己体内已经这么多年,以至于我们不敢确认,没有勇气说出,只能等待那种似曾相识的感觉,在眼里,在大脑里,渐渐地复苏。

在社会巨变的背后,一定还发生了一些什么。

巨大的谜,需要质疑与反思才可解开。

一片叶子飘落地面,我的脚下微微颤抖了一下,不知道是因为这片叶子的落地,还是因为我的心的战栗。这片叶子,将在清晨被清洁工扫走,抑或从此腐烂在泥土里。

阳光像是被天空筛落下来的,匀称,合理。有什么可以对阳光进行拣选?

除了天空,还有心灵。

对苦难和幸福的书写,只有经由内心的转化,才会更真实更有力量。当我说出我对这个世界的理解,总有一种惶恐感难以排遣,就像一个巨大的气球遭遇一枚银针,爆裂只在瞬间,猝不及防。

世界并不遥远,不需要所谓"走向"的姿态。我们一直存在,作为世界的一部分而存在。当我们对世界的认知是以牺牲自我为前提,这份认知将会把我们重塑成什么样的人?

一只气球随风飘向高处。天空像一个巨大的陷阱,那只随风飘走的气球在劫难逃。

我仰望天空,天空一无所有。我什么也没有看到,只听到脚下的土地隐隐颤抖了一下子,世界很快恢复安静,就像什么也不曾发生。天空下,那些行色匆匆的人,没有意识到在距离地面不远的高处发生了什么。

(原载《西部》2015年第7期)

在蓝天与大地之间

书桌上的蒲公英

我已经很久没有进入这间工作室了。重新回到这个空间,我突然意识到被冷落的不是这间屋子,而是长久以来漂泊在外的那个我。我在并不喜欢的忙碌里,把自己弄丢了。屋子里落了薄薄的一层尘埃,还有空气凝滞的味道。动手打扫卫生,一盆清水,很快变得浑浊起来。从一盆浑浊的水里,我看不清自己的脸。我的脸上一定有一种再也不想掩饰的难过。

当我把书桌擦洗干净,才看到桌面上的蒲公英的"种子"。它显得那么孤单,像是一枝花的骨骼,花和叶在漫长的时光中都已褪掉。在我那些漂泊的日子里,这间屋子的门窗一直是紧闭的,这朵蒲公英是从哪里飘了进来?我在房间里四下找寻,并没有一个出口。它是从哪里来的?它为什么要落到我的书桌上?它想在我的书桌上扎根生长吗?

书桌上是应该生长一些东西的。我的书桌上堆满各种书籍,可是我仍然感觉空空荡荡,是那种巨大的空荡,就像庄稼收割后的田野,只剩下一片空旷。田野的空旷与所谓知识分子的虚无,有着怎样的相似之处?作为一个极简主义者,我并不理解这样的一份空旷。空旷并不必然地滋长希望,空旷让我感到虚无和茫然。

我想让这朵蒲公英留在我的书桌上。我翻书的动作,我写字的动作,甚至我平静的呼吸,都让它在书桌上辗转不安,不知所措。我屏住呼吸,长久地看着它，不知该怎样对待它。我不再在意它是从哪里来的，也不在意它为什么要来，我只需要知道，它是存在的，它在可以去太多地方的时候，落在了我的书桌上。也许，这仅仅是一个偶然，并不是自主选择的结果。苍茫大地，它一直在寻找一方可以落定和扎根的地方，却无力做出自己的选择。它的命运，维系于一场风的到来，它的未知的明天只能随风而去。它并不奢望拥有太多的土地，它所需要的扎根之地，也不比一粒尘埃更大。我注视着眼前的蒲公英，没有风，我的思绪在飞扬，就像蒲公英落定前的那些漂泊。在这苍茫人世间，并没有一方让我心安的土地。我愿意相信我与这朵蒲公英之间，一定有着某种隐秘的精神关联。

　　书桌显然不是蒲公英理想的栖息地。我不知道它该去往哪里，不知道该如何对待眼前这个柔弱的存在物，它以最轻盈的方式在我心里留下了最沉重的震撼。这个世界可以是轻的，但是一个人是应该有些分量的；别人的目光可以是轻的，但是一个人的行走应该是自主的；走在人群中的你可以是轻的，回到自己的内心以后应该是郑重的……还有太多叮嘱，我想告诉另一个我。

　　我的心里风起云涌，波涛起伏。蒲公英安然停留在书桌上，它没有扎根，似乎也不想飞身离去，这样一种尴尬的存在，让我不知所措。

　　这不是隐喻。这是一件具体的事情，发生在我狭小的工作空间。

他们的逻辑

　　我不认同他们的逻辑。可是我无法摆脱他们的逻辑。他们的逻辑就像绳索一样将我缠绕，捆绑，然后打了一个结。

　　一个结，耗去了我最美好的青春年华。

　　他们即是一个世界。因为我的缺席，他们其实是一个残缺的并不健全的世界。

　　在这个瞬息万变的时代，适应变化并且追逐变化，才不至于被变化的时代所抛弃，这是他们的逻辑。我更看重的是，当众人都变的时候，你的不变在哪里？什么是你为之坚守的事物？

　　在他们的逻辑里，我把自己弄丢了。我执着寻找不变的东西，却不曾想过自己早已变得面目全非。

他们的逻辑,成为一个不可绕行的存在,挡在我必经的路上,试图告诉我生活的样子,告诉我该以怎样的姿态生活在生活里。这不是我所认同的生活,它紧紧地拽着我,不肯放过我。极度疲惫的时候,我偶尔把这样的关系视为一种依赖,一种休憩的所需。这个色彩斑斓的世界在我眼里,不过是一帧黑白照片。

人行道上停满了汽车。太多的道路开始拒绝人的脚步,车来车往,车速越来越快,长路与远方变得越来越模糊。一个声音从千里之外传来,在被我听到之前,它已经消失在巨大的空旷里,我把风当成了它留下的痕迹,它的痕迹转瞬即逝。我将继续走下去,带着一颗倔强的心,不曾奢望在这条路上永远留下自己的脚印。路过的一切很快就被我淡忘,我甚至记不起昨天的天气,记不起刚刚遇到的人与事。我把我所看到的与想到的,写在日记里,然后就像什么也不曾发生过。日记是我带给远方的唯一礼物,它在我的行囊中由轻到重,由重到轻。

我愿试着理解一棵树,一缕风,甚至一方泥土。它们是有生命的,所有的生命都应获得尊重。

然而我并不奢望获得每一个人的理解,只想就这样走下去。我知道我的写作刚刚开始。对这个世界,我有很多隐忍的热情,它们已经存在了这么多年,从来不曾被改变。这团火已经秘密燃烧了这么多年,风从四面八方吹来,小小的焰火昂起倔强的头颅,拒绝向莫名其妙的风交出灰烬。

水里的刀光

我不想投身到你们所投身的那条河中,我知道那是一条失去方向的河,是一泓并不爱惜自己的水,它们不能把我清洗,更不会给我安慰。我不相信所谓的意义与价值,我想要的仅仅是一个安慰,一个安抚身心的交代。

我看到水里隐藏的千万把刀子,刀光比河水的皱纹还要密集,它们将一条河分割成了一滴滴的水。从一滴水汇聚到一条河,然后从一条河重新变成一滴水,隐在河底的刀子,见证了这个过程,亲手制造太多隐秘的伤口。

河床并不理解一条河的心思。一条河的伤口,也许只有鱼懂得。一条河中早已没有了一条游鱼。对河水漠不关心的人,他们竟然在意游鱼的消失。一条游鱼与更多的游鱼,带走了这条河的全部秘密。水从哪里来,要到哪里去,河床只是一个徒然的存在。

因为河水变得污浊,水底的黯淡刀光也得以显现。这个污浊的世界已经隐匿了太多事物。刀光拒绝被隐匿,它挺身而出。我时常想象,一把藏在水底的刀,是如何割破水面,向天空表达它的态度?

一把可以将流水斩断的刀,对这个世界是无能为力的。忙碌在这个世界上的人,并不在意一条河的污浊与干涸,他们以为自己的眼泪才是唯一珍贵的水。

苦涩芬芳

这是一个突然冒出来的词语。在我无法表达对这个世界的感受的时候,这个词语冒了出来。

苦涩芬芳。

因为苦涩,所以芬芳。在这份并不清晰的逻辑里,存有一个巨大的现实沟壑。有什么,可以填平这个沟壑?

已经多少年了,始终有一抹气息环绕着我,不肯离去。我写过数以百万计的文字,却无法形容这样的一种感觉。直到此刻,"苦涩芬芳"这个词语的莫名闪现,为那种漫长的难以言表的生命体验画上了句号。一个如此简单的词语,终结了我的最复杂最汹涌的感受,成为它们的宁静港湾。

很多时候我是看不清自己的。我的心里雾气弥散,我看不见那些我想看见的,包括"苦涩芬芳"这个词语。其实它不是闪现的,它千疮百孔,从心灵的罅隙里渐渐浮现出来。

阴雨的天气,内心也变得局促狭窄。我说不出是什么原因,所有的情绪都是暗色的。整个上午,我面对我自己,就像面对一朵花的凋谢。我看到了花瓣是怎样一片片落下,地上依旧是一片空白,没有一片花瓣的影子,也看不到花朵成长的痕迹。地板空空如也,只有我一个人在来回走动。这期间,我也曾走出房间,到了那个园子。我看到一个老人在唱着一些熟悉的老歌,他在一棵树下,歌之不足,舞之;舞之不足,蹈之。我平时每天下午四点到那个园子散步，除了静默的树，只有我自己。我在树的注视下，缓慢地走路，想着树们永远不会懂得的心思。我走的是一个圆形的路线，每圈三百九十步。我的步伐偶尔大一些，偶尔小一些，但是走到圆圈闭合的地方，大约总是三百九十步。终点回到起点，终点一次次地回到起点，我每天下午都在重复这个事情。偶尔也会想，这何尝不是人生的某种隐喻？

当我一个人在园子里散步的时候，我告诉自己，这仅仅是散步。

做自己的囚徒，因为心中有更辽阔的梦想。是枷锁，一次次激起我接近梦想的更大勇气，让我在思绪飞扬的同时，没有放弃肉身的尊严。面对眼花缭乱的世事，我知道最需要直面的其实是我自己。一个人不能面对自己的内心，他又能有勇气面对什么？一个人倘若只能面对自己的内心，那么他又能有勇气面对什么？

太多的事物需要我们去直面。太多的人都在逃避，在漠视，在故作视而不见。

在过去的岁月里，我曾故意忽略自己的存在，甘愿为了一个所谓精彩的梦，以委屈自我的方式迎合周边环境。我所处的环境就像一个巨大的胃，我把自己投放进去，在无休止的贪婪中被食用，被消化，被排泄，被转换成不同的形态。很多时候，我并不知道自己是否存在，找不到一种存在感，虚无像千万根锐利的针把我刺穿。我听到飘扬在高空的彩球传来爆裂的声响。

每天坐在房间里的"纪律化"写作，让我一次次听到了高空传来的爆裂声响。我手中牵着的长线，变得徒然和尴尬。我所写下的每一个字，每一篇文章，都在证明着我对于远方的无能为力。我无力改变这个现实世界，于是假想自己有勇气也有能力在纸上再造一个新世界。这个纸上的世界，是一个有我的世界，也是一个无我的世界，它比身边的现实更真实，也更让人欣慰。我已经为之伏案劳作了这么多年。城市里的道路修得越来越宽，我希望有一条小径，绕开繁华，一派荒芜，被更多的人轻视和遗忘。在纵横交错的道路中，我想选择这样的一条小径，走下去，并且坚信在小径的尽头，终将是一个无与伦比的宽阔境地。

就像一个词语，在终结一段生活的同时，也开启另一段生活。

他们在清扫落叶

他们在清扫落叶。树影婆娑,四五个环卫工人费力地把一袋又一袋的落叶抬到垃圾车上,那一刻我相信落叶也是有分量的。一片叶子砸向地面,它倾尽所有力气,完成的不过是在世人眼中的飘落。它的飘落对于坚硬的地面,对于地面上匆匆行走的那些人来说,是没有分量的。它的飘落,时常被解读成了所谓伤怀和浪漫。然而今天我看到,若干的落叶汇聚到了一起,凝成巨大的分量。它们的分量与环卫工人相遇,被那些最卑微的生命所感知。

每天踩着落叶走过那片园林,透过脚底下厚厚的落叶,我感受到了大地的呼吸。

落叶里,孕育着一个新的生命。而他们在清扫落叶,把所有落叶都当作垃圾运走了。这是落叶在城市的命运。一片叶子,把最美好的年华献给了他们。他们不曾察觉。他们以为一切都是天经地义的,他们以为树叶转绿和花朵绽放都是季节的馈赠,他们以为一片叶子落了总会有新的叶子长出来,他们以为落下的仅仅是一片叶子,他们以为自己是可以创造和拥有一片森林的人……

对待落叶的态度,其实也是对待树木的态度。一片落叶的被清扫,让一棵树感到哀痛。

无言的大地,已经感受到了太多来自树木的哀痛。

他们不曾察觉。他们心里装着的,是作为城市装饰和点缀的树。一棵叶子落尽的树,它的被关注与被欣赏,只能留待下一个春天的到来。

春天是无辜的。春天只是季节链条中的一环。他们把春天从这个链条中拆解出来。他们的目光和心思只愿停留在春天里。

某个遥远的傍晚,我在下班路上遇到一个环卫老人,她坐在一棵树下,脚底下的垃圾桶里盛满落叶。她坐在路边,看车来车往。正是下班时刻,飞鸟也在回家。她坐在那里,像是一座城市雕塑。我在不远的地方停下脚步,怕打扰了这个老人。她身边的那棵树上,只剩下最后一片叶子,没有风,一片叶子在黄昏的枝头静默着,老人仰头看一眼悬在头顶的叶子,又低下了头。她不时地仰头,然后低头,是在等待那片叶子落下来,然后扫进垃圾桶,结束一天的劳动吗?……我想了很多。车来人往。那片叶子岿然不动。

打扫地上的每一片落叶,这是她的工作。她不会想更多,生活中那些最真实的困苦已经让她不堪回想。是我想多了。我的忧虑对于这个浮躁的现实来说是多余的,甚至是可笑的。

一片坚持到最后的叶子,一片终将飘落的叶子,让我看到这世间的某种坚守。我在熙来攘往的马路边停了下来,远远地打量一棵树,也站成一棵树的样子。

荷塘

荷塘在我的窗下。满塘的荷花,我不曾认真看过,它们在我的窗外兀自开放,然后凋落。我心里装着的是大地上的事物,那些扎根的信仰,以及不可能的爱。然而我是这么在意荷花的凋落,它们在水的润泽中凋落,无力抗拒季节的手。

一池水,托举着残败的荷,竟然与我的心绪吻合。我看着它们,就像看着我自己的另一种存在形态。满塘的残荷都是我的心事,我的心事被水托举着,宛若一条不想远航的船。它在水中的徘徊和犹疑,让我怦然心动。我想成为这残荷中的一个,细细回味季节轮回中的滋味。然而我不是,我是这一池的水,所有凋落都发生在我的身上,巨大的创伤,我已感觉不到痛。

一些事,在水中沉积下去;还有一些事,在水中浮现出来。在沉积和浮现之外,我是另一种存在形态。

这里风平水静。从池水的倦意里,可以看出这里从来就没有宁静过。置身喧嚣之中,它不甘于一己的宁静。在水里扎根,需要多大的心力?支撑这种心力的,该是多么巨大的无望和不甘?

在很长的时间里,我拒绝书写它们,我担心我的描述不小心沦为抒情和诗意。呈现在纸上,它们会被视作"风景",而在离我最近的现实里,它们仅仅是一池残荷,没有焦灼,也不言悲伤。我从荷塘边走过,一次次地走过,我所能做的,仅仅是从这一池的水,以及水上的残荷旁边走过。我错过了它们最好的时节,不想再错过它们此刻凋落的容颜。我一次次地走过，只为了一次次地遇到。是的，冬天已经开始。我走过，仅仅是走过，仅仅是相遇；不仅仅是走过，不仅仅是相遇。我看到残荷的微笑，看到我的内心越来越澄明，像雾霾偶尔散去时的高远天空。这些残荷，并不能告诉我更多，它们知道在季节缝隙里溜走的那些事物，很多都与我有关。我不想问，也不期望它们的任何言说，只想就这样看着，沿着荷塘慢慢地走，直到我的眼中再也看不到它们，它们也不再在意这个在池边踯躅的人。终将有一天，我推开书桌前的窗，看到远方的风徐徐而来。

词语

曾经以为最幸福的事是走遍万水千山。如今的我越来越习惯于在某个词语里停留和回望。

再复杂的人生，也终将被一个简单的词语概括。但是任何词语想要提前概括人的一生，注定是苍白和无力的。人的尊严，往往在于拒绝被词语概括的人生，努力把已知活成未知，在未知中设定自我的意义。

古人结绳记事，用最简单的方式记下内心的复杂图景。一个结，可能包含了一个最辽阔的梦想，以及不曾说出的悲欢喜乐。我们在词语里走过人生，把简单事情复杂化，把复杂事情搞得更为复杂，最终一塌糊涂。不曾亲历的事情，并不会真正懂得。我们活在自己制造的复杂里。我们比人生和世界更为复杂。

另一些人在主席台上念着另一些词语，它们缺少温度，关涉更多人的命运。曾经在很多年里，我的工作即是组合这些遥远的大词，它们被组合得工整，顺口，就像工业流水线上被加工生产的光鲜产品，被少数人拿到台上兜售。我坐在台下，听那些文稿被一本正经地朗声念出。聊以解嘲的是，它们并没有经过我的大脑和心灵，它们被屏蔽在我的大脑和心灵之外，仅仅是经由我的手，被写了出来。而另一些人在词语的熏陶下，脸上渐渐有了与词语相仿的色泽。没有人会真正相信那些被写下和被念出的话。然而有些人必须要听，一本正经地听。我仅仅是写了出来。他们仅仅是念了出来。而你们，仅仅是听了下来。这世界在同一个链条上被分割，被传输，被敷衍。

因为印刷工人的疏忽，一份内页有残损的会议材料被摆到了主席台上。

残页上，那个破损的窟窿像是文字方阵里的一道鸿沟，导致整个会议的突然停滞。那个念稿子的人，就像被推到了悬崖边缘，他终于从尴尬转向愤怒，把一页残纸上升到严肃的高度……我看到了滑稽的一幕。那些从残页中走失的文字去了哪里？它们是因为厌弃而做出了自我选择吗？一页纸上的窟窿，其实也是现实世界中不可填补的空洞。因为一页纸的残损，因为一个词语的缺失，导致整个会议表达变得语无伦次，这是一件多么幽默的事情，它发生在庄严郑重的主席台上。

太多的话是把词语生硬地拼凑到一起的，它们究竟想要表达什么，这是一个未知的谜。在精美的语言里，我看不到真实的生活。一个个具体的词语，就像被遗弃的生活片段，让我看到生活的本来面貌，让我同时看到过去、现在和未来。我把为他人感到的悲哀，当成了悲悯。

一粒灰尘，并不畏惧整个世界的挤压，随便一个地方，就可以是它的栖身之地，这是让世界无可奈何的事情。

我警惕每一个新词的出现，它们试图打包一些东西。而那些被打包的东西，其实更需要的是接受阳光的照耀，以及目光的挑剔。越是深入词语的骨髓，越是让我感到现实的苍白和扭曲。对某些词语的不断重复，是因为我也有依恋，那些词语就像失散多年的朋友，在某个不经意的瞬间邂逅，它们已被赋予了别的身份和意义。我所要做的，就是把它们逐一排列和镶嵌在一页纸上，恢复它们本来的面目。

那些另外的事

我不回避我的茫然。更多的时候，我深陷在另一些事务的困扰之中，是困扰让我清醒，让我意识到并不是所有的事物都值得拥有。

说过太多的话，并不是为了佐证什么，也不是想要表达什么。有些时候，我只想成为一个言说者，想站到安静的另一面，成为安静与言说的主导者。在我心里，太多东西被视为另外的事。我与那些另外的事，有时是对峙的，有时又是融合的。对峙与融合都是短暂的，我总会在某个时刻恍然意识到一些什么，然后迅速回归自我。这是别人所理解的坚守。我知道这份坚守中其实包裹着怎样巨大的犹疑和冲突。

季节更替,冷热无常。人群中,我只想成为一个有着正常体温的人。

本以为前路已经明朗,我不在乎一路的风霜雨雪,我相信跋涉,相信义无反顾,愿意为了远方的梦想而日夜兼程。然而巨大的现实,还有看不见的手,又一次把我推向了岔路口,让我再一次面临选择。选择与被选择,放弃与被放弃,这个遥远的话题就像阴雨天气里的某种隐痛。那些记忆时远时近,清晰又模糊。所有的美好期待,都在巨大现实之中成为幻影。我心有不甘,又无能为力。巨大的现实,还有看不见的手,一次次宣告我的无能为力。

即使所有人都是漫不经心的,我依然愿意坚守自己的一份郑重。即使在风中摇摆,也是心痛且郑重的摇摆。我只能从内心挤出微弱的力,来维系一个人与整个世界之间的平衡。我并不看重别人所看重的那些意义,既定的意义对我来说都是没有意义的。我的意义,就在于寻找意义的过程。我不想关心这个世界的更多事物,也从未奢望获得更多来自他者的关心,最真实的生命体验,是向着作为个体的生命内部出现的。在公开场合,我是一个看上去还算温和的人,很少有人看到藏在内心的那些尖锐伤口,以及不合作与不宽容的态度。在这个丰富的世界上,我只是一个贫瘠的人,我贫瘠到只剩下了想法,只剩下维护这些想法的力气。在别人习以为常的生活里过上另外的一种生活,平凡但不平庸,这是我的梦想。

那些另外的事在距我不远的地方发生,然后消失,它们从未真正进入我的内心,不会对我构成现实打扰。然而我无法忽略它们。它们有时在我的眼里,有时则从我的心里匆匆而过。

那个梦已经在心里隐藏了好多年。当我把那个梦告诉你的时候,也许你不会相信,那是我把全部现实都端到了你的面前。做出这个选择之前,我是多么无助,在你所主导的现实面前,我不想放弃心中的梦想,那是我最大的现实。理解是艰难的,当我说出那个梦想的时候,我寄望于哪怕一丝一毫的理解。

不知道该怎样表达我此刻的感受。阳光是冷的,从纱窗透进屋来。我坐在沙发上,茫然,无助,看着阳光在不远处的窗口缓慢移动。

从今天开始认真生活

　　活在生活里，我没有看清生活的本来面目。在我心里，有一个关于生活的模板，它是美好的，并不像我所经历的那些遭遇。我所经历的，也许只是一些发生在生活外围的事，那个本然的存在，依然保存在某个并不遥远的地方，等待我的寻访。它不够美好，却足以安慰一颗疲倦的心。

　　我只是在走，有路的时候顺着路走，没路的时候自己去蹚一条路，偶尔，也被人流裹挟着往前走。走下去，唯有走下去。我所走向的究竟是一个实在还是虚无？没有人告诉我，也不会有人告诉你和你们。所有消息都不过是别人留在途中的慨叹。

　　没有想明白的生活，并不是我想要的生活。我们把唯一的生命活得千疮百孔，而且把千疮百孔当成通往外界的出口，当成生活的另一种可能。无数的可能，是缤纷也是迷乱，是丰富也是肤浅。一棵树只会专注于扎根的那方土地，它向着天空舒展枝叶的路径，也深埋在那一方小小的土地之中。

　　内心的惶惑让我坐卧不安，也让我时刻处于警醒状态，对于正在度过的每一天，丝毫不敢懈怠。我不想与这个社会有太多的接触与融合，它们只会消耗我本来就不太充沛的体能。这一生，我想积攒全部的心力做好一件事。那些没有做过的事，我不想去做；那些不曾认识的人，我也不想遇见。对于这个世界，我没有太多欲望，不想拥有更多的事物，我只想拥有我自己，只想最大限度地支配自己的生命，活得更像我自己。这个看似自私的要求，其实有着甘愿放弃整个世界的决绝；这个微小的请求，需要最强大的心力来支撑。珍惜那些应该珍惜的，淡忘那些应该淡忘的，与自己和谐相处。一个人就是一个世界，一个人即是千军万马，不再在意那些挑剔的目光，也不再纠结于这个世界的旋转速度。纵然随风而去，也不追逐任何事物，那些现实中的人与事，总是带给我莫名的惶恐与不安。

　　然而当我回避现实的时候，也错过了最真实的自己。

　　从今天开始，过日常的生活，关心亲人的健康和孩子的成长，把天气的冷暖放在心上。偶尔，也要洗衣，做饭，打扫房间，在具体事务中体会劳动的愉悦。关于生命里最重要的写作,我想只在特定的时间与特定的地点发生,就像花的绽放必须遵循季节的规律。那些汹涌的思考,必是因为长久的酝酿和有效的抑制,学会了抑制,终会有喷薄而出的那一刻。

认真过好每一天。那个最遥远的意义,我希望是由一些具体且美好的日子构成。

(原载《散文》2015年第3期)

徒然的稻草

回到海边

北京的天空雾霾深重。偶尔的晴朗，显得极不真实，潜意识里我已接受和认同了这里的雾霾，它像一个巨大屏障，隔开了一些什么。所谓宽容，成为不负责任的托词。我只是一个过客，我以过客的心态看待这里的一切。这是我的别处，短暂的别处。我终将回到我的本来之地——胶东半岛的那个小城。我知道所有的地方都在经历着同样的遭遇。我们在劫难逃。

北京的雨夜像是巨大的乡愁，隐忍的表情里有着欲语还休的秘密。午夜，我敞开窗户，听雨，听夜空克制已久的倾诉。在夜的深处，失眠者与失眠者是不同的，有人在夜色里体味创造的欢愉，有人则在缓慢降临的晨曦中体味最彻骨的恐惧。他们都是失眠者，都是艰难度过黑夜的人。

一夜无梦，因为醒着。地面湿漉漉的。阳光明亮，晃眼。在北京，这样难得的晴朗，让我感到不适，在我尚未适应自己的时候，就已经适应了这里的雾霾。在我的认知之外，简单的天气里有着复杂的表情。

在午夜入睡，在天亮前醒来，将八小时的上班时间交付给那些枯燥琐屑的公文，这是此前十多年来我的日常生活的模板。海边的店铺招牌换了一茬又一茬，路面像拉链一样随时就被拉开，从来不曾停止过折腾，没有人站出来告诉他们，皇帝新装的童话正在现实中上演，所有人都是那个孩子。他们看到了真实，却并不言说真实。这是一个孩子的成长吗？

他们清楚自己所做的究竟是一些什么事情，内心的魔鬼，以及无法抵抗的惯性，让他们无法停步。后来，再后来，一些事情戛然而止，一栋半拉子楼房被搁浅在海边。海潮退去，半拉子楼房暴露在大海面前，远眺和仰望都无法看清楚它的全貌。一粒沙子都能看清楚的事实，我们视而不见。当你把从针孔里看到的事物认作整个世界的时候，最荒谬的表演从此拉开了序幕。生活无处不是舞台。每个人都是演员，每个人都在表演别人的角色，把自己埋葬在内心，以至于自己都无从察觉。一栋巨大的半拉子楼房矗立在海边，无处藏躲。最汹涌的浪，不是在沙滩上，而是在楼顶，在距离天空最近的地方。

那些人。那些事。那些日子。它们一直在那里，任人评说。历史终将做出公允的裁判。

我一次次路过那里。那个巨大的事实，已经蒙上一层看不见的尘埃，大海也无法荡涤。海边的建筑，并不准备接受海的检阅，它们的底座似乎安装了轮子，随时想要逃离，就像候鸟从一个季节逃往另一个季节。同样的一片土地，有着不同的冷暖。大海的体内藏有最汹涌的民意，海浪作为一种表达，从来不曾停息；一如最荒诞的舞台，掌声一直没有停歇。我看到一张张脸，被自己拍动的双手不停地扭曲和变形，成为与舞台背景一致的表情。他们说过的太多假话，终将被一句童言彻底粉碎。

被粉碎的，也包括梦。我们无法回避的现实，不过是满地碎片。

我一直在想象，一栋高楼是如何从时代浪潮中浮现出来的，该有一双怎样的手，该有多么巨大的力，才可以托举起这个巨大的黑色存在？

仰望

除了星空，我不仰望任何的人与事。包括对太阳，我也拒绝仰望，更愿意从草木的成长来感知阳光的照耀，做出感官判断。有的时候，太阳是冰冷的。

没有什么可以照亮我的灵魂。我的灵魂是被擦亮的。

在熙来攘往的人流中，我想开辟一条自己的路。当一滴水告别河床，它已经不再畏惧干涸。在一滴水里掀起最狂野的风暴，在一滴水里写下对远方的渴望与对源泉的回望，在一滴水里写下对这个世界的怕和爱，在一滴水里寄托自己，成全自己。

一滴水，甚至无力拯救一株干渴的麦子。

一滴水，可以将太阳的光辉折射。

一滴水，以最卑微的姿态，与太阳之间保持了遥远的关联。有的人哪怕是在一滴水里，也可以洞悉大海的秘密；有的人即使沐浴在阳光下，内心也总是长满青苔。

拒绝二元对立思维，同时也警惕所谓的"多元"。很多时候，"多元"不过是缭乱和无序的代名词。对于一个作家来说，如何在缭乱中固守属于自己的位置，是一件不易的事情。所谓边缘化，所谓中心说，在我看来都是有问题的。文学仅仅是文学，是一个人对世界的理解。不必理解所有人的理解，事实上我们一直在寻找那些能够打动我们和拓展我们的认知体系的理解。

对于我所处的时代，我别无选择。对于时代中的具体的人与事，我想尽可能做出自主的选择。我承认被裹挟的存在，唯其如此，我更看重一个人的选择。

我时常凝视那些著名作家的照片，他们的眼睛有一种历经沧桑之后的纯净与深邃，这是我所以为的美，美得让人窒息，让人为之动容。那些已逝的岁月里，曾经有这样的生命存在过，真是这个世界的幸运。我无法完全理解这样的生命。理解一部分，对我来说已经足够，它让我面对纷纭世事的时候不再焦虑和不安，让我从此相信我所经历的一切——那些打击我的，阻遏我的，其实都是未来的财富。我将在某个遥远的黄昏，回想和讲述这一切。

艺术界并不比这个社会的其他领域更洁净。我对艺术界的失望由来已久，太多的虚张声势，太多的衣冠楚楚，难以掩饰粗鄙的心。

那些大师的眼睛，让我想起夜空中的群星。我仰望群星，它们发出冷冷的光。一股来自艺术的神秘力量，在我的体内发生，它不需要任何言语，就已彻底征服和改变了我。我所书写的这片土地，倘若也是一枚邮票，我想把这枚邮票贴在自己的心上，寄给遥远的未来。在未来的某个时刻，有个人将收到一封没有邮戳也没有地址的信，里面装着的，是一颗曾经跳动的心。在那个年代，它跳动过，也纠结过。

不可或缺的生命激情

一个日子被推到了无穷远的地方。所有通向那个日子的时光,都成为那个日子。

而我,比那个日子更加恍惚。

有些期待也有些担忧。一种很复杂的感觉,一次次检视我。有些事是永远无法说清楚的。我连自己都不知该如何面对,又如何懂得面对你?

面对这个现实,我从来不曾把自己完全打开。我只在写作中一次次地撕开自己。我知道自己很疲惫,已经无力承受来自任何地方的精神负重。我曾经那么看重理性的力量,很多年来几乎一直是靠理性的力量在向前走,直到有一天思维与行为之间出现了很微妙的脱节,我才意识到我已走进了中年,正在渐渐老去。我似乎从来不曾拥有过激情,一直在寻求所谓理性的庇护,那些远去的日子,我以那样的方式度过了。接下来的日子,该如何平息一颗狂躁的心?

在这个麻木的年代,我依然在焦虑,在不安。这意味着,我还没有完全顺从外部环境,还有一部分没有交付出去。

巨大的生命激情,是我所向往的。这么多年来,其实我一直在追寻那种飞扬的品质。然而激情不再。记忆一下子变得这么糟糕,越是努力回忆,越是了无痕迹。这种被时间和记忆架空了的感觉,让我不知所措。在机关大楼的午夜时分,我曾把音乐放到了最大音量。这是噪音吗?我在自己制造的声音里沉醉,蔑视外面的世界,以及外面世界里的人。

这么多年来,其实我从来就不曾真正乐观过。我知道有很多的事在等着我,不管我选择走一条怎样的路,最终都无法绕避它们。我可以面对所有的风和雨,但是我不违抗自己的命。对于命定的那一部分,我始终保持虔敬和顺从。

生活是平静的。我总觉得这巨大的平静里一直在酝酿着某种声响,被酝酿的声响终有一天将会划破眼下的平静。我不想占有任何的事物。一些事情已经发生。一些事情并未发生。这个世界也许还不够美好,它在坚持最后的善意。

一些尚未理清的感觉被我珍惜。也许它们永远都无法理清，将会被我一直珍惜下去。我时常谈起可能性，可是我并不希望生活有什么新的可能，就像眼前这样，平静，平安，平淡，平和，从幼到老，从生到死，从现实的生活到一张纸或一本书里。很多的创造，正是从误解和冒犯出发，才完成了最终的抵达……

这是一些梦呓，它们写于半梦半醒之间。

野心的到来势不可挡

我承认，我对这个世界是有野心的。我的野心只是集中在一张纸上，我想用若干的纸页构筑起一个自己的世界，它来自现实世界，又与现实世界隔开了一道篱笆。我用在设计篱笆上的时间和心思，比用在构筑这个世界上的还要多。篱笆已经成为这个世界的一部分，这是我起初没有预想到的。我时常在篱笆与我所构筑的世界之间的空隙里散步，打量彼此。一张张纸页，作为我所构筑的这个世界的主体部分，被赋予了比钢筋混凝土更坚硬的内核，抵抗东西南北风的吹拂——任何的风都不能动摇它们，不能把它们带走。

一张张的纸页，安静地存在于属于它们的位置，不管来自哪个方向的风，都无法翻动。这是一本只向着时光深处打开的书，它所讲述的，并不是书写者的故事。作为书写者，我已经忘记了内心曾经装着的那些更广大的事物。

野心的到来势不可挡。我无法把握自己，我把自己交付给了盛大的野心，我把我的所有时光都交付给了这个不对外人言说的野心。那些安静的夜晚，我是多么激动，惊涛骇浪一直在拍打着我的心扉。我拒绝向世人打开这扇门，拒绝任何人走进我的世界，我只把这个世界托付给孤独，孤独是它在今生的宿命。我坐在这里，写下一些文字，有一些拿出去发表，有一些永远拒绝发表，每一个句子都是我的心汁浓缩而成的，我舍不得放走它们。我知道这些被写下的文字，并不能改变现实的一丝一毫，但是我不想放弃对这个世界的最真实的看法，即使这个世界放弃了我，我也不会放弃对这个世界的看法。一个人的看法，也许比一群人的看法更让这个世界担心和恐惧。

我分不出野心与梦想的差异。但是我知道，我所拥有的不是梦想，是野心，是梦想被现实阻遏之后激起的一种情绪。

一种柔软又坚硬的情绪，它弥散成雾，它汇聚成石，它让我知道有些事物的到来势不可挡。最狂野的心，以最平静的方式表达，或者，它从来就不需要表达，它只在我的内心里发酵，成为每一天缓慢释放的力。我不冲刺，拒绝在最短的时间内扑向所谓目标，我想在持续奔跑的过程中，把目标不断送到更远的地方。没有什么终点，我把每一个停息的地方都视作远方的某种存在形态，有一抹召唤，一直嘹亮地回响在更远的地方。我对于远方的理解和追求，成就了更远的远方。这是我一个人的远方。当无穷尽的道路与有限度的心灵相遇，行走并不是一件诗意的事情。

在一个又一个的夜晚，我被自己深深地感动。以这样的姿态活在这个世上，是一件让我欣慰的事情。

势不可挡的野心，一次次让我从喧闹的人群中撤出身来，回归我自己。我相信那些支撑我走下去的力量，一定来自安静。

这一天

这一天我独坐房间，什么也没有经历过。这一天我以情谊为针线，穿过了我所能想到的所有事情。我试图缝补一些什么，可是，有什么可以缝补，又有什么值得缝补呢？走近一些事物，也远离一些事物，就像我走近一个又一个的日子，同时一个又一个的日子也在离我而去；就像那些一直困扰我的问题，我知道答案，也知道所有答案都失之简单。我总是行色匆匆，总觉得有做不完的事，稍有懈怠就会被时光抛弃。我不喜欢热闹，也不喜欢追逐，可是又总担心错过了疾驰的时代列车。即使是坐在书桌前，即使是过着半隐居的生活，我的内心也一直有梦，我其实一直活在追逐中。

人生是一场追逐吗？除了文学，我常常看不清我所做的，无法给自己一个明确的答复。

到了高原，这些困扰我的问题不再成为问题，我被新的问题所困扰：只要走路快就会缺氧，遇到再高兴的事也不能激动。慢下来，在高原成为一件必需的事。那些外来的人，心里装着提速的欲望，他们试图以自己的速度，融入这片土地，并且改变这片土地。他们所做的一切，其实是作为抵达某个功利目标的措施而出现的，而这些措施又在某些词语的掩饰下显得面目暧昧。那些同样暧昧的表情，其实有着最为清晰的意图。我的心里装着太多牵挂，并没有给那些所谓优美的事物留下足够空间。在很多年之前，我就没有了征服任何事物的欲望，生活对我来说更像是一杯白开水。在高原，这杯白开水有更浓的味道。

现实中发生的事情，其实大多是从我们内心开始的。我总是轻易地相信别人，而自己并不被别人信任，在这样的一种人际关系中，我浑然不知。一如我所写下的那些文字，叙述的艰难，在于我把一条路制造了很多岔口，且把每个岔口都视为一种可能性。而事实上，每个岔口都是一个制造伤害的根据地。

每天都是一个巨大的存在。以往看似平常的日子，在高原变得艰难。不管多么艰难，我依然对它背后的那份迟迟不曾露面的美好憧憬和向往保持了热情。

我被具体的事物感动，内心从来不曾敞开的一面打开了……

焦虑是我们共同的表情

我一直以为自己有足够的定力来应对这个变幻的世界。现实中的一件小事，常常让我陷入纠结之中，不是纠结于事情本身，而是过度在意事情对自我心态所构成的打扰，一种抵制情绪放大了这种打扰，焦虑随之出现。而我所能做的，就是在焦虑中一次次走向自己，然后远离自己。

一阵大风刮过，抑或一场大雨之后，那些飘浮的东西荡然无存，世界显得更加空旷。空旷让我不安，一如最安静的时刻，我的耳畔总会响起巨大的轰鸣声。

我看到不同表情背后的焦虑，几乎所有人都在以不同方式遮掩内心的焦虑。

焦虑从来不肯放过我，如影随形。可是我的身前并没有阳光，我不知道我的影子来自哪里，就像我在匆匆赶路时不知道将要去往何方一样。我时常想，也许应该珍惜这样的一份焦虑，是适度的焦虑让我没有绝缘于这个喧闹的世界，不愿涉足其中，也从来不曾置身其外。在很多的时候，我是一个尴尬的存在。在意与不在意，选择与被选择，我的本意并不是这样的。无论我如何不在意这个世界，我仍然是在意我自己的。不管从哪个角度切入，都是同样的心态；不管是晴空万里还是阴云密布，都成为我焦虑的理由。是焦虑，让我有了现实感和存在感，这个悖谬的逻辑，一次次验证了我的纠结与无奈。

我存在着。我是焦虑的。

焦虑是我们共同的表情。当我终于明白焦虑的不可战胜，心态才开始平静下来。平静下来很久以后，我才恍然发现焦虑已经悄然逃遁。我试图在每一个平静且单调的日子里活出自己的色彩和丰富，并不奢望别人的懂得，我甚至从来就不曾懂得我自己。时间像是从一块抹布上拧下来的水，断断续续的，让人想起河流，想起被擦洗掉了的尘埃。那些关于心灵滋养的说法，我不曾相信。在时间的流逝中，我们一天天老去。这是一种我始终无法描述的感受，一种我一直都在试图描述的感受。在这个过程中，更多的焦虑产生了。

一个人即是一个世界，可以被忽略，但是不能被否认。那些具体的人与事，不会真正打动我。

当我学会了享受焦虑，还有什么可以占有我？

我从别人的慷慨激昂中看到了焦虑的影子。所谓慷慨激昂，不过是焦虑的另一种存在形态。在欲望的怂恿下，焦虑在他们身上不断地放大，直到超过了生命所能承受的限度。这往往归结为同一个问题：生命何为？

当我思考这个问题的时候，一上午的时光悄然过去了。

梦想之所以是梦想

除了艺术，我不想谈论其他。生活对我来说，只是在作为艺术的瞳孔里看到的生活。我知道这种局限性，并且愿意为这种局限性付出新的努力。在一个追求完美的现实世界里，我珍惜我的局限性。现实有着太多的可能。而我所愿意拥有的，只有一种可能，我想倾尽全部心力，把这种可能变成一种内化于自我的现实。我不想拥有太多，那些外在的风光和所谓的财富，对我从来就没有真的构成诱惑，我需要把握的唯有我自己。

我每天的时间表大致是这样的：上午写作，下午读书，晚上看电影，在午夜到来之前进入睡眠。写作和读书的间隙里，我会去一个林子里散步。那是在城市角落里的一个林子，周围是马路和高楼。我每天走到那里，像是奔赴一场约会，我所要会见的，其实只是我自己。在那里，我可以对着天空高喊，也可以与一只蚂蚁对话。走一圈是三百九十步，需要花费多少时间我不曾在意。时间在那里是停滞的。内心里一匹脱缰的野马，也在低头不语。在林子里，我只想此刻的时光，甚至连此刻的时光也不去想，我只是存在着，像一棵树，像一只鸟，像一块石头那样存在着。

这个时间表，让那些已经和正在到来的时光变得整然有序。我把对未来的狂想，寄托在每天的时间表上，当熟识与不熟识的人以这样或那样的方式对这个时间表造成干扰，我觉得我的整个梦想受到了侵害。我可以承受梦想的不能实现，但是做不到面对梦想的被侵扰而无动于衷。

我得承认，我的时间表总是被改变，有时被季节改变，有时被别人改变，更多的时候是被自己改变的。我沉迷于这样的生活，又不甘于这样的生活，我总在想象除此之外生活是否还有另一种形态可以同时发生。我把我的犹疑理解成了坚定的辅助形态。其实事实正是如此，一个人的表情有多坚定，内心的犹疑就有多深。

我爱我的犹疑，它让我更清晰地看到了被坚定表情所遮蔽的我自己。在这苍茫人世间，我想要的仅仅是成为我自己。

这是一个艰难的梦想。我准备了一生的勇气、力量，还有爱与信仰，想要扛住这个梦想。

梦想之所以是梦想，也许就在于它与现实之间不可调和的矛盾与冲突。

写作不过是一根徒然的稻草

会场的气息比别处平添了一些异样元素。一种窒息感袭击了我。我屏住呼吸，宁肯把自己推向一种缺氧状态，也不愿多呼吸这里的一口空气。这里不适合做深呼吸，最大的雾霾其实是在这个城市的这个内部空间。这个空间涌动着再造一片大地与天空的野蛮梦想。那些冰冷的文字，那些被郑重念出的报告，看不到常人的温度。这个冷热不均的世界，活跃着一群冷热无常的人，他们熟谙这个世界的规则，懂得如何让这个世界尽可能地为我所用，为我所有。当他们在会议室里慷慨陈词的时候，我听到空中一只正在飞翔的蚂蚁发出一声冷笑。

这个世界不是我的，也不是你的。它属于时间。我们仅仅是时间的附属物，随时都有可能被风吹走，被河流漂走。

这是上午。外面阳光正好。会议室里拉着窗帘，开着日光灯，这个空间拒绝正常的阳光，一群人在灯光下开会，念稿与听稿。在会议室里，我常有一种生理上的恶心。

我是在这样的场合里才学会了审丑。自以为是的表情，难以掩饰不堪一击的内心。

这个世界因为这些大而无当的人，变得空洞乏味。巨大的空乏之中，他们的所谓力量来自何处？

我不关心这些事物已经很久了。从这些事物中脱出身来，我花费了十多年的时间与精力。他们心里装着的，正是我所拒绝与排斥的。看到坐在台上的他们的表情与举止，我的心中生出了复杂情绪。一种欲望需要借助截然相反的面孔来抵达，也许这是世间最可怜的事情。我更看重的，是作为孩童的天真与纯洁所附带的幸福。在大自然面前，人类不过是一个孩子，一个不懂事的孩子，一个自以为长大了的、可以独立生存的孩子。

为什么在会议室，在他们念报告的声音中，我更容易文思泉涌？后来有一天我才明白，因为这个场所的气息，因为他们的腔调，触动了我的底线，我的写作是作为一种抵抗方式而出现的。

抵抗，也许正是我写作的意义。人生是虚无的，写作不过是一根徒然的稻草。

在会议室，我见到机关里时常打交道的熟人，寒暄着，就像遥远的外星人操持唯一互懂的语言，说天气很好，说好久不见，说日子真快。置身这样的场合，我庆幸自己是一个格格不入的人。融入他们一直是我担心的事情。我在他们的世界之外，致力于再造一个世界，那是一个有我的世界，也是一个无我的世界；是一个有他的世界，也是一个无他的世界。我是这个世界最高贵的王，也是最卑微的仆人。

（原载《朔方》2015 年第 8 期）

卷三 何在

旧 站 台

火车汽笛声是令人心安的。在火车站,萨特与波伏娃一次次重逢或告别。这两个叛逆的人,他们蔑视所有散发陈旧气息的事物。旧站台是一个例外。

在萨特的众多女人中,波伏娃是不可替代的。他们既没有共同的房子,也没有共同的子女,他们只是分享旅店、书籍和计划,火车站成为生活中的一个焦点。自由不仅需要勇气,更需要付出现实的代价。波伏娃一生中的大多时间是住在旅馆里的。这个被称为海狸的女人,早在二十一岁的时候就曾说过:"我发觉,即使跟他一直聊到世界末日,我也会嫌时间太短。"将近半个世纪以后,萨特接受采访时曾被问及,跟女人在一起是否会有意识地表现出男子气概?萨特沉思了良久,答道:"跟海狸在一起时不一定。"

这是一个可以让男人不必掩饰脆弱的女人。两个个性极强的人,如何拥有彼此的感情?他们没有分享对方全部的内心世界,但是他们最大限度地理解了彼此的内心世界。当然也曾犹豫。波伏娃说:"我问过自己很多次,我所有的幸福是不是一个弥天大谎。"晚年的波伏娃在回忆与萨特的交往时,深情地做了这样的总结:"不管怎么说,我们有过美好的人生。"这里面,有着对世事和情感的一份释然。

波伏娃透过萨特奇丑的外表,感受到他强大的精神。一颗心与另一颗心相遇,并且擦燃火花,照亮彼此的路。他们共同走过。

在萨特和波伏娃之间，一份没有被正式化的情感绵延了整整一生。像两只风筝，无论飞得多高多远，无论飞往何处，两人的心都紧紧地系在一起。写作是他们的共同梦想。这是他和她的其他情人都难以懂得的。他们彼此懂得和珍惜。波伏娃的心灵自由，与她年轻时的密友扎扎的死不无关系。扎扎是为爱而死的。家人不让她与深爱的男人结婚，她忧郁而死。这给了波伏娃极大的震撼，她亲见了禁锢所造成的毁灭性结果。正如她后来在《一个规矩女孩的回忆录》中所写到的："我们曾在一起同这窥伺着我们的卑贱命运搏斗过，我一直在想，我是以她的死换取了我的自由。"那一年波伏娃二十一岁，她深切地明白了，自由是需要自我赋予和捍卫的。

萨特渴望行动，是一个失去挑战就失去了生活勇气的人。他无法忍耐没有情感的日子，但他又不能容忍情感成为一种束缚。他的写作离不开情感，情感必须懂得为写作让路。萨特在给波伏娃的信中，曾经表达过这样的意思，只有通过过激行为，他才能焕发出激情。女人满足了他的欲望——身体的欲望，以及征服的欲望；而写作，让他意识到了自身的价值。一个并不把情感放在心上的人，对写作却是如此严苛与认真。为了完成一篇文章，他宁愿吃下大量的兴奋药。他说过，写一本重要的书，远比拥有健康的身体更为重要。写下去，这是活着的理由，是这个名叫萨特的人的命运。

对于萨特的滥情，波伏娃当然在乎。她以自己的方式，接受了这份现实。他们的情事被后人美化为"爱情神话"。事业上的光芒，遮蔽了他们情感中最真实的那一部分。因为萨特的创造性太强大，所有非常态的世俗瑕疵最终得到宽宥，并且被赋予了所谓的正当理由。一份真实的爱，是不可能没有焦虑、犹疑、矛盾和苦痛的。即使萨特的哲学成就再大，也不能掩盖最基本的伦理问题。我并不认为他们的生活方式是伟大的。他们追求内心的自由，以及爱的最大可能性，不剪断也不理清，只是纠结着。他们纠结着，并不想要一个确切的结果，都在努力地避免让情感成为彼此的打扰。他们都在爱和被爱，像一棵树的枝杈，又分出了若干的枝杈。他们的爱恋抵挡得住一切，包括对爱恋的背叛。他们相互约定，以写作的方式告诉对方"所有的事情"，分享最微小的细节。这多么动人。很多关注人类思想和精神去向的宏大命题，在他们之间恰恰是以这种最具体最私人化的方式展现。

萨特是为写作而生的。他说:"我拿起笔,我叫萨特。"后来当他几乎失明,再也拿不起笔的时候,波伏娃成为他的最后的"笔"——波伏娃为萨特录了音。那个夏天,她把全部的时间都用来陪伴萨特,从罗马旅游归来,她用行李箱带回一批录音磁带。这些录音,接续了《词语》中停止的萨特十岁以后的生活,那些原本可以写进《词语》第二部分的内容,在波伏娃的帮助下,以口语录音的形式留存下来。他们以这样的方式,透过词语,向对方告别。

我依然记得在大学图书馆初读《词语》时难以掩饰的激动,还有读《存在与虚无》时的那份巨大静寂。它们给予我的不仅仅是理性认知,更有对于事物的专注与耐力。萨特存在主义的核心在于,既然上帝并不存在,那么人类可以自己创造自己。"人类应该为他自己的存在负责……我们生来是孤独的,没有任何理由。这就是我所说的人类注定是自由的真正含义。"萨特去世前,在秘书维克托别有用心的蛊惑下,他在《新观察家》上发表了长达三十页的谈话,亲自否认了他的自由哲学,阐述了某种救世主信仰。批评从四面八方涌来。在生命的最后关头,萨特以背叛自己的方式埋葬自己,他否认了为之奋斗一生的自由哲学,这让我想起卡夫卡在临终前要求朋友将自己的全部作品销毁。"如果萨特就这么走了,而没能纠正他最后一篇东西所造成的灾难后果,那就太可怕了。"真正为萨特的"文化自杀"而担忧的,是波伏娃。一个月后,萨特辞世。一年之后,波伏娃最重要的作品之一《告别仪式》出版。在这本书里,她向她深爱的萨特发出了最后一封情书。他们之间相互通了五十一年的书信,那些书信曾经穿越多么遥迢的路程,带给彼此怎样的惦念和牵挂。同样是在这本书中,针对萨特去世前发表的否认自由哲学的谈话,波伏娃以六百页的稿纸做了回应。萨特死了,她还活着,活着的她要拼力捍卫萨特的尊严和真实。这是她对爱情的最后表达。

一个不喜欢抱怨的女人。

一个丑陋的情人。一个决绝的战士。一个凌驾于所谓道德与伦理之上的人。一个以全部生命践行自由理念的人。一个从来就有着写作野心的男人。一个彻头彻尾的理想主义者。一个人类精神荒漠上的浪漫诗人。一个把时间留给自己,把激情留给创作,把冷峻留给别人的人。

这是素朴的爱情,也是惊心动魄的爱情。巨大的理解,在他们之间成为可能。

萨特与波伏娃一次次从旧站台上车,挥手作别。他们最终安息于巴黎蒙帕那斯公墓的同一座墓穴,再也没有什么能把他们分开。

(原载 2013 年 9 月 12 日《文学报》)

寻找戈多

因为寒冷,我记住了那些日子。坐在客厅沙发上,透过窗玻璃可以看到雪的飞舞,感知到风在流浪。风像犀利的刀刃,把雪花切割成了细小的碎末,斜斜地洒落着,落到地面上,落到地面停放的车辆上,也落到躲在房间里的这个人的心上。那些坚硬的雪,在我的心头融化成一股暖流,叮咚作响。已经整整两天了,我待在房间里不曾出门,外面肆虐的风雪让我真切体味到"家"的含义。想起那些并不遥远的流浪日子——县城工厂的仓库里,我伏在一条板凳上写作,耳边是生产车间的机器轰鸣声。拥有一张书桌,每天可以如约坐到书桌前开始案头工作,成为我在茫茫人世间的一个梦想。那段短暂的县城生活,我在别人异样眼神中写作的那份尴尬与倔强,一直烙在心里,二十多年来不曾释怀。我甚至宿命地以为,那样一个并不协调的场景,在轰鸣中试图营造一方小小的安宁,是否也预示了我此后的写作状态?写作对我来说,更像是一种私密约会。这不仅仅是指时间的紧迫和不可控,时间从来都不是关键的矛盾所在。阳光下,我得装扮得道貌岸然,说一些口是心非的话,写一些言不由衷的文字。我知道我的软弱和卑劣。在夜晚,我写下另一种文字,忏悔是它们共同的表情。我在忏悔中寻求救赎与解脱。把那些文字锁在抽屉底层,我是唯一的读者。整个世界对我都可以误读,但我自己不能。我从未放弃注视和追问另一个我。我积攒所有的勇气,拼接一个又一个的日子,都是为了认清和把握自己。置身缭乱之中,我们无路可逃,迷失是一件不经意的事情。那天去港城东郊办理公务，顺路去了大学校园。阔别母校已经多年，站在三元湖畔，回想十多年前在这里度过的那些沉静时光，心中不再沉静。与我同行的人，更多谈论的是政府机关里的人与事，政治进步，职位升迁，还有世态炎凉，人情冷暖。当年我们身在校园，心系社会，是一群理想主义者，更热衷更关注那些虚空的事物，不屑于当下的"实际"。时过境迁，我们都被现实磨砺成了这副模样，喜怒无痕，游刃有余。激情分散，才智消耗，我把我的过去弄丢了。我在毫无察觉中被裹挟着，活成现在的样子。我在每一个日子的边缘节节败退，终于退到了葡园——一方栖居身心的地方。在葡园，遥望城市的万家灯火，我的心中满是悲伤。

整个走廊里乱糟糟的，几个民工正忙碌着粉刷墙壁。在这栋机关大楼里待了十多年，我第一次看到他们自由无拘地出入，中午还可以倚在走廊墙壁上小憩。这些毫不掩饰身份的人，时常在城市路边的树荫下横七竖八地酣睡，甚至没有力气做梦。此刻的他们，是我心目中久违了的"工友"。他们在往墙上粉刷涂料，不往墙上刷涂料的时候就坐在走廊上，安安静静的，一双眼睛看着走廊上来回走动的每一个人。二十多年前，在半岛东部的建筑工地上，我也曾以这样的眼神打量眼前的陌生人。如今在这栋冰冷的大楼里，我看到了这些人，就像看到旧日的工友。他们的眼神让我难过，让我觉得不再孤单。我知道，这仅仅是我一厢情愿的感受。他们正在忙碌着，偶尔会看一眼走廊上路过的人。我向他们点头微笑，他们漠然，并不理会，似乎是我有些不正常的样子。走廊漫长又空洞，我在这里日复一日的行走，不过是一种徘徊。我的这些陌生工友们粉刷完了墙壁，就会准时离开这里，也许永远不再相逢。不知道他们会从这栋大楼带走怎样的记忆。我记住了他们模糊的脸。

我已记不清究竟是从什么时候开始与戈多熟识起来的。戈多是个蹬三轮车的，平时兼做收购废品的生意。我时常卖废旧报刊给他，他很认真，每次都执意把秤杆送到我的眼皮底下让我确认。因为我搞写作，一直在搜集关于民工方面的素材，卖废旧报刊给戈多的时候，我会跟他闲聊几句，偶尔问一下他的生活和生意状况。他于是就很感动，觉得我比别人心地善良。我知道，他把我的问询错认成了对他的关心。后来，家里积攒了废旧报刊，发个短信约他过来拿走即可，不用称，也不用付钱。起初他坚持要付钱,我坚持不要,最后他说,那我以后帮你做点体力活吧,不能白要你的东西。他平时在大街上蹬三轮车,三轮车的后面贴着两行歪歪斜斜的广告语:"收购废旧家电,搬运货物。"我看着他固执的表情,就点了点头。他像是受到了格外尊重一样,嘿嘿地笑了。

戈多称呼我"王哥",其实我并没有他年龄大。他常年在外面遭受风吹日晒,皮肤更加黑,粗糙,显得格外苍老,看上去我俩更像是两代人。他称呼我"王哥",我通常并不应答,也不拒绝。有时候在街上遇见了,他会停下三轮车,先用搭在肩膀上的毛巾抹掉脸上的汗水,然后把车门拉开,很认真地请我上车,我说我在散步锻炼,他就说我瞧不起他。我上了他的三轮车,如果给他车费,他就觉得我是瞧不起他。他知道我在政府机关做事,从来没有找我帮过任何的忙。他偶尔会主动跟我说一些他们同行的事情,比如光棍老张从早到晚拼命蹬三轮车,拉一次客人能赚三五块钱,一天下来好不容易挣够一百块钱,两条腿累得又肿又痛。等到夜色渐渐浓了,老张回到租住的民房里冲个凉水澡,然后去小卖部把兜里的一堆毛票兑换成一张干净光洁的百元钞票,就去洗头房找小姐了,这一天才算幸福地结束。我好奇地问,他蹬了一天的三轮车,再去那种场合消费不嫌累吗?戈多就说那是两种不同的累,累得高兴,累得其所,他拼命地蹬三轮车赚钱,图的就是那样地累一场啊。戈多把毛泽东当年曾说过的"死得其所"顺口改成了"累得其所",我觉得这是一件很智慧的事情。说完了老张,戈多又说起一个发廊妹坐他的三轮车,五块钱车费,下车的时候没有零钱,发廊妹说:"要不大哥你亲我一口,就权当我交车费了。"戈多犹豫了片刻,说算了吧,太累。我听后哈哈大笑,他开始嘿嘿地笑。

戈多偶尔也会跟我说一些认真的事情。他一直在后悔,当初如果从交通部门申办一个三轮车的牌证,现在日子就好过多了,比有钱人投资买房都合算。我从戈多偶尔的牢骚中得知,五年前办一个三轮车的牌证,只收工本费七十块钱,当初政府是为了鼓励下岗职工自谋职业,结果越办越多,满大街都是人力三轮车在乱窜,影响城市形象不说,还常出交通事故。政府一声令下把审批口子堵死了,于是三轮车的牌证身价陡增,一个能卖到五万块钱。戈多只好租用别人的牌证,每月三百块租金。"我们这样的乡下人,穷得就剩下身上的力气了,蹬三轮车是个可靠的体力活,拉一个客人赚三五块钱,都是现钱,总比去建筑工地忙活一年还拿不到工钱要好吧?"戈多像在自问,却并不自答,他突然想起了什么似的对我说:"王哥你在政府机关工作,应该多琢磨赚钱的营生。你们机关里有个人当初一下子办了十多个三轮车牌证,填张表,盖个章,多简单的事啊,既不违规又不犯法。可是我们乡下人来办就麻烦多了,进机关大楼得过三道门岗,进了大楼还得七拐八弯的,越走越找不着方向,越办越糊涂。我们乡下人糊涂,这是我们的命。可是王哥你不该糊涂,你们机关里的聪明人多着哩,比方说前年吧,我在郊区买了四间破破烂烂的老房子,很便宜,七百块钱,权当是个仓库,收购了废品就堆放到那里面。这个仓库用了不到一年,有个卖废品的年轻人,也是你们机关的人,问我愿不愿意卖掉老房子,出价五千块钱。这么高的价钱,我觉得简直是天上掉馅饼,我们当场就成交了。结果第二年,那个村子就被政府整体拆迁了,按照政策规定,一平方米平房换一平方米安置楼房,那四间破烂房子可是七十多平方米啊,能值几个五千块?"戈多回忆着,脸上满是后悔。我不知道该说什么才好,他自我安慰说:"命中八尺,难求一丈,看来命里就不该住楼房,天生就不是城里的人。"我说:"戈多,你乐观一点。其实我也是乡下人,现在虽然住在城里,可我一直觉得自己是乡下人,这是没有办法改变的事实。"我说的是心里话,我知道在戈多听来这终究有些矫情和造作,是没有说服力的。

那天我去参加一个朋友的婚礼,在机关大楼对面的广场拍摄录像,清一色的豪华轿车,沿着路边排了好远。在我们的拍摄镜头中,突然出现了一支人力三轮车队,大约有二十多辆,统一的黄色车体,车夫都穿蓝色工作服,在阳光下显得格外整洁,醒目。最前面是并排两辆开路的三轮车,后面的一辆挂满了鲜花,新娘新郎坐在里面,后面紧跟着长长的三轮车队。路人纷纷驻足注目,有的汽车也放慢了速度,司机摇下车窗赞叹不已。

这支由人力三轮车组成的结婚车队,成为城市街道上的一道靓丽风景线。我看到在前面带队的,正是戈多,他的脸上写满了从未见过的自豪。新郎与新娘下了人力三轮车,开始拍摄录像。拍摄者也是穿蓝色工作服的人力车夫。我乘机跟戈多聊了几句,我说真有你们的,这个创意不错。他摸摸脑袋嘿嘿一笑,说:"结婚是一辈子的大事,总得排场一点,我就琢磨了这么个主意,大家都是义务帮忙,以后再有工友结婚,就这样互相帮一把。"听了戈多的话,我有一种说不出的心酸。

单位分了一套二手房,我准备重新装修一下。戈多约来他的同行,帮我砸了地面和墙皮，七八个人吭哧吭哧忙活半天，把整栋楼房砸得颤抖不已，楼下的老太太战战兢兢地从家里赤脚跑出来，以为发生了地震。那天戈多和他的工友把我房子里的建筑垃圾全部扛到楼下，分别放到自己的三轮车上，然后说："王哥，你可以让装饰公司进户装修了。"我给他们付工钱，戈多坚决不要。我说："不能让你的同行白忙活一上午，大家都不容易。"戈多犹豫了片刻，指了指拆卸下来的旧防盗门说，这个门如果没有用处，我们就拿去卖了废铁，换碗面条吃。我说防盗门送给你们，面条我请。

后来的生活发生了很多转变，戈多不辞而别。我不知道他去了哪里，但我大约知道他是为什么离开这个城市的。人力三轮车在这个城市的泛滥，成为一个很大的交通隐患。政府开始下决心清理废除人力三轮车，上百名人力车夫于是聚到了政府门前上访。那天我看到戈多带领着大家，在政府门前高举"还我饭碗，我要吃饭"的红色标语。公安、交通、信访等部门的领导都在现场，耐心地劝阻，解释，疏散人群。戈多看到了我，他的眼神变得有些紧张，然后很快就镇定下来。他假装不认识我，形同陌路。后来，当戈多离开这个城市，我回想起他的那个陌生的眼神，才恍然明白，他之所以装作不认识我，是怕他们的聚众上访连累了我。

很长时间没有见到戈多，家里的废旧报纸越积越多，它们堆积在阳台上，蒙了一层淡淡的灰尘。那些报纸，在饭后茶余被我一次性消费，然后就随手丢到阳台，所谓新闻在不经意间就变成了旧闻，包括政府整顿取缔人力三轮车的新闻，也渐渐地成了旧闻。每当夜深人静，我在书房里读书写作累了的时候，站在阳台上仰望夜空，偶一低头，看见那堆废旧报纸，忍不住就想起了戈多。废旧报纸越积越多，越来越多的新闻被我渐渐地淡忘在阳台的一角，我就越发怀念戈多。有一个黄昏，我在散步时看到路边一个卖水果的年轻人，觉得面熟，站在那里用力地回想，终于想起他是戈多的同行，那个用人力三轮车队迎娶新娘的年轻人。我上前打了个招呼，说："我认识戈多，你知道他到哪里去了吗？"年轻人打量我片刻，终于开始放松警惕，他叹口气说："你问戈多啊，说来话长。"他把手中的秤杆放下，正准备好好地跟我说话，猛地又一把抄起秤杆，提着水果篮子撒腿就跑。我喊他，他回头说以后再说吧。我回头，才发现城管执法车慢慢地驶了过来。

我再也没有遇到那个年轻人，与他失去了"再说"的机会，从此也就无从打探戈多的下落。

那条路上一夜之间冒出了若干标语，一帮人正在紧张地忙着清除。标语显然是有备而来的。一条原本普通的路，因为这个城市的主要领导每天都要从此经过，城管部门就在路口专设了一个值班岗亭，每天由专人负责，驱逐乱停乱放、乱摆摊点的商贩。有备而来的标语很快就被清除干净了。那条路重新陷入所谓的洁净和安静，就像什么也没有发生一样。

我质疑豪情，珍视温情。那些具体的人，那些具体的生存细节，就在充满豪情的会议报告和发展规划中被忽略了。我曾经翻阅那些亲笔写下的公文，它们豪情泛滥，唯独缺少温情，缺少对具体事物的关注与关怀。那些文字消耗了我生命中最美好的一段时光。我深知它们的生产流程。文字是一种工具。作为生产那些文字的人，何尝不是一种工具？这样的工具究竟掌控在谁的手中，最终将要发挥怎样的作用？那些火热或冰冷的数字，理应在百姓的现实生活中得到对应。它们不该是孤立的。最虚无的数字，最冷漠的数字，最经不住推敲的数字，成为某些人的价值依托和理想幻影。将这些问题归咎于体制和时代，我以为是一种托词。在整个的操作过程中，看不到操作者的丝毫犹疑，那种犹疑所流露的，其实恰是作为人的正常体温。我们有计划地犯下的错误，果真是可以弥补的吗？或者说，把弥补作为一种实在的措施还是作为一种姿态来看更为客观？我所努力的，与戈多所期待的，是并不相称的事物，甚至是截然相反的方向。对那些卑微的生命，献上一份素朴的情感，已是这么艰难。置身信息洪流，我却再也听不到关于戈多的消息。远方的冷暖与我相关，身边的具体苦难却视若遥远。萨特在小说《恶心》中曾经这样写道："要想让最陈旧的事件变得新奇，你就必须……重新叙述。"重新叙述，我植入了一颗本已被剔除的正常心，不窃窃私语也不哗众取宠，我只想按照一个人的正常方式说出它们，拒绝叙述的技巧。

太多的话说不出口。值得倾谈的人，在哪里？我想到了戈多。我与戈多各自说着不同的话，我相信我们之间其实有着深度的认同和理解，我相信茫茫人海之中，戈多也许是唯一愿意听我倾谈，并且能够懂得和理解我的人。生活的美好，在于它有期待，在于它伤痕累累仍然是值得过下去的。这是戈多告诉我的，他其实什么也没有说，他已经告诉了我。

这样的言说让我备感羞愧。戈多成为我内心的一面镜子，照出了那些貌似风光者的可悲与可怜、尴尬与不安,也照出了我自己的残缺和自私。是该正视它们了,从我开始,从此刻开始,从每一个具体的人与事开始……

在这样的现实里,那些宾至如归的人,是可疑的。

眼睛是人体的一道伤口。透过这道伤口,我看到了戈多们的身影,今生今世就再也难以忘记。在这个所谓英雄辈出的年代,我格外怀念我的民工兄弟戈多。

(原载《红豆》2012年第12期)

雾里的人

一截厚实的松木摆在会所的大厅。这棵被砍伐的树,不知经历了多么遥迢的距离才运抵这里,然后穿过一道又一道幽暗狭窄的门,摆到大厅供人观赏。这是一棵树的另一种存在形态。它的根,依然留在某个深山里,或许早已腐化为泥,成为山的一部分。

我是在一个村支书开办的休闲会所看到那截巨大松木的。它的年轮细密,纹理斑驳可辨。在这座没有年轮的城市,这是一棵有年轮的树。它被砍伐到了这里,密闭的休闲会所平添一抹旷野气息。会所的主人是一个喜欢唱《女人花》的村支书,二十世纪九十年代,他离开生活了大半辈子的村庄,在城市郊区开办了一家裁缝铺。日子不咸也不淡,对新生活的梦想,对每一个具体日子的疲惫和无奈,不知什么时候开始转化为习惯性的酒后狂言。他向不同的人吹嘘他的裁缝铺将变成一家跨国经营的服装企业,理由是他的海外亲戚即将归国投资。政府部门的人闻声寻来,一番望闻问切之后,他的"发展规划"就被列入当地的招商引资推进计划,报纸电视开始大张旗鼓地宣传,投资规模被描绘得更大,产出效益被估算得高得离谱。他的海外亲戚始终没有出现,这个酒后虚构的人却彻底改变了自己的命运,接下来的事态越来越戏剧化,完全超越他的想象和控制。在某个单位的指导帮助下,他的服装加工企业注册成立——他事后才知道,这个委托中介机构注册成立的空壳项目,成为机关单位完成招商引资考核指标的一个关键砝码。接下来,政府部门给他划了一块地,开出优惠政策若干,要求他在"项目集中开工日"动工建设厂房,迎接上级的统一观摩。奠基仪式结束后,项目就停工搁置起来。他没有启动资金。那块地闲置了两年,地价翻番上蹿,他从银行贷款盖起一栋简易厂房,在厂房后面建了一大片宿舍楼对外销售。一个曾经的村支书,后来的裁缝铺主人,摇身变成企业家和房地产商,在招商引资的狂热中,他被一股来自政府的力推动着,就像乘上财富火箭一样,莫名其妙地远离了地面和人群。他继续以投资的名义,编织若干花环戴到某些人头顶。这让他在拥有一块土地之后,又拥有了更多的土地,接受了更多的来自政府部门的助力。这种身不由己的"机遇"让他有些窃喜,也有些惶恐。有人说,他赶上了那趟车;也有人说,他弄懂了这个时代。后来,我读到布莱希特的一段话:"在开发自然的过程中仅有少数人从中获利,而且是通过剥削人的方式。凡可能给所有人带来进步的东西,都成了少数人发迹的契机,并且愈来愈多地把生产出来的物资用于巨大的战争制造破坏手段。在这些战争里,世界各国的母亲们把她们的孩子搂在怀里,惊恐地仰望着天空,注视着那些杀人的科学发明。"读完这段话,我觉得我更加明白了他,他们。

朋友的婚礼庆典一直筹备到午夜时分。在午夜的清冷街头,我们好不容易找到一家尚未打烊的快餐店,一边狼吞虎咽,一边商计天亮后将要举办的婚礼——盛大的场面,周密的安排,每一个细节的完美衔接,等等。我们不曾留意,不远处有个年轻女子正在自言自语。她脸庞秀丽,以至于让人忽略了她表情的不正常。朋友低声说:"你看那女的,是不是有些不正常?"我们循声望去,看到她一个人坐在快餐店的角落,绘声绘色地说着什么。年轻女子发觉被人窥视,表情更丰富也更怪异了。不知道除了来自情感的伤害,还有什么会让一个年轻女子变成如此模样?在为别人筹办婚礼的前夜,邂逅这样一个精神失常的人,这真让人难过。我想跟她说几句话,她的脸上漾着轻蔑的笑意,正在一本正经地对着空气说话。此刻的空气让人感到虚无,安静中有一种令人窒息的力量。这个或许为爱所伤的人,这个精神失常的人,这个与空气对话的人,正在面对着巨大的虚无说话。我们这一群为某个具体目标而操劳的人,她是不屑于对话的,在她眼中,我们和这个世界都是不正常的存在物。

像是一个暗示,一个提醒。

村支书的第一桶金,年轻女子眼中的现实世界,以及我们正在做的事情,究竟有着怎样的潜在关联?

　　生活的丰富,在于一个人追求和拥有幸福的同时,也体味了痛苦与焦虑。并且,痛苦与焦虑的出现和被解决,更加凸显了幸福的珍贵。我愿意这样看待生活,对当下的时代谬误报以局部理解。预设的理解和接受,对事物的直觉判断,同时撕扯着我,让我无所适从,不能安宁。这世界已为我们预设了太多东西。保持一份正常感觉,恢复对它们的清醒认知,是一件并不容易的事情。我们对现实问题的很多言行看似一致,实质上却分别充当了矛与盾的角色,在另一个不被察觉的层面完成一次合谋。一些人之所以成为另一些人的制约与羁绊,根源在于他们的利益是建立在牺牲别人利益的基础上,譬如破坏生态环境所产生的利益在最短时间内集中到了少数人的手中,生态破坏后的惨痛代价却要由所有人来共同承担。这是当代最大的不公。

　　南辕北辙,越是日夜兼程,越是在歧途上越走越远。

　　底线一再被漠视被突破。一扇破窗的存在,暗示更多的人去破坏更多的窗。

　　冬天尚未结束,夏天就降临了。在春天缺席的年份,会有秋天吗?

　　人终将渐渐老去,终将渐渐地想明白一些事情。一些常识问题的背后,隐藏着太多的非常识因素。我们的所有努力,应该让生活变得更好,而不是相反。听肖邦音乐,像是一个巨大的安慰,散乱心迹在音乐中被一点点地聚拢,最终成为一个虚无的结论。

　　那个广场中央的石板上刻有一幅太极图,两条黑白的"阴阳鱼"被一群年轻人踩在脚底下。每天夜晚伴着疯狂的音乐,他们肆意地跳舞。

　　去看海吧。我们沿着沙滩走。秋天的夜晚有些寒意,你脱掉鞋,赤脚踏浪而行。夜色中的海,有一种静穆的美。你说天上还有星星,你说海上的月亮好大,你对海边的一切充满好奇。你从北京来到这个海滨城市,只为了看一看我曾写过的那片葡萄园。我不曾问你看到了什么,你其至自始至终没用相机拍一张照片留念。我知道你是理解这片葡萄园的。在我心中,葡萄园的存在更像是一种沉默的坚守。现实中的海边葡萄园不过是一个纸上的名词,贴在工业城市的冰冷脸庞,然后被误读成了所谓浪漫。海浪抚平沙滩上的脚印,来时路消失在巨大的虚无里。

身边的海，是一个博大存在。海在我的身边。海不仅仅在我的身边。对大海，我有一种说不出的情感。这个城市与海之间是一条长长的防护林，往年每逢到了春季，槐花绽放成了另一片海，层浪叠涌，整个海滨都被槐花的香气浸透。通往海边的林间小径，蜘蛛网在风中摇摇欲坠。几年前，我曾向外地的朋友炫耀身边的海和海边的大片槐树林，并且相约槐花飘香的时候一起在槐树林里漫步，如今这个承诺越来越像无法兑现了——海边的槐树正在成片地消失，代之而起的是林立的高楼。偶尔，我会到海边散步，心事重重，像一棵远行的槐树，有时凝望海天交际处，有时与路边的电线杆相视无言。野广告占领了电线杆，顶端是夸张的房产信息，下面是密密麻麻的性病医药小报，内容驳杂。某天偶一低头，居然看到地面上贴有纸条式样的野广告，赫然写了低价销售枪支车辆之类的内容，并且留有联系电话。我拿起手机想要拨打过去。我对电话另一端的那个陌生人充满好奇，不知道他何以如此淡定坦然？

沿着海边走出很远，有个安置小区。在那里，我时常看到有些人很随意地一字排开，倚在楼底下晒太阳。失去土地，搬迁进了楼房，他们依然没有改变在墙根晒太阳的习惯。这让我冷暖交集。这些习惯了把自己袒露在阳光下的人，这些不知道将要何去何从的人，他们以迎接阳光的方式领受属于自己的命运。他们失去了土地，又无法融入这个时代，只能被裹挟着，被动地守护与介入。他们还没有明白要发生什么的时候，一切都发生了。他们是被牺牲的一代，被代表的一代，最尴尬也最无助的一代。最基本的生存问题被托举到了美妙的允诺之上，村庄被拆除，土地被占用，环境被改变。没有改变的，唯有一颗素朴的心。他们与土地血脉相连的脐带被一股外力粗暴地割裂。活着，即是最艰难也最坚定的人生观。"我们"已经在有意和无意间对他们原本艰难的生活造成多少阻遏和伤害？——对自然生态的践踏，其实是对人的更大伤害。这份痛，在"施暴者"走远了才被察觉。那天去乡下调研，我在镇政府办公楼的阳台上看到不远处的填海情景。车辆滚滚，尘土飞扬，海被染成了泥土的颜色。当地人告诉我，附近渔民养殖的鱼类都被呛死了。我无言。我在公文里曾经无数次写到这个填海造田的规划，我熟知它的来龙去脉以及它在未来的样貌。因为招商引资，因为土地指标的紧缺，他们选择了填海造田，向大海索要空间。这是我第一次亲见填海工程，在纸张与现场之间，隔着多么沧桑的距离。黄色的海，像是一片荒芜的土地，将要结出怎样的果子，被谁采摘？精卫填海是审美意义上的一种勇气。当代人的填海，不过是一种急功近利的开发行为，常常被解读成所谓魄力和毅力的体现。在填海现场，我被震撼了，觉得整个内心都被冰凉的石块填满。接下来的事实是，这种震撼很快就变得平静，很快就被淡忘了。因为与自己有关，因为不仅仅与自己有关，这个问题不再成为一个问题——我的淡漠和淡忘在更多的人那里发生，成为一个普遍的心灵事实。太多的事物以理所当然的姿态侵入日常生活。它们来自哪里，去往何方？很多人都忽略了这个问题，日渐变得心安理得，习以为常。南辕北辙的故事正在不断上演，掌声不断。洞察这个常识，并不需要多么高深的知识，需要的仅仅是一个人最起码的良知。思想本该是自由的，但我们常常愿意将它装进一个容器之中，让它变得有形，变得安全与可靠，变得不易蒸发。

当一条路被走到尽头，这果真意味着生命的意义会得到拓展延伸吗？

沿途的风景永不再现。并不是所有选择都有纠错的机会。一个尚未舒展的"我"，独立峭壁，望断天涯路。

风尘仆仆。一程又一程。采风团浩浩荡荡，历经十余个县市，沿途尽是大开发大建设的景象。倘若以审美眼光打量它们，我会有一种耻感。进入我内心的，更多的是宏大规划和豪迈视界之外的一些微小事物。路过万亩枣园，我坐在行驶的车里举起相机，对着窗外频频按下快门。对于这片枣园，我只是一个匆匆过客。当我离开这个地方，也许会写下优美的文字，向别人描述在枣园采摘的体会，那些语言看上去素朴，真诚。它们也许会打动很多人，很多的人中也许包括我，一个曾经写诗的人……我在行驶的车上胡思乱想，沿街几乎都是冬枣批发和仓储的场所，在冬日的风中显得空空荡荡。冬枣是一年四季最晚成熟的水果，它在冬天成熟，带着冬天冰冷和清脆的品格。我们比冬枣更晚，来到这个盛产冬枣的地方时，冬枣已经全部采摘结束。我们只看到一片浩荡的枣园，枝丫静默，有着刚刚分娩后的安详模样。在黄河入海口，风很大。很大的风中，是需要步履坚定，固守一些什么的。海浪涌动。大家在海港留影，风太大，有些冷。不知道若干年后，从这张面带笑容的照片中是否会看出当时的凛冽寒风和彻骨冷意？我们用微笑遮蔽了它。这里被称为"开发区"，与我所工作和生活的地方有着同样的名字，我感受到这片土地之下似曾相识的脉动。对激情，我是一直存疑的。特别是对于经济发展和城市化建设，我不崇尚所谓激情，更向往的是理性和稳健，期望它既能把握今天，同时也对明天、对更为遥远的未来负责。甚至，我固执地以为，温和是一种更从容更自信的坚定，慢下来是一种更为开阔的境界。我怀念那些慢的事物，珍视那些犹疑和郑重。关于生态环境的描述，我喜欢"民主"和"友好"这两个词语，从中看到一种有别于其他形容词的品质。山被铲平，树被砍伐，农田被征用，生态被破坏……我们对大自然的所谓征服和改造，实质上是在亲手将自己一步步逼向尴尬无助的境地。在大自然面前，人类其实是不堪一击的。伯曼曾说："现代环境和现代经验打破了地理、种族、阶级、宗教和意识形态的所有的边界，从这个意义上讲，可以说现代性团结了全人类。但是，它是一个矛盾的结合，一个对立的统一，它把我们抛进了一个大漩涡中，这个漩涡里充满着不断的分裂和更新，抗争和矛盾，歧义和痛苦。"漠视和拒绝这份复杂感受，是不诚实的。很多的创造和超越，往往正是产生于这些复杂难言的感受之中。如何让这种感受始终不被遮蔽，关涉到对自身处境是否有着清醒的认知，以及对何去何从能否精准地把握。珍视环境，即是珍视未来，即是对历史、对后人最好的交付。这些林林总总的想法，是我游走在黄河三角洲所见所闻与所思的底色，它们参与和构成了我对生态环境的理解，让我透过自然的、现实的事物，看到和想到了更多的事物。一个行走的人，理应发现和呈现它们。

"车过黄河／透过窗玻璃／我看到黄色的水／它们并不浩荡／迈着疲倦的步履／一步步向后走去／／车过黄河／我屏住呼吸／耳边响起／一条鱼在河里的呼喊……"

这是残缺的诗，旅途中潦草地记在纸片上。我无意将它完善，它这样地出现，理应这样地存在或消失。一首诗存在于若干不分行的文字里，就像对环境生态的诉求，存在于轰轰烈烈的开发建设中；就像一个人的沉吟，湮没在时代的大合唱中；就像一个人的跋涉，并不在意疾驰而去的列车。

这样不合时宜的"残缺"，寄托了这个人对完美的省察与向往。

太多的人在参观太多的城市规划展览馆，这类建筑几乎是一夜之间就从城市森林冒了出来。被复制的夸张表情，对未来的野蛮构想，该源自怎样一颗急功近利的心？历史固然是人写的。历史又不仅仅是人写的。岁月的河流将会带走一切，岸边留下的，必是那些曾经痛过的伤痕。太多冠冕堂皇的姿态，其实经不住历史一个眼神的打量。时间淹没一切。时间浮出一切。时间改变和保留一切。那些企图承载和操控时间的形形色色的"展览馆"，不过是时间中的微尘，随风飘逝将是它们命定的结局。

当然也有感动。就像荒芜的旷野中，残留一丝关于春天的微弱气息。我曾在一个村庄见过一个"碌碡王"，据说重达二百多公斤。那个村庄也已穿上了城市外衣，有着与这个时代的很多村庄相仿的命运。"碌碡王"摆在村庄展厅的门口，像是一个朴拙憨厚的表情。因为这个碌碡的硕大与罕见，即使是在进入机械化之前的年代，村民也从未将这个农业工具用于劳动，他们心怀敬畏，将其尊为神明供奉，拒绝赋予它现实的功能。"碌碡王"的来历，最具传奇色彩的说法是，某年夏天黄河决口，村庄陷入一片汪洋，洪水退落后留下了这个大碌碡，村人从此在它身上寄予了最朴素的信仰，最虔诚的敬畏。

在一座小城的文化展厅，我格外留意到一位老人珍藏的家乡石子。老人思乡情切，晚年曾托亲友把家乡渭河里的石子带到北京，摆在卧室床头。这些来自故乡的石子，这些平常得不能再平常的石子，它们带着渭河的水声，夜夜响彻老人心头。老人驾鹤西去后，这些石子重归故里，陈列在这里，向后人诉说一位文化老人的赤子情怀。我在这几粒石子面前站立了很久，努力地想要听懂它们的语言。小城遍地都是恐龙化石，遥想远古时代这里遍地沼泽、茂林丛生，各类恐龙生活奔跑在这里，后来一股神秘力量导致火山爆发、洪水泛滥，恐龙家族横遭灭顶之灾，轰然倒地的庞然大物顷刻间被埋在地下。几千万年后的今天，从恐龙骨骼化石的形态依然可以想象它们在天灾降临时的无望挣扎，曾经的血肉之躯被自然灾难和遥迢时光赋予了石头一样的坚硬表情。

又是石头。总是石头。太多的石头被堆砌在一起，塑造成冷漠的形象工程。而那些孤独的石头，那些拒绝合作的石头，始终在人群之外保持了一个正常人的"体温"。

石头与石头之间也是有语言的。听懂石头的秘密，需要一颗柔软温情的心。

当宏大的规划源自短浅的目光，当那些被遮蔽被掩饰的发展代价渐渐浮出水面，当南辕北辙成为一种涂改真相的举措，当太多诡异的事情以合理面孔出场和收场，当底层关注与关怀更多地成为某些人抹在脸上的道德脂粉，当纠错之举看不到丝毫应有的诚意，当太多的阵痛绵延成生命中不能承受、不可阻遏的巨大力量……一场大雾开始降临。

我们都是雾里的人。

浓重的雾。我们无处逃遁。太多的事情在雾里发生。在雾里，我们更清楚地看到一些真相，看到早已等待我们的命运。

太阳是缺席的。我们曾经用阳光编织梦想。置身断裂的阳光里，我们踏着破碎的梦，去找寻所谓完整的人生。

当呼吸成为一件艰难的事情，是谁还在向着太阳的方向引颈高歌？

(原载《散文》2013年第8期)

如水的月光

那时我住在一个叫作西村的居民小区。"西村"原本是一个村子,在二十世纪九十年代被城市化了,农宅改建成为楼房。后来机关里分房子,因为论资排辈,我分到的是别人腾出来的一套旧房。因为是旧房,而且又位于西村,我有些失落。乡下的父母却格外高兴,觉得儿子刚参加工作就分到属于自己的房子,总算在城里扎下了根。在我眼里,西村不过是一个被挪移到了城里的大农村,居民大多是以前的农民,仍然延续着过去的生活习惯。我对他们有一种本能的疏远和排斥感。那时我好不容易才离开农村,正在拼力追逐一份城里人的生活,既要承受外在的矛盾,又要抵御内心的冲突,整日在自信与自卑之间徘徊。常常是在深夜,我把赵传那首《喊向黑色的天空》放到最大音量,整栋楼房似乎在颤动,心如止水。陌生的夜风蹿进屋里,有些凉。很凉。这个难眠的人在写作,在走一段很长很长的夜路。不管遭遇怎样的阻遏,不管内心掀起怎样的风暴,他一直在努力地融入人群,试着与生活和解。

"不要奢望熟识的人都关心和理解写作,也不要苛求每一个写作的人都要怀着爱、真诚和责任。"睡梦中,我被这样的一句话击醒,凌晨三点。梦中出现的这句话,就像旷野的一棵树,没有任何衬托,也没有任何枝蔓,甚至连扎根的泥土都没有,它就这样莫名其妙地突然出现,瘦得锐利,让人窒息和迷乱。我醒来,站到窗前,看到了对面地下室的灯光。凌晨三点的清冷夜色里,那抹灯光像小小火焰,在城市的角落里暗自燃烧。我看到了它，然后很快就淡忘了。后来有一天，母亲告诉我说："你知道吗，对面楼房的地下室总是早晨四五点才熄灯。"我开始格外留意那里，晚上读书写作累了，总会伏在窗前吸烟，与对面地下室的灯光久久对视。我觉得那小小的火焰里，大约藏着一个秘密。我对那个秘密充满好奇。一个又一个午夜，我在五楼窗前俯视那里，地下的灯光与天上的月光遥相呼应，因为过度专注，我渐渐地居然有了仰望的幻觉，觉得大地变成夜晚的天空，从地下室窗口流泻出来的，宛若如水的月光。它漫过我的心头，让我同时体味到真切的温暖与寒意。

一个黄昏，我陪着女儿在楼下玩耍，遇到一位年轻母亲与孩子。两个稚童在一起很快就相熟了。我问她也住在这个小区吗，她用手指着楼前的方向说，暂时住在那个地下室，我们是邻居。这位年轻的母亲，素朴、淡定，脸上看不出丝毫的悲观。我长时间无言以对。她的孩子，一个很阳光的小男孩，正在她的身边开心地玩耍。继续闲聊，我知道她来自遥远的农村，租住在对面的地下室，丈夫白天在这个城市蹬三轮车，晚上孩子入睡以后，夫妻两人一起织羊毛衫，赚点加工费补贴生计。看着她和她的孩子，我的心中充满敬意。他们在城市的角落里生活和劳作，以拥抱月光的方式，迎接黎明的到来。他们把城里的月光，在地下室转化和提炼成小小的阳光，永远地种植在孩子的心里。

我记住了那些如水的月光，记住了那位历尽沧桑的母亲和她的阳光一样的孩子。

（原载2011年4月14日《人民日报》）

在 广 场

　　机关大楼的对面是一片广场。广场很大,种植了名目繁多的草木。来自不同方向的人,在草木之间散步,闲聊,或者在空地上跳舞,打太极拳。偶尔也会见到几个从机关大楼走出的人,他们走向广场,若有所思的表情很快就被人群淹没了。

　　他时常去那个广场散步,有时会在某个僻静的地方坐下来,与机关大楼相互对视着。夜色中,机关大楼像一个刚刚谢幕的舞台,更加显出几分神秘。每天早晨,他都会准时出现在这栋大楼的某个房间,有时像个演员,有时又像个导演。说一些言不由衷的话,做一些身不由己的事,他清楚自己仅仅是一个庞大机器上的微小零件,在一种惯性中运转。每当想到这种机械式运转对某些事物可能造成的忽略和伤害,端坐在机关大楼某个房间的他,心情比整个大楼还要沉重。

　　机关大院宽阔,洁净,人来人往。他走在院子里,时常会看到草坪上有七八个农妇,头上包着围巾,蹲在草坪中松土,修剪草叶。她们低头劳作,很少抬头看一眼从身边走过的那些人。她们知道,来这个大楼上班或办事的人,是与己无关的。就像他们从来不曾留意过她们一样,他们心里装满一些别的事情。中午下班时,他偶尔会看到她们每人拿着一棵大葱,坐在草坪上吃冷馒头,脸上写满了自足,简单。她们是这个工业新城的失地农民,耕地被占用后,得到政府的关照来到机关大院里打工。每次从她们身边走过,他总会放慢脚步,或者假装查看手机,在那里停驻一会儿,默默地看着她们吃冷馒头，一辆又一辆的轿车从身边快速闪过。短暂的瞬间，在这被人忽略的方寸之地，他感觉到一种说不出的"场"，既是时间的，也是空间的；他说不出它，但强烈意识到了它的存在。他站在离她们最近的地方，抬起头，看到蓝色的天，庄重的机关大楼，还有楼前那片开阔的广场。

那天在机关大楼里值班，电话响了，他刚拿起话筒，电话那端就传来一个含混不清的女声，从语调明显听得出，她是在发牢骚，至于究竟牢骚了些什么，却听不太清楚。她劈头盖脸地发了足有两分钟的牢骚，不等他有什么反应，啪地挂断电话。他感觉莫名其妙，身边的同事淡淡地说："别理她。"看得出，他们对这个电话已经习以为常。很快，电话又打了过来，同样的女声，同样的语调，同样的方式，劈头盖脸地发一通牢骚，然后啪地挂断电话。这样反复了三四次，同事终于解释说，那女人是望庄的一个疯子，隔三岔五就给政府值班室打电话，是受了别人在背后的指使和怂恿，已经快一年了。同事说这话的时候，平淡，从容，不动声色。他觉得难受，太多的疑问堵在胸口。假若那女人果真是一个疯子，那么她是为什么疯的？疯了的她为什么要采取这种方式来宣泄？她要宣泄什么？这些疑问，有谁会关注，该由谁来关注？她直截了当地发牢骚，毫不犹豫地摔电话，根本就不在乎你的态度，也不需要你的所谓理解，这里面是否包含了某种彻底的失望？没有人去关心这个电话以及电话背后的故事，大家把它当成饭后茶余的一个玩笑来讲述。或许某一天，那个疯女人不再打这样的电话，那将意味着她的死去，消失，或是疾患的痊愈？她对待社会的态度，以及社会对待她的态度，是一个不该被忽略的问题。每个人总是把社会理解成自己所理解的样子，那个陌生的疯女人是这样，这栋机关大楼里心智健全的人也是这样。真相究竟在哪里？

那个夏季恍若一梦。正午的阳光像从某个无从把握的虚空里流泻下来。他一步步地向着医院病房走去，他的弟弟正在住院，轻微脑震荡，是在回家的路上被人打的。四个人，手持铁棍，一阵狂乱地打，然后四处逃窜。他不理解这样的事情，无法接受这个事实。也许，他更适合生活在书房里，可以品味任何人的内心冲突，却不能容忍现实中哪怕一点点的伤害。接下来该如何去应对？他开始失眠。他终于深切体验到了失眠的滋味。此前，他一直在向同事和朋友炫耀自己的睡眠质量，如何在每天午夜喝一杯浓咖啡之后再安然入梦。他在表达这个事实的时候，也对很多人的失眠表示了不理解。现在他终于明白，支撑他的睡眠质量的，其实是一种对于世事的不介入与不在乎。这么多年来，他没有真正在意过现实中的什么事情，固执地沉浸在文字构筑的世界里。这个世界原来如此脆弱。面对亲人受到的伤害，他才体会到要想解决现实中的具体事情，既需要时间，更需要能力。所谓的能力，是由很多世俗的东西纠结在一起的。他曾经多么鄙视和拒绝那些纠结啊。

在这样的心理背景下，他关注到了网络上的一个刑事案件。原本并不复杂的案情，因为有关方面的掩饰和不公，变得扑朔迷离。那个案件发生在遥远的南方，他感觉那些陌生人的遭遇，其实是与自己，与每个人都有关的。那段时间，他着魔一般，常常在半夜里起床上网，关注那个案件的最新消息，甚至认真地查看每一条网友留言。尽管那些留言传达出的是同一个声音，但他没有觉着重复和单调，他从中感受到了汹涌浩大的民意。他看着网友的留言，常常忍不住就流下了眼泪。他可以完整地说出整个案情，分析其中的每一个细节。对那个消息的持续关注，耽误了现实中的很多事情。但是，他感谢这样的一份"耽误"，正是这样的一份耽误，让他恢复了作为一个正常人的思维。已经多少年了，他的生活越来越闭抑，拒绝与外界的联系，对友善和不友善的人，让人高兴和不高兴的事，都悄然地关上心灵之门。如今很多的人，对街头的流浪乞丐神情漠然，对遥远地方的不公平和整个人类的痛苦遭遇，却表现出难以自抑的激愤。也许，大家可以坦然面对远方的一座高山，却不能够从容地直面身边的一块石头。恢复对这个世界的爱意，理应从最微小、最具体的事情做起。

还要继续关注下去吗？他已经预料到了它的结局。对于历史或将来而言，这不过是一个被重复的结局，既在预料之外，也在所谓情理之中。历史上已经有过多少这样的印痕。这样的印痕，还要继续行走多远，还要无限地延续到哪里？看不到那个人的真实面目，他只看到那个蒙面人的匆匆步履。他相信很多的人也像他一样，因为长久的密切关注而疲惫。一种力量，是如何演变成为无力感的？

那个夏天很热也很冷。他看到那些热情的人，看到他们的勇气、担当、义无反顾。他终于明白，"理想主义"是他们胸前的一枚共同标签。这些年来，他在现实中的所谓努力，不正是在一点点地抑制和扼杀自己的"理想主义"？而现在，他所看到的远方的人们，之所以将诋毁和生死置之度外，为的正是捍卫心中燃烧着的"理想主义"。

这是白天吗，为什么桌前的灯光依旧在亮着？这是夜晚吗，为什么这个人辗转难眠仰天长叹？

那个夏天很热也很冷。

> 站在窗前俯视这个广场
> 是多年前的一个习惯
> 如今我更喜欢走出房间
> 来到这个广场散步
> 我会用心观察每一株树
> 不践踏每一棵草
> 对每一个散步的人都报以微笑……
>
> ——《广场》

那时他每天晚上都在机关大楼里伏案写作。累了的时候，或者写不下去的时候，他会机械式地站起身，靠在窗前，燃一支烟，俯视楼下人头攒动的广场。作为一个旁观者，他看不清他们的表情，只听到那些来自广场的声音，有些嘈杂，有些模糊；有时感觉很近，有时感觉很远。从窗口望去，夜色中他只看得到隐约的灯火。

他走出机关大楼，到对面的广场散步。他记住了很多的人，很多的事，很多让人感动的情景。

镜头之一：广场像闹市一般，散步的，舞蹈的，吊嗓子的。在西北角，是一支盲人乐队。三个中年盲人，还有两个十多岁的小女孩，其中有个盲人站在那里，一支接一支地唱着流行歌曲。他唱得很投入，面无表情的脸上流淌着的，不知是汗水还是泪水。他的歌声粗壮，沙哑，偶尔会走调，是广场喧哗中的不和谐音符。但他打动了每一个散步的人，小小的捐款箱里已经堆满了零钱。捐钱的人，看得出都有一种难以掩饰的羞愧感，他们逐个从人群中迅速地闪出，低着头，蹲下身来，把零钱郑重地放进盲人身前的纸箱里，然后低着头迅速地回到人群。

镜头之二：一支将要参加某个庆典的秧歌队在广场上彩排，锣鼓喧天，载歌载舞。在表演者和观赏者之间,一个乞丐正躺在地上安然入睡,身边的喧哗和热闹对他是无效的,除了温饱,他别无欲求。他一无所有,是最累也最轻松、最尴尬也最洒脱、最痛苦也最快乐的人。

镜头之三:午后阳光炙热,从机关大楼去往广场的路边,一位年过七旬的老汉,头戴草帽,手持长长的竹竿,正在仰头聚精会神地粘捉法桐树上的知了,全然不顾来来往往的路人和车辆。这样的画面定格在机关大院门前,像一面别有意味的镜子,照出了那些出入机关大院的人的内心世界和生活情趣。

机关大楼每天都在上演着一些东西。机关大楼对面的广场每天也在上演着一些东西。它们相互成为彼此的观众。作为一个心事重重的书写者,他同时看到了它们。

(原载《散文》2010年第4期)

一滴酒里的世界

> 葡萄酒反映了人类文明史上的许多东西。它向我们展示了宗教、宇宙、自然、肉体和生命,它是涉及生与死、性、美学、社会和政治的百科全书。
>
> ——[法]古多华

慢生活

朋友馈赠的两瓶葡萄酒,在车的后备厢里放了好长时间。直到有一天我准备品尝时,却发觉酒味基本涣散了,只剩下了微苦。朋友说,这是因为酒在车上来回颠簸,被晃晕了,现在唯一的办法就是把它放到一个安静的地方,也许它会自己静养回来。

被晃晕的酒。需要静养的酒。我知道,刚启瓶的葡萄酒是不能马上喝的,醒酒是一个不可忽略的环节,让酒在杯子里氧化一会儿,然后轻轻地晃动,它才会渐渐地舒展,绽放,呈现出不同的风味。但是我并不知道,这个晃动原来是有限度的,倘若过于剧烈,比如放在车上长久地颠簸,酒很容易就被晃晕了。人无醉意,酒已先晕,这真是一件比较尴尬的事情。

在这样的一个加速度时代,葡萄酒是一个被误读的角色。它以慢的方式,参与到了快的节奏之中;它以安静的品质,成为很多人倾诉和寄托的工具。其实，葡萄酒也是需要理解的，那些陈年的滋味，那些经过漫长时光的酝酿和发酵才形成的内涵，需要慢慢去品味，浮光掠影是不可能抵达的。葡萄酒的发酵，犹如男女之间的爱情，热烈，激荡，最后终将归于平静。平静不是平淡，这平静里有着复杂的人生况味，和彼此之间深深的懂得。有些事物如果过于浓烈，很容易将细微的风味掩盖了。葡萄酒曾在酒窖中安静了那么多的时日，当然也期待一个具有同样安静品质的人，启瓶，品尝，相互懂得，彼此珍惜。这是人的态度，也是酒的命运。

很难想象，一个端着葡萄酒杯的人，倘若焦躁不安或者暴怒如雷，会给人一种什么样的感觉。人生也是需要发酵的。有的事物之所以美好和丰富，有的人之所以从容和淡定，往往正是因为经历了发酵这样的一个过程。很多人已经越来越缺少耐心，他们直接省略了这个过程，更相信速度与效率，在速度与效率中体验快感，或者粗暴地压缩一些中间环节，演绎当代版的"拔苗助长"。

那个夏日午后，我陪同一位来自江南的写作朋友游览了葡萄酒庄园。在模拟生产线前，我们投入一枚硬币，体验葡萄酒的生产流程。一瓶酒很快就"酿"成了，然后进行简单的加工与包装，她在标签上签名留念。这样的流水线游戏结束后，我们开始谈论文学，很自然就切换成了郑重的态度和语调。我们都是慢的写作者，并且固执地相信在提速增效的生存环境中，慢是一种勇气，也是一种能力。我记得那天是这个滨海城市多年来最热的一天，我们坐在酒庄里淡淡地交谈，时间从谈话的间隙里悄然溜走。后来，因为工作关系，我时常陪同外地客人到那个酒庄，介绍，参观，体验，然后离开，流水线一样的程序，紧张并且有序。我不知那些行色匆匆的客人，究竟在酒庄里看到了什么，带走了什么。

年份的怀想

一九六一年，在伦敦，一瓶拥有四百二十一年历史的斯泰因葡萄酒被开启了。

著名的葡萄酒历史学家休·约翰逊是这样描述当时情景的："我从来没有亲眼看见过这样的事实，原来葡萄酒的确是有生命的，这瓶外观类似马德拉葡萄酒的棕色液体仍蕴含着数百年前的活力和炽热的阳光。它甚至还带有几分难以言传的德国酒的风格。在空气将这四个多世纪的精灵破坏之前，我们有幸得以每人品尝了两口。它在我们的酒杯中绽放出最后的瑰丽，然后消失。"随后，休·约翰逊忍不住做了如此感慨："能品尝到这么古老的酒真是一生的幸事，而且更令人感到难得的是，这是一瓶陪伴德国经历过黄金岁月的葡萄酒。"

对于年份酒，我曾经有个错误的理解，以为人们对它的推崇只是在强调年代越是久远，酒就越好。其实不然。好的年份酒，更多的是强调当年风调雨顺，是对自然的一份纪念。这是葡萄酒内部的自然属性，是被人们忽略了的一种东西。现在看来，一个好的年份是多么值得珍惜和怀念。风调雨顺、五谷丰登的图景，已经越来越被人的野心和欲望破坏掉了。

葡萄酒是有生命的。对于生命，尊重和理解是最基本的底线，也是一种最高境界。懂酒的人与酒之间的默契，本身就是一种情趣。这样的情趣，用诸如高雅、浪漫之类的词语是无法概括的，它拒绝言语，拒绝形容词。他会将目光放得更长远，更有宽度，他不会略过葡萄酒背后的故事——它们与自然有关，与风雨有关，与劳动有关，它们参与并且成为葡萄酒品质的一部分。岁月流逝，真正留下来的正是这样一种品质，来自于自然，超越于自然，血脉中永远有着自然的禀赋。它进入饮者的肠胃，以自己的方式提醒他们，要亲近自然，敬畏自然。

在酒庄——一个把葡萄变成酒的地方，我忍不住想到很多，很多。酒庄起源于法语，原意是中世纪为了防范敌人入侵而修建的城堡。后来随着时间的迁移和葡萄酒的发展，就被用来泛指那些专营葡萄酿酒的庄园。一个与战争相关的场所，居然演变成为一个浪漫之地，在这种超越常规的转变中，时间和葡萄酒究竟起到了什么样的作用？一粒粒紫色的精灵，从最初的栽种、成长、采摘，一直到酿成葡萄美酒，这样的一个过程让人充满遐想。

在葡萄身上有一种天然的"悖论"，它对土壤环境要求很高，同时对地域的适应性又非常强。关于土壤的辨别，据《塔木德经》记载，有的人用鼻子品闻土地的味道，有的人趴在地上用舌头舔土地，还有的直接用嘴来咀嚼泥土。不同的土壤，不同的气候，都可能促发葡萄树基因的改变，要想绘制葡萄种类的系谱，注定是徒劳的。因为，它总是处在变化之中，而且这种变化因地而异。我更喜欢把葡萄托付给一个遥远的并无确切所指的时光概念,它不会把我导向具体的某个地域、某个时间。在我的心目中,葡萄酒也是属于远方的事物,它来自远方,带来了远方的消息。我们理应把成见放下,接受这份最真实的传达。

年份酒,与自然有关,与记忆相连。那是我们珍藏的记忆,或者,是我们忽略和淡忘了的记忆。不管怎样,它一直留在远方某个安静的地方,等待我们终有一天的回访与认领。

被抑制的成长

葡萄酒的成长秘密,一半在土地,一半在酒窖。美国作家威廉·杨格曾经说过:"一串葡萄是美丽、静止与纯洁的,但它只是水果而已;一旦压榨成酒后,它就变成了一种动物,因为,它有了生命。"

被装进橡木桶里的葡萄酒,仍然在继续"成长"。它拒绝热闹和喧哗,渐渐地变得安静。它并不是与世隔绝,只是把对外界的需求进行了过滤与选择,比如说空气会通过橡木桶的毛孔,缓慢地渗透到桶里,与葡萄酒发生舒缓的氧化,于是原本生涩的酒液渐渐变得柔和、圆润和成熟。这个生命转变的过程,橡木桶是唯一的见证者。被封闭到橡木桶里的葡萄酒,就像人的成长与成功,需要懂得对外界环境进行适度的拒绝,经历一段孤独寂寞的时光。

在人的眼中,葡萄藤的所有能量,都该用在如何结出好的果实。人类按照自己的欲求,判断哪一根枝条可以保留,哪一根枝条必须剪除,采用修剪的方式对葡萄藤进行成长规划。他们知道,如果不修剪,枝条就会肆意疯长,就会白白浪费能量和营养。他们当然也知道,繁衍后代是生物的本能,葡萄树通常会把营养首先输送给果内的种子,余下的才给果肉,果肉对于葡萄树来讲只能算是副产品。葡萄树的生长,为的是让自己的种子成熟,而不是什么甜度、酸性之类。人类更在意的,却是酿酒用的果肉和果皮,他们将这样的想法和期望,嫁接到了葡萄藤的身上,希望它们结出理想的果实。至于葡萄最为看重的种子,并不是他们所关注和关心的。他们深深地懂得,最有效的成长,不是自由的成长,不是肆意的成长,而是节制的、被抑制的成长，是按照人类规定的方式去成长。这种"改造"也体现在茶叶上。种茶的人都知道，一旦茶树开花结果，就难以制作好茶了，因为茶树的营养首先会供应给花，而不是叶子。所以茶农在修剪茶树的时候，会毫不留情地将花苞剪掉。我们享用的茶和葡萄酒，是通过抑制了植物的繁殖本能而得来的。我们常常忽略了这样的"抑制"，或者将其视为人类所特有的智慧。我们明白节制之于成长的重要性，并且将这一法则运用到植物身上，却忽略了自身的问题。

节制是一种自信，一种美德，一种更为长久的成长规划。人类从自身的欲望出发，不懂得节制，不尊重事物的发展规律，对这个世界进行肆意的改造和利用，并且视之为所谓开拓与创新的例证，这是一个究竟该怎样看待的问题？我无法给出一个可以说服自己的答案。

"发表"

电影《杯酒人生》中，一个人在介绍葡萄酒时说："这款酒刚发表两个月。"他用了"发表"两个字。作为一个写作者，我觉得这是对于葡萄酒品质的另一种阐释，这意味着每一款酒都是一件作品，当这样的作品公之于世，准备供人品尝的时候，谓之"发表"。就像一个作家，将自己酝酿、构思、写作和修改多年的作品正式发表，这里面自有一份郑重，他和它都在期待一个美好的回声。

葡萄酒是有生命周期的，它会年轻，会成熟，当然也会衰老，并不是"愈陈愈香"。在一个好的时辰，打开一瓶好的酒，宛若人与人的相遇，是一件缘分注定的事情。我曾跟一个朋友谈过我在写作关于葡萄酒的文章，我说我写得很不顺利，进展非常艰难。她说葡萄酒就像女人，是需要爱与懂得的。一瓶葡萄酒产自哪里，经历过什么样的岁月，在哪里被开启，由谁来品尝，这都将影响到酒的个性和品位。对一款酒的描述，通常会说它是丰富的，丰满的，丰盈的，甚至是丰腴的。而这些词语，本是用来形容人的身体，是健康与活力的代名词。所有这些，都将归于"回味"。一款值得回味的酒，才算得上美好的酒。人亦同理。

一滴水，一滴叫作"酒"的水，它穿越了太多时光，有着绵厚的余韵，就像生活本身，或者像生活中的某些事物。被发表的酒，渐渐成为一种文化符号，被赋予了更多情感意义与价值依托。花看半开，酒至半酣，乃是最好的境界。夜里读书写作累了的时候，我时常自斟自饮半杯葡萄酒，很快就觉得神清气爽，有一种创造的快感与欣慰。正如富兰克林所说的那样，好的葡萄酒证明了上帝希望我们幸福。在工作节奏越来越紧、精神压力越来越大的背景下，葡萄酒的存在价值，不在于GDP、产值之类的概念，它预示着人的生存方式，以及人与自然的关系，具有了一种新的可能。

在格鲁吉亚的博物馆里，收藏着一些作为陪葬品的葡萄藤，它们跟人的小手指差不多长，被一个浇铸而成的银套子紧紧套住，藤上的嫩芽轮廓清晰可见，保存得完好无损。这样的陪葬品，透露出的是古人对葡萄藤的看重，即使离开人世之后，也希望能够将它们带到另一个世界去，继续栽种，拥有。他们难以忘记和割舍的，不仅仅是葡萄酒带来的欢愉，还有一种信仰和梦想。

当年麦哲伦率领船队环球航行，船队携带大炮、火药、盔甲等火力装备的投资，远远低于购买和储备葡萄酒的费用。最初读到这段史料时，我想象在漫长的旅途上，在汹涌的波涛中，一支船队朝着未知的目标破浪远航，是葡萄酒增添了他们的勇气，消解了长夜的孤寒。这也让我想起一个诗人曾经写下的诗句："带着我踏上风雪征程，我会点燃你的好歌喉。"这是我在少年时代读过的一首与酒相关的诗，我把它认真地抄录在笔记本的封面。是的，带着我踏上风雪征程，我会点燃你的好歌喉。这歌喉，在黄土高坡，在广场，在KTV，也在心里。是酒，帮我们打开了自己，向这个世界展露了更为真实的自己。这是一个人的另一种生命形态的"发表"。走在拥挤的人流中，还有什么比酒更易于打开一个人的心扉？

色与味

一篇题为《葡萄熟了》的文章，讲述了这样一个故事——

大学生阿尔福雷德在一次事故中双目失明，他无法面对这样的打击，将自己封闭在屋子里，拒绝与外界往来。后来，他到法国某个著名葡萄酒产区散心，认识了刚满九岁的小女孩黛尔。在黛尔的鼓励下，双目失明的他走进了葡萄园，用心品尝和分辨园子里的各种葡萄，渐渐地恢复了乐观和自信。若干年后，他成为一个顶级品酒大师，在伦敦拥有了自己的葡萄酒鉴定公司。一天，一位年轻的法国游客带来一款新制的葡萄酒请他鉴定。他把杯子里的酒放近鼻子嗅嗅，然后抿了一小口，怔了怔，随即微笑道："由精选的苏蔚浓和白麝香葡萄合成，来自我一个朋友的葡萄酒庄园，还私下加了点新鲜的塞蜜容葡萄汁，百分之八的比例。这一次葡萄熟了，我想她也长大了。"游客笑着拉住阿尔福雷德的手，像好多年以前那样抚在她的脸上——葡萄熟了，带着年轻稳定的柔顺气息。当年那个叫作黛尔的小女孩已经长大成人，脸上还泛着阿尔福雷德看不见的羞涩红晕。

这个故事让人心醉。自从我在杂志上读到它，就一直收藏着。好多年过去了，这个简单的故事就像葡萄酒一样越发意味深长。它把葡萄酒植入人生，既写出了酒的味道，也写出了人生的况味。瞬间的味道。可意会不可言传的味道。深深触动灵魂的味道。那些难以忘却的往事，是通过味道来储存和传达的，它们在舌尖缭绕，可以感知，却无法言说。这样的一种气味，以特有的品质构成了对技术成分的有效拒绝，是离艺术最近，也是最接近人性的一种状态。

高脚杯里斟满了冰酒。金黄色的液体，薄如蝉翼的杯子，就摆在我和电脑之间的桌面上，安静，柔和，发出淡淡的光。在书桌的一角，是剩余的半瓶冰酒，它安安静静地等候着，像一个久违的朋友，恍若一梦。我无法准确地说出这种感觉，它以冰冷的方式传递温情，它历经沧桑，表现出的却是一种平淡，一种安宁。这样的静物，让我听到了岁月流动的声音。它不是黄色的，也不是红色的，它是一种岁月的颜色。岁月是什么样的颜色，我说不出，它存在于每一个人的心中。透过这种颜色，我体味到了葡萄酒的"幽"。是幽深，幽静，幽长，幽香。《说文解字》是这样解释的："幽，隐也。"葡萄酒在酒窖中隐忍了那么多的岁月，就像一个人，因为太多世事磨砺变得丰富驳杂。这样的一瓶酒，从酒窖来到了尘世，是不可能一下子就被理解的。它的美好，在于它的含蓄，在于平淡中的不平淡，安静中的不安静。它的魅力，只能借助于回味。据说专业的酿酒师通常使用九百多个专用名词，来界定葡萄酒的色与味。它们是相互纠结融合的，有一种立体感。面对一款酒，最需要的是想象力。人们在现实中已经越来越务实，越来越不屑于想象了。

"冰酒",我喜欢这样的一个意象。那个夜晚,我长时间地端量手中的高脚杯。它太薄了,很容易让人产生错觉,担心它甚至经不住空气的抚触。斟酒,脆响中有一种清韵,沿着杯壁飘逸而出。那声音,像是冰块融化的声音,它来自冰酒的体内,带着寒冷与火焰,以及冰酒将要说出口的秘密。

(原载《散文》2011年第4期)

然　　后

　　街是不规则的，时窄时宽。整个村庄像一个空壳，一切都是散漫的。鸡在路边的垃圾堆里刨食。老黄牛的影子有些落寞，牛粪气息既新鲜，又像是沉积了若干年月……

　　这是记忆中的望庄。这个村子早在多年前就不存在了，它以碎片的方式留在我的记忆里。那天，我陪着一个外地朋友去看了那片轰隆隆的工厂，告诉他这里曾是《影子》中写到的望庄，然后我们又去了一个新建的安置小区，参观望庄的另一种存在形态。朋友满脸茫然，是那种拒绝任何解释的茫然，我们只是走着，看着，沉默着。望庄拆迁后，我时常来到这个安置小区，把车停在某个角落，然后一个人在小区里转悠，看老百姓晒太阳，拉家常，有一种久违的亲切感。有时候，我会看到车队浩浩荡荡地进了小区，接着下来一个人，随后下来一帮人，他们西装革履，前呼后拥，一边走路一边交谈，同时配以手势和点头等动作，扛着摄像机的记者忙碌不停。这是一份被展览的生活，住在安置小区里的农民，既是主人公，也是局外人。我只是一个闯入者。

　　拆迁之前的望庄，村风并不好，这在镇上是尽人皆知的。据说望庄曾有一任村长，整天把村里的公章拴在腰带上，醉醺醺地对人说："我请你泡妞吧，不用花钱，盖个章就可以了。"他一边说着，一边从腰上拽下公章，仰头，挺胸，睁一只眼闭一只眼，朝着天上的太阳一本正经地比画一个盖章的动作。我不知道这是真实发生的事情，还是大家的玩笑演绎，这个村长后来锒铛入狱,却是千真万确的事实。曾经有段时期,望庄时常发生火灾,村人对此表现出了不可理喻的宽容和麻木,如果谁去救火,接下来必定轮到谁家的草垛着火。后来镇上的派出所介入,总算查了个水落石出。纵火者是一个老实木讷的人,村人几乎遗忘了还有这样的一个人存在,不知道他的名字,只记得他在家里排行第三,于是都叫他老三。村人无论如何也想不明白,村里持续多年的火灾居然与他有关。派出所审问他为什么要放火,他说没有为什么,就是心里不痛快。

老三不仅放火,还偷鸡摸狗。他过得清苦,日子实在支撑不下去了,就把张家的狗或李家的鸡偷偷变成饭桌上的口粮。望庄拆迁以后,村人都搬进安置楼房,阳台统一安装了防盗网,像鸟笼一样。他们开始了新的生活。没有鸡狗可供偷窃,也没有草垛用来点火,老三不知去了哪里,再也没有任何的消息。逢年过节我回乡下老家,偶尔有人向我打听望庄的一些事情,他们是从电视上知道望庄的,因为半信半疑,于是向我求证。他们感慨着,脸上有几分羡慕与向往,还有一些说不出的茫然。在我的故乡,一年四季除了耕种时节,年轻人大多都在城里打工。每次回乡,我总会听到一些与他们相关的消息,比如谁在建筑工地干了一年,最后一分工钱没有拿到;比如谁在城里的工厂上班,一只胳膊让机器给搅得粉碎,城里待不下去,庄稼活也没法干了。我曾在街上遇见这个人,那只空空的衣袖随风飘荡,他的神情木然,脸上已经看不出丝毫的痛。

在安置小区,我与几个老人站在楼底下闲聊。物业公司正在维修漏水的阳台,一个小伙子像蜘蛛一样挂在半空中,不停地向漏水的楼墙里灌注水泥浆。老人仰着脸问:"刚盖好的楼房不该漏雨啊?"不远处的广场上正在杀驴,有吆喝声不时地传了过来。望庄整体搬迁到这个安置小区以后,有个老农把毛驴牵上了楼,结果遭到楼上楼下的强烈反对。后来这头驴被物业公司低价收购,抵了主人的水电费和物业费。那天我亲眼见到杀驴的场面:一头驴被破了膛,另一头驴站在旁边潸然落泪;围观的农民正在兴致勃勃地谈论着与驴肉相关的事情,完全忽略了身边另一头驴的存在。

望庄拆迁后,村里的会计下岗了。下了岗的村会计曾经多次向我描述过,那个冬日他在机关大院里"工作"的情景。自从搬进安置小区,望庄的老百姓不再种地,主要是依靠政府发放的补贴过日子。脑瓜活络的人,很快就经营起了别的生意。下岗的村会计说服几家亲戚合伙购置一辆旧铲车,开始干起了工程。他在建筑工地上忙碌一年,工钱被包工头一直拖欠着。他曾去机关大楼上访,在门口被保安盘问几句,就胆怯地离开了。后来有一天下了多年不见的大雪,有人通知他到机关大院里铲雪。他开着铲车,雄赳赳气昂昂地跑在公路上。路上积满厚厚的白雪,一溜小轿车自觉地跟在他的铲车屁股后面,始终没有一个超车的。他们把他的铲车当成了开路车。他从后视镜里看到身后排着长长的车队,联想到村支书的儿子结婚时很是气派的车队,以及村人充满羡慕的眼光。在这个没有太阳的早晨,他开着铲车行进在落满积雪的公路上,他故意减速,缓慢地奔跑,速度再慢也没有人愿意超车,他觉得自己是率领车队的总指挥,很享受这种慢的感觉。到了机关大院,他开始工作,开着铲车轰隆隆地铲雪。陆续上班的人,见了他,远远地就开始躲避。这让他有一种被尊重的感觉,这种感觉在建筑工地上是从来不曾有过的。他一直梦想着走进这个机关大院,没想到一场大雪成全了自己。他甚至突发奇想,特想用铲车在机关大院里掘地三尺,看一看地下究竟埋藏了一些什么。他知道自己的任务是铲雪,他来机关大院也只可以铲雪。即使他不来铲雪,也会安排别人来铲雪;即使不安排别人铲雪,等太阳出来以后这里的雪也会渐渐融化。他这样想着,恍然发觉自己的劳动其实是可有可无的。他看到雪又开始下了,大地白茫茫一片真干净。

下了岗的村会计向我讲述的时候,脸上洋溢着难以掩饰的自豪感。其实我曾亲眼见过那辆铲车,它轰隆隆地出现在机关大院里,像一个很不协调的音符,又像一个说不清的隐喻。那个雪后的早晨,我站在机关大楼的某个窗口,俯视地面上忙碌的铲车。它显得那么渺小,不断重复的铲雪动作,宛若一片雪花在风雪中的飘摇。融化,将是它的唯一结局。

下雪是美的,化雪则意味着泥泞,意味着给人带来尴尬和不便。机关大院里的雪,总会在融化之前被环卫工人运走。就在那个雪后的早晨,我从窗口看到铲雪和运雪的整个过程,也看到一个邮递员骑着自行车送信的情景。绿色的身影在雪地里缓慢移动,这个在我童年记忆中反复出现的形象,让我突然有了彻骨的难过。一晃三十年过去了,这幕场景依旧不曾改变。我看着邮递员从自行车后面的绿色邮袋里拿出报纸和信件,然后弯腰顶着风雪向机关大楼走来。三十年了,这个世界已经变得面目全非,邮递员依然保留了我童年记忆中的样子。以一场大雪为背景，轰隆隆的铲车和单薄的自行车，同时定格在我的心里。那个绿色身影携着远方的消息，从风雪深处一步步走来。我们生活在自己的房间里，其实一直在等候来自远方的消息。雪从遥远的地方启程，带来了远方的消息，它还没有来得及开口说出它们，已被我们像对待垃圾一样铲除了。这样想象的时候，我觉得有些东西被一只看不见的手从心里抽走了，内心变得空空荡荡；当我鼓足勇气直面这份空空荡荡，内心突然又变得格外狭窄和拥挤。我不知道这是怎么了，不知道为什么会出现这样的状况。或许，是因为以前的日子过于安逸，像一潭静水。现在这潭水因为雪的介入和融化，开始有了皱纹。

已是多年的积习了，只要走进这栋机关大楼，我总会有意无意地用脚步测量距离。比如从门口到楼梯多少步，从楼梯口到办公室多少步，从办公室到厕所多少步，我每天都会丈量若干遍，每天都会在心里念叨若干遍。我至今没有记住确切的距离，只记住了行走的方式，从大门口到楼梯的那段路，我会踩着右侧的黑色地砖走；从楼梯口到办公室的那段路，我会踩着左侧的灰色地砖走；从办公室到厕所，我会一只脚踩着黑色地砖，一只脚踩着灰色地砖，偶尔也会脚踩黑色和灰色的分界线，呈线状笔直地走过去。每天只要进了这栋大楼，我必定会按照这种方式走路。我不知道是谁让我这样的，也不知道是从什么时候开始这样的，我只知道这样一种刻板的行走方式，一定是在表达一些什么，自我提醒一些什么，或者企望抵达一些什么。日复一日、年复一年地这样走着，转眼十多年就过去了。在这个机械式的行走过程中，发生了一个细微的变化：三年前的某个早晨，我走到楼梯口拐弯的地方，用手轻轻扶了一下木质的楼梯栏杆。我不记得当时的这个动作究竟是因为疲惫还是因为无聊，只记得从那时开始，每天走到楼梯的拐弯处，我总会摸一下楼梯栏杆。渐渐地，这个动作居然成了一个习惯。固定的位置，同样的动作，日复一日，年复一年，我像践行某个约定一样。当然，这个约定是不为人知的，是我和楼梯之间的秘密。终于有一天，我发现楼梯栏杆有一块巴掌大的地方，因为我每天的触摸，油漆已经完全脱落了，看上去像是一个陈旧的伤痕。后来，那块伤痕被物业管理人员重新粉刷了油漆，倘若仔细地端量，会发觉补过油漆的巴掌大的地方，从一个陈旧伤痕变成了新鲜的伤口。

那个周末我喝了很多的酒，一个人待在办公室。醉眼蒙眬中，突然发现地面有个蠕动的污点，我低头查看，是一只蛐蛐。它是怎么跑到十楼来的？清冷空荡的办公室里，突然增添了这样一只来自乡下来自童年记忆的蛐蛐，这真让我茫然失措。我不会伤害它，当然也不可能把它留在这个房间。我卷起一沓废旧报纸对着蛐蛐扇动，想把它一点点地驱逐到门外。这只小小的蛐蛐好像并不甘心，它被我驱逐一段距离之后，就会艰难地挺住，然后拼力向屋里挪动一小段距离，企图尽可能地靠近我。我很矛盾。我猛烈地挥舞手中的废旧报纸，一口气把它驱赶到了门外的走廊上。这是政府机关大楼的走廊，这只出现在我办公室的蛐蛐，已经抵达一个公共场所，这意味着，它已经与我无关了。我满怀歉疚地看着它，它在长长的走廊里显得更加无助，我迅速地关上门，如释重负。耳边响起了童年夏夜里蛐蛐的叫声，很动听，也很让人伤怀。此刻，坐在这间办公室里，我怀念童年的蛐蛐，却无力面对一只现实中的蛐蛐。我无法解释自己。

一个同事退休了。他离开办公室之前，打电话约我过去话别，聊了一些与工作无关的事，然后他说从明天开始就不来上班了，办公室的钥匙拜托我交给有关部门。他站起身的瞬间，我觉察到了他的迟缓——与庄重无关的迟缓，与沉稳无关的迟缓。他的这个迟缓的动作，散发着一种苍老气息。他把剩余的半杯水仰头喝尽，然后弯腰从抽屉里掏出一个白色塑料袋，把喝完了水的杯子装进去，接下来一起装进去的，还有梳头用的梳子，半盒名片，一些平时吃的药片。然后他把卫生间的灯关掉，把空调关掉，把饮水机关掉，把门锁上。他锁门的手有些颤抖，钥匙好几次都没有插进门锁里。我说："我来锁吧。"他说："还是自己来吧。"态度很坚定，像是必须要亲手尘封一段岁月，又像是要试图证明一点什么。门终于锁好了，他把钥匙交给我，然后转身离去。我送他走到楼梯口，电梯的门很快就开了，他走进去，门很快又关闭了。我站在原地，目送电梯下楼，十楼，九楼……电梯畅通无阻，很快就到了最底层。我的心也一直落到了地面上。我抬起头，然后迈步向着自己的办公室走去。从那一天起，我再也没有扶过楼梯拐弯处的栏杆，那个巴掌大的新鲜伤口很快就痊愈了。

那年夏天我是在果园里度过的。那些快乐无忌的日子，成了我的童年记忆中最难忘的一段时光。后来，这份记忆很快就被切换成了另外的一幕：

村支书开始频繁地光顾我家，说服我的父母交出那片果园，因为他想在那里开办一个石子加工厂。在二十世纪八十年代初期的乡下，这是一个很大胆的设想。村支书之所以相中我家的果园，大约是因为它位于村头的公路边，地势平坦，交通便利。老实巴交的父亲表现出了从未有过的倔强，执意不肯让出果园。我清楚地记得，那段时间全家人都陷入了惊恐和不安之中。最后，母亲让步了，她说："人家是村干部，我们终究扛不过去的，就认命吧。"一片沃土就这样拱手让了出去，所有的果树一夜之间全被砍伐了。村支书开出的条件是父亲交出果园后，农闲季节可以去他的石子厂上班。在同样的一片土地上，我老实巴交的父亲从果园的主人变成了石子厂的劳工，那时年幼的我并不懂得这个身份转换意味着什么。每天上学和放学路经那里，我都会看到父亲站在高高的石堆上，弓着腰，反复地抡动手中的铁锤，把踩在脚下的石块砸碎，然后经由粉碎工序，加工成建筑施工用的石子。父亲的劳动报酬，是按照加工石子的数量来计算的。曾经瓜果飘香的一方土地，开始整天弥漫着浓重的石子粉尘。父亲越来越寡言少语，腰渐渐地弯了。每逢喝点酒，他就会变得异常愤怒，破口大骂村支书。后来我才理解，那时父亲每天用铁锤击碎的，不仅仅是坚硬的石块，还有他脆弱的梦想，以及对好日子的向往。生活变成了一件艰难和黯淡的事情。直到我和弟弟都参加了工作，在远离家乡的城市定居下来，父亲才真正平静下来，能够坦然地回忆和谈论他的果园了。每次回老家，走到村头我都会停下来多看几眼那片曾经的果园。事实上，那个石子厂经营几年光景就倒闭了，他们在原地盖起几栋房子，圈了很大的一片院子。如今，房屋有些颓败，院落杂草丛生，一派荒芜的景象。我无法将眼前看到的这个场景，与童年记忆中的美好果园联系起来。隔着遥遥岁月，这个变迁过程中究竟发生了一些什么？这是我的父亲永远都不会明白和甘心的，也是我永远不该忘却的。倘若当年守住那片土地，保护好那片果园，也许生活会是另一种模样。土地，可以繁衍一切生长一切的土地，在成全一些人的梦想的同时，也让另一些人的梦想永远破碎。若干年后的今天，我看到同一个版本的故事，在不同的地方同时发生。

当然也有别的故事。机关大院里摆满了小车，秩序井然，在阳光下闪着耀眼的光。我的一个同事下班后开车出了机关大院，然后把车停在一家超市门前，结果让人砸碎车窗玻璃，将放在副驾驶座位上的皮包偷走了，里面装有身份证和驾驶证，还有两万多块钱的购物卡。他打电话报警，不停地追问警察："怎么在闹市会发生这么粗暴的事情呢？"那天我碰巧路过现场，于是也成了一个围观者。几个似曾相识的人，正在超市门前捡拾被丢弃到垃圾箱里的烂白菜，我恍然记起，他们住在安置小区，是曾经杀驴的人。

镇上的集市也要搬迁了。这是一个百年大集，距离望庄约有五里的路，城市化的浪潮，眨眼间就蔓延到这里。最先拆除的，是集市旁边的一栋古人私宅。这位古人在人类文化史上的地位，是目前学界正在热烈讨论的一个话题。有关方面和有关的人，显然没有耐性关心和等待那个讨论结果，很快就将古宅拆掉，在原地盖起一栋高层住宅，就像把一柄冷漠的剑，别有用心地插在百年大集的面前。我喜欢独自一人去那里，绕过那栋高楼，汇入赶集的人流之中，走走停停，偶尔弯腰翻看那些带有露珠的蔬菜。小贩的叫卖声，朴拙，真实；驳杂的烟火气息，传递着正常人的体温。百年大集就像一个舞台，村风民俗是舞台的背景，那些最卑微的人同时登台，不是要表演，是要把手中的劳动成果兑换成生活。没有遭到城管的驱逐，一只看不见的手将他们拆散，然后又规范到一个叫作农贸市场的巨大建筑里。农贸市场建在发电厂的旁边，与新建的安置小区比邻而居。发电厂两只高达百米的烟囱，笔直，茁壮，每天不知疲倦地吐着比黑夜更黑的浓烟。农贸市场造型美观，功能分区也很明确，人还是那些人，货物也许还是那些货物，但在既定的规范秩序中，人与人之间有了一种距离感，被割裂的距离感，任何事物都无法填充和消弭的距离感。走在农贸市场里，我察觉到了这样的距离感，这让我备感孤单。

听到他离婚的消息，我觉得很意外。我们是大学同学。他结婚还不到一年，那时他的女朋友正读研究生，他在县城经营着一家小型加工企业。他们通了八年的信，每周一封，几百封信件被整整齐齐地装在一个红色盒子里，让每一位参加婚礼的人感动和感慨。谁也不曾想到，等到他的妻子研究生毕业的时候，他们的感情也随之结束。她爱上了班里的一个男生，毕业后发誓要跟随他浪迹天涯。他们闪电一样离婚。那些仍然带着余温的书信，成为尴尬的存在。所有的感情，所有的文字，所有的承诺与惦念，原来如此脆弱。大学时他曾经说过，将来要把两人的通信印成一本书，作为爱情的见证送给每一位亲朋好友。书没有印成，那些书信物归原主，他销毁了它们，没有留下只言片语。他拒绝面对那些亲手写下的记载了爱情岁月的文字。他知道在他的生命中，最大的败笔不是婚姻的失败，而是他销毁了那些通向婚姻的书信，销毁了那段他和她共同走过的岁月。距离与距离感是不同的。热切通信的八年间，距离并不是一个问题，距离让彼此的惦念更加浓烈和深长。执子之手，距离消失了，距离感随之出现了。

　　因为工作关系，我时常陪同客人去一家汽车厂参观。走在车间的空中走廊，脚底下是井然有序的生产流水线，零星可见的技术工人在各自岗位上忙碌着，他们彼此之间隔着一段很远的距离，他们与作为参观者的我也隔着很远的距离，我甚至看不清楚他们的脸。这个宽阔生产车间里的唯一表情，就是金属的表情，一种没有温度的表情。冰冷的距离，意味着对话与交流的不可能。也许他们会发出自己的声音，但那声音刚一出口，就被巨大的机器轰鸣声吞噬了。每次参观结束后，我总是很久难以平静，汽车给了我们速度，速度让我们忽略和舍弃了很多的东西。比如距离感，因为距离的迅疾消失，原本短暂的美感成为一个更为短暂的事物。而且，缩短某些人的距离感，往往是通过扩大另一些人的距离感来实现的。这是生产流水线上的事实，是大家习以为常的事实。我看到了这个事实。

　　上班的途中有一家茶室，茶室的门前经常晒着一辆宝马车。偶尔，宝马车的主人也会在门前晒一只乌龟。据他自己讲，那只乌龟已养了三十多年。有一天路过那里，我又遇到了他和乌龟。我忍不住问他："时间久了，这龟该认识你了吧？"他没有正面回答，只说它是很有灵性的。有些时候，茶室门前也会晒着一个女子，她并不年轻的脸上写满秘密，像一页书，在时光中渐渐褪掉了颜色。

　　在写作本文的过程中，我在稿纸上不断地写下"然后"两个字。然后会出现什么？然后应该怎么办？然后还有什么？然后何去何从？……我无法给自己一个明确的答案，也没有人能够给我一个明确的答案。在问题的源头，我们错过了这样的对于"然后"的追问。

　　在我无法回答自己的时候，一条鱼从鱼缸里跳了出来。鱼缸摆在书桌的一角，从鱼缸里跳出来的那条鱼，落在桌面的稿纸上。一条鱼，想要脱离必需的生存环境，需要一种怎样的勇气？它选择了自绝。它不满足于鱼缸里的小小自由，它向往大海，向往大江大河，向往所有波涛汹涌的地方，那是作为一条鱼的不可割舍的梦想。它是在通往自由的路上死去的。那天回到家里,看到在书桌上死去的鱼,我没有悲伤。我对这样的一条鱼充满了敬意,它从鱼缸里跳出来,然后落在了我的稿纸上。一页稿纸,成为一条鱼的墓地。难道它想通过这种决绝的方式,告诉我一些什么吗?静夜灯光下,当我独自面对稿纸的时候,我不敢轻易写下一个字。我的稿纸上爬满了一条鱼的影子,我所写下的每一个字,都要对得起这条死去的鱼。在我的心里,有一条永远活着的鱼,它充满了对大海和风浪的向往。

(原载《散文》2011年第9期)

话语的可能

一

因为镰刀的无情，麦子才拥有了成长的最终意义。我这样劝慰自己，已经很久很久了。

人与自我的告别，存在与本质的分离，对精神贫血的麻木和漠视，越来越成为司空见惯的事情。作为一个不愿白白到这世上走一遭的人，除了写作，我不知自己还有什么更好的选择，不知谁还会带来真正的慰藉？

夜正浓。很多诱惑在不远的地方萤火般明明灭灭。我没有追随而去，也不曾拒绝。一段冷静的距离，让我知道自己正在怎样地活着，以及应该怎样继续活下去。

苏格拉底的"毒酒"，卡夫卡的"城堡"，艾略特的"荒原"……他们赋予那些词语新的生命。走在熙攘的人群中，我愿意始终怀揣梦想、理性、爱与真诚。这个本来很是寻常的选择，一直罩着别人异样的目光。我走着，自知每迈一步都在为着什么。我觉得"为着什么"比"在做什么"更为重要，因为还有来日——自己的，或别人的来日。生活常常就是这样，我们做着这件事情，往往是为了别的什么事情；而所谓"别的事情"又是为了什么？倘若这般追问下去，等待我们的将是更多的迷惘。

文学是我预支了生命中所有勇气和力量搬起的一块巨石，倘若不能奋力投向世俗的天空，便只有向自己的双脚狠命砸去。我之所以到这世上走一遭，都是为了这理智而莽撞的"一举"。

二

卡夫卡说真正的道路在一根绳索上。它不是绷紧在高处，而是贴近地面。与其说是供人行走，毋宁说是用来绊人的。

我的很多文字，其实正是为了表达这种现象所导致的疼痛、忧虑和抗争。路在脚下一截一截地灿烂，灿烂之后终归平淡。那些作为道路的"绳索"，一如系着风筝的长线，它被拽得越紧，远行的欲望就变得越强烈。我将在行走的途中呈现生存的意义——是"呈现"，而不是"寻找"或"创造"之类。纵然真正的道路是在刀锋之上，我也会固执地走下去，在刀锋的寒光中体味出暖意，像一个有骨气的人那样，让悲壮淹没疼痛，让坚韧取代怯懦。

刀锋上的道路其实真的存在。这样的道路之所以存在，是为了让走路者成为真正的走路者，并且沿途留下血的印迹。终会有人沿着血迹追寻而来的。他们抚慰我的伤痛，然后催我继续上路；或者，我将沿着别的走路者留下的血迹前行，带着敬重与感激，催促他们不断踏上新的征途……

三

坐在书桌前半天也写不下一个字的时候，我无法抑制焦虑，甚至听到体内骨骼断裂的声音，想到血液枯竭的情形。我一直在为自己的写作设置层层障碍。我在设置并努力粉碎障碍的同时，障碍也在锻造成全我。这一举措，为的是对庸俗与肤浅的有效拒绝。与其说它曾带来某种期待，不如说它加剧了内心的冲突——我在营建自信的同时，也在不断地失去自信；在摆脱虚无的同时，又陷入更大的虚无。这就是事情的真相，一份关于自我写作的真实。然而我所面对的另一份事实是，那些在生活中不曾挣扎、在写作中没有倾注心血的人，动辄洋洋洒洒下笔数万言，从头到尾洋溢着一种难以掩饰的优越感和自信心。

我不太相信写作意义上的自信，以为那往往不是自大，就是自欺。因为简单所以简单，有的人之所以写得轻松，大抵因为他们未曾意识到在自身之外，其实还有太多未被意识到的东西。这已不仅仅是一个认知问题。

在敬畏中建立一种信心，一种与众不同的信心。凭着这种信心去创造生活，一种平凡但不平庸的生活。

四

我在写作，像蜗牛爬行一样地写作。我知道自己正走在一条什么样的道路上，我知道这条道路对我而言不仅仅意味着道路。我在爬行，像蜗牛一样爬行，我在像蜗牛一样爬行的时候，更多想到的是人的尊严。我没有触摸或感受到这种尊严，我想象着这种尊严的存在，以及它对我的无言嘲讽。我在嘲讽中得到了些许慰藉。我已经活得太不像自己。我其实一直在以自己的名义，努力去活出别人的模样。我在别人的模样中日渐淡忘了自己。我是谁？我并不知道。但我知道我不仅仅是我，还是与我相关的东西，以及与我毫不相关的东西。我在张望，我在以张望的方式寻求答案。张望让我忘却了正视自我。这是我的悲哀。这不仅仅是我的悲哀。我在悲哀，我在悲哀时体验到的，却是悲哀之外的事情。我不知道这些事情对我究竟意味着什么。我在不知道这些事情对我究竟意味着什么的时候，居然理解了自己，理解了自己这样或那样的想法，以及想法之外的想法。我无法验证这些想法的价值，验证永远是徒劳的。它们更需要的是存在，就像此刻这样安安静静地存在，既是原因也是结果地存在。

五

对于武侠小说，我是不甚喜欢的。但我知道真正的武林高手，常常是不肯轻易出招的，倒是那些不堪一击的花拳绣腿者，充斥并活跃于所谓的"江湖"。

文坛亦然。这是我对所谓文学圈子不感兴趣的主要原因。曾经，我是那么深那么真地从中寻求精神的援助，然而遭遇的，大多是一些与文学品质无关的东西。在一片聒噪声中,我开始虚构一个默默独行、目不斜视的写作者,他从不轻易出手,是值得敬重与追寻的朋友。他在前方的隐约背影,给了我不断前行的信心和勇气。我在写作上的所有努力,都是为了缩短与他的距离,直到有一天并肩同行……

我要写作,我在写作。这就是事情的全部。

写作不是另一种生活。它本身就是生活,是生活中最为敏感、最易疼痛的部分。

六

读书是一种对话。许是因了现实中的言不由衷,我对读书这种"对话"确实有些苛刻。我企望通过这种方式,不断营养自己的精神,提升自己的境界,说出心中的怕和爱……我不知道我正在和将要写下一些什么样的文字,也不清楚此刻正在进行怎样的所谓理性思考。我在寻找一条更为真实的路径,与读书或写作之外的"我"以沉默的方式对话。"我"知道我的过去、现在甚至将来,然而"我"并不熟悉我自己。

我是在以"我"的方式去认真经历一条现实之路,虽然我对这条道路从未真正在意过。我知道文学时刻在等待着我的溃败,等待着我从这条路上的撤离,那将是对它,也是对我的最终成全。

活着的时候得到这份"成全",几乎是不可能的。我这样劝诫自己。这是一种残酷的理智,是坚韧,也是怯懦,它们在我的身上同时发生。

七

生活常常就像一场弥漫着空虚和无聊的假面舞会。当音乐真的在企盼中停止,我们感到了更大的空虚和无聊。置身这样的"舞台",不管是参与还是拒绝,其实都是一种表演,无处不在的表演,层层叠叠的表演,循环往复的表演。生命正是在这些表演中纠缠出了所谓的意义。

写作是一面用来卸妆的镜子。通过写作我看清了真实的自己,发现了自身的虚弱——包括为什么虚弱，怎样虚弱，以及如何消除虚弱。这些因素共同构成了一个生命横截面，我据此幻化出别样的意义，并且开始为之付出孜孜不倦的努力。常常想，倘若不曾发现或认知这一切，该是一种遗憾还是幸运？那样的生命会与现在有着怎样的差异？恐怕远非诸如"好"与"坏"、"简单"与"复杂"、"像"与"不像"所能涵括的。我在这样想的时候，也联想到了那些同样的、未知的"虚弱"，它们似乎并未对生活造成明显的负面影响——有"他们"仍然自以为是的表演为证。

"表演"其实是一种安慰，是一个不可揭穿的人类秘密。

冥冥中总有一种召唤让人心动。

一个不曾彻骨地体味到焦虑和冲突的写作者，他的文字是值得怀疑的。

八

我在一种恍惚状态中自由地言说，无法预知将会拥有怎样的命运。这让我想起神志清冽时写下的某些文字，它们除了所谓的严谨、可疑的精致之外，委实再没什么值得提起。那些文字宛若预先设置好了的陷阱，遍布在我必经的路上，只要尚有抵达的欲望，陷落就是预料之中的事情。而在不同于那些时刻的"此刻"，我不知我要说什么，我只知道我有强烈的言说欲望；我不知我该说什么，我相信我终将说出一些——它们是意料之外的，也是酝酿已久的。

我在试着说出它们。没有人愿意驻足倾听，我是唯一的听众。

我在最终说出它们的同时，也不幸被它们说出。那些行色匆匆的人，于是开始停下身来，饶有兴趣地倾听或议论关于"我"的林林总总，并且仍旧对"它们"无动于衷。我在怀揣"它们"远离这样的语境之后，忍不住一次次转身，将怜悯的目光撒了回去。

九

我在慢慢地脱离生活，开始有一种飞机起飞的感觉。

在"生活"中沉浸得已经太久。我所说的,并非我想说的;我所做的,亦非我愿做的。抗争不但没能制止事情的发生,反而让束缚手脚的绳索勒得越来越紧。

当我透过洁白的稿纸,恍然看到自己已被"生活"删改得面目全非的容颜,再也无法平静如初。我愿用手中的笔开掘心灵之堤,释放那些沉渍已久的愤懑、屈辱和无奈。活得尽可能从容、真实一些,我一直在梦想着这样一种生存状态,在强大的现实之外,在一页孤单的稿纸之上。已经多少年了,我循着一抹无声的召唤,在现实边缘寻觅自己,在稿纸上剖析自己——让血流出来,让泪咽回去,让我成为我。仅仅这样的一个小小心愿,却招惹了那么多人的那么多打击。他们并非法官;他们以法官自居。那些只会围绕"肚脐眼"转圈、毫无精神性的打量和评判,让我在无聊中生出太多寒意。我的很多生命能量与青春热情,都被无可奈何地用来抵御这种"寒意"。以脱离生活的方式进入生活,这是写作所期待着的。

我在两难之中生活,并且写作。

我在"飞机起飞"时俯览众生,体味到了来自内心的巨大恐惧和孤单。它们足以粉碎我的所有梦想,包括对写作的眷顾与期待。

我在等待那样的一刻,用生命中最后一滴血。

(原载《散文百家》2009年第2期)

声音的态度

一

我是一支柳笛。我还记得,在我成为柳笛之前,刚被从柳树身上折下的那一刻,疼痛,眩晕,夹杂着从一种形态走向另一种形态的隐约期盼。春风里,有一个人向我伸出了手,于是我被从若干柳条中分离出来,我的生命成为具体的一截。那个人把我捧在两手间,反复揉搓,直到骨肉脱离,他把骨头抽了出去,用拇指和食指捏紧我的唇,用刀片刮掉绿皮层,露出新鲜的汁液,才含到嘴边开始吹奏。笛声婉转,悠扬,像是一个意味深长的安慰。那个时刻我是多么激动。原本以为走过漫漫冬夜,我有幸参与了他们对春天的表达,后来我才明白,我只不过是若干柳笛中的一个,他们在踏青游玩的过程中临时动了念头,随手把我折下,制作了这个柳笛。我的命运在不经意间被别人彻底改变,像他们所期望的那样发出悠扬的声音。当我还是一枝柳条随风飘扬,不曾料想我的体内竟然藏有这样一种声音。整个漫长的冬天,面对寒冷,面对荒凉,我是沉默的,当我终于开口,发出的声音居然如此优美和婉转。在有些时候,我觉得优美是不道德的;在另一些时候,我又觉得它是生命中的一份超脱和尊严,面对春天,应该更多记起的,是春天之外的季节,是季节之外的日子。我不知道哪个我才是真实的我。天空下,我与另一个我不敢相认。

他们似乎从来就不曾认识我。他们就像已经认识我很久很久一样。后来我才知道，他们是认识作为柳条的"我"。他们根本就不可能了解被折断的这一截柳条的痛。

最悲哀的是，我的骨头被他们抽走了。我的体内空空荡荡，我的空空荡荡的身体被声音占领。倘若我的皮和骨头依然血肉相连，就不可能被声音穿过。从一种形态转向另一种形态，我别无选择，对明天一无所知。我的生命就这样被决定了。在空旷的山野，我的声音有多么孤单，他们并不懂得。

他们对着我吹奏，在河边，在柳树下，在空旷的山野。柳絮飞扬。我不知道，柳树听到这个声音会有什么感想？我不知道，这个声音是我发出来的，还是他们的声音通过我传递出来的？我的身体被声音穿过，成为一个莫名其妙的声源。春天的萌动里，柳絮在风中追逐自己的梦想，它们并不知道应该落定何处。当天空飘满柳絮，这个世界变得如此之轻。我不是一个通报春天的信使。然而他们说是。他们赋予了我这样的意义，我对我的意义一无所知。后来，从柳絮的纷飞中，我看到一棵柳树与人类之间的某种共同的东西，就是轻。很长一段时间，我不愿接受这个轻的现实；这份来自现实的轻，让我的心如此沉重。作为柳条，我曾是下垂的，像一株成熟的麦子。那群孩子在柳树下大声背诵与柳树相关的古诗，听来似曾相识。我对我的过去充满好奇，我从我的现在看不到丝毫过去的影子。我被一种莫名的力改变着，一种看不见也说不出的力，一直发生在我的身上。我感觉到了，却说不出。

然而春天是短暂的。在我还没有明白春天是怎么回事的时候，春天就结束了；在春天还没有结束的时候，我的作为柳笛的生命已经提前结束；或者更坦白地说，我的生命其实只有那么短暂的一天。在他们踏青郊游的时候，我被反复地吹响。等他们回到日常生活，我就被搁置在抽屉里。我被关进抽屉，很快就被遗忘了。我并不能主宰自己的生命。我为那些婉转悠扬的声音而羞愧。当我还是一枝柳条的时候，我知道那些漫长的冬天是怎么度过的，这个短暂的春天付出了怎样的代价，走过多少遥远的距离才来到这里。我不是只爱慕春天。当我按照别人的方式述说春天，春天是与我无关的。其实我更懂得的，是另外的季节。对那些另外的季节，另外的人，我的心里怀着更深的牵挂。

我在河边默默生长了若干年。河水干涸，柳树的根曾经多么绝望。整个河道全是垃圾。我寄望于一场雨的降临。一场大雨过后，河里有水开始流动，漂满七彩的垃圾。那年冬天，河边的田地也被征用了，一个人把自己吊在柳树下，像一根孤孤单单的柳条垂在那里。柳树下堆满了哭喊声。再后来，有人在柳树下谈论这个事件，那是我听到的另一种声音，完全与心灵无关。

柳树边的那片土地被征用以后，盖起了楼房。柳树的枝杈间安装了一个喇叭，每天都在不知疲倦地喊话，不知道究竟喊了些什么，只知道每天都在喊，喊。

我跟着那个陌生的人，走过闹市，走过人群，走过一片喧哗声。他在舞台上表演，台下掌声雷动，我险些被这样的声势吓坏了。我的声音被赋予春天的色彩，其实这世上有太多与春天相关的事物，为什么他们偏偏选择了我？我为那个陌生人赢得了掌声，他把奖杯摆到书架上，却把我抛进抽屉。我多么希望在夜深的时候他会想起我，吹奏我，让我响在别人的梦之外。

抽屉里的生活，梦想该从哪里起步，到哪里结束？我醒着，因为他们都在沉睡。我没有梦。我的眼前只有漆黑一片。

关于春天，关于季节，我有话要说。你们听到的，其实仅仅是他们的声音。我的喑哑里，有对刚刚过去的那个冬天的眷念。当我被从柳树身上割裂下来制成柳笛的时候，我并没有来得及看一眼柳树身上的伤口。我的被选择，在柳树身上留下又一道创伤，她刚从冬天走过，本来就已伤痕累累。柳笛是柳条的另一种存在形式；柳条是柳树的一部分。我很短，我来自一棵树。

我在不发声的时候，喜欢倾听别的声音。我懂得那些声音，比如蝙蝠飞行时发出超声波，确定障碍物在哪里；比如水母通过空气和波浪摩擦的声音，判断是否有风暴即将来临；比如大象用脚踩踏地面发出的声音，在很远处的同类也能感觉到……作为一支柳笛，我对所有来自生命本能的声音，始终怀着一份尊重。

那个曾经制造过我，拥有过我和丢弃过我的人，把我的事情讲述给他的朋友听。有的人听懂了，有的人并没有听懂。他们举起酒杯，一杯一杯复一杯。他们充满好奇，是陌生的好奇。走出餐馆，夜色中的校园里，似有情侣的影子缓慢飘过。这是北京的春夜。在湖边找到一棵柳树，他折下一截柳条，乘着醉意开始现场表演。他把制作柳笛的整个过程当作了一场表演，几个脑袋围拢过来，几双眼睛在夜色中闪着光，等待奇迹发生。昏暗路灯下，他低头操作，当他总算把柳条的骨头抽离出来，柳条不小心破损了，无法发出任何的声音。这是一次失败的经历。他说这次虽然没有吹奏出那个声音，起码让另外的两个南方朋友明白了柳笛是怎么来的。

我在抽屉里，与一些铁器待在一起。我的体内涌动着金属的声音。每天，我都被这些声音怂恿着。我寸步难移，除了反思，已不能去做任何的事情。我在一个抽屉里的反思，对于一座屋子会有什么意义？对于这个屋子之外的广大世界能有什么意义？自从我以婉转的声音宣告春天已经降临，这么多日子过去了，我不知道外面的世界已经变成什么样子，不知道季节已经更替到了哪个环节？我生活在抽屉里，偶尔会看到一丝灯光从抽屉的缝隙泄漏进来，我已经忘记阳光的模样，把灯光错认成了阳光。

终于有一天，我腐烂了。终于有一天，房屋的主人整理抽屉时发现了我。他用抹布将我推向垃圾桶的时候，犹豫了片刻，他在努力地回想，这是一个什么物事？来自哪里？他显然已经记不起我的前身，忘记了曾在某个春天，我经由他的手变成一支柳笛，发出婉转的声音，给他带来短暂的欢愉。那些欢愉并没有真正留驻在他的心头，就像我，并没有真正进入他的内心；就像那个春天，并没有刻骨铭心的事情值得他怀恋。作为一支柳笛，我的更多的日子其实是属于沉默的，没有人相信我深爱着我的这份沉默。是他，让我变成现在的样子。他早已忘记了我。他的心里装着更多看似重要的事情，并没有给我留下一个狭小的角落。我只是传递过他的声音，从来不曾发出属于自己的声音。我注定属于抽屉，注定被遗忘和被遗弃。即使腐烂成泥，我也会永远铭记我的前身，作为柳条的存在，作为柳树的存在，作为大地的存在，以及，此后作为泥土的一部分的存在。

这样的一种遭遇，让我明白了什么才是一生一世，什么才是一生一世中最重要和最美好的事物。我已腐化成泥，开始新一轮的存在与成长。我相信生命是神秘的，不管遭遇什么，永远生生不息。在新一轮的成长里，我知道我该以什么样的姿态面对自己，该怎样表达对这个世界的理解和爱。我会告诉所有人，我曾走过的一切，看过的一切，以及试图说出的一切——它们是一粒尘土的翅膀，是一缕扎根的烟。

二

以上，是一支柳笛的倾诉。

那个难眠之夜，柳笛并没有被人吹奏，却兀自响了起来。它不配合春天，似乎也无意于春天之外的其他季节，它在漫漫长夜里响起，孤绝且凄冷。我推开窗，这是北京的午夜。夜色是往下沉的。不曾融入这个夜晚，我只是站在这里，看着窗外的黑暗在呼啸，一抹小小烛焰，在心头不停地跃动。这个夜晚变得欲语还休。有些东西不需要被说出口，它们存在着，一经言说就会变成另一种存在。我的内心更愿收藏那些欲语还休的表情。在很多时候，我其实就是那支柳笛，我的境遇与它何其相仿，它说出了我的心中所想，也说出了一些我没有想到的。

某位著名诗人说他有一天突然发现开口说话是件无聊透顶的事，因为周围没有人能听懂他说的话。听到这位诗人在公开场合的如是感慨，我是有些愕然的。一个农民的话，除了大地和庄稼，其实也是没有多少人真正听得懂的，但这丝毫不影响他对生活的热爱，对劳动的坚持。他们在沉默和说话中度过生活。说什么话，怎样说话，其实也是一个人生观的问题。词语固然可以掩饰或遮蔽诸多问题，但从词语被拼接的缝隙里，完全可以看出一个人对于世道人心的真实态度。

记得在那家外企工作时，办公场所被玻璃分割成了若干独立的空间，我时常坐在桌前愣神，看着身边玻璃隔断里那些打电话的表情，丝毫听不到说话的声音。他们的声音已经传送到了千里之外，近在咫尺却无法听到。这种"隔开"，是理解现代性的一个切口。

读过一篇文章，写的是一个年轻画家画了一幅瀑布，老师觉得遗憾之处是没有画出瀑布的声音。年轻画家反复琢磨，不得其解。老师提起笔，在瀑布底下的水潭边勾画了两个人，其中一个人双手拢音，另一个人则在侧耳细听。寥寥数笔，巨大的声音在纸面轰然而出。这其中，有着对于"融入"的独特理解。

"隔开"与"融入"，这是我很长时间一直在思考的两个关键词。我不曾想过，它们其实是与声音有关的。当声音与声音相遇，将会产生一种什么声音，抑或消失在怎样的巨大沉默里？当这样的追问成为一种声音，又该如何看待它？众声喧哗中，我曾想抓住和剖析每一种声音，从声音的骨头里找寻这个世上最稀缺的元素。

有一种声音是无声的。

海上，船的身后拖着一道长长的伤口，宛若一个无法抹去的标识。当它抵达彼岸，大海默记了一路驶来的伤痛。

当宏大变得不可信与不可及，日常成为一种安慰。厨房里炖汤的咕嘟声不时传来，温柔，敦厚，像是一个慢慢悠悠的人在构思故事，各种情节涌动胸中，但他并不急于讲述，只是一直酝酿着，酝酿着。妻子炖汤的时候，我在书房与客厅之间来回踱步，偶尔驻足，听炖锅里发出的咕嘟声，觉得那声音是有味道和有态度的。

三

一只公鸡成为大家关注的焦点。那是一只从乡下被辗转送到了城里的公鸡，它并没有成为餐桌上的美味佳肴，而是在孩童的央求下，被城里人喂养在阁楼的阳台上。这只移居城市的公鸡，依然保持了在乡下时恪尽职守的美德，每天早晨，天刚蒙蒙亮，它就在阁楼上认真地打鸣报晓。这个事情，很快被反映到小区物业那里，有居民认为那只公鸡影响了他们的休息。后来，有人拨打电视台的热线电话，投诉公鸡打鸣是一种噪音，严重干扰居民的正常休息。于是记者做了现场采访，电视台播放了专题报道，越来越多的人开始关注这个事件，围绕如何处置那只在城市打鸣的公鸡，一时间争论不休。

雄鸡报晓，本是天经地义的事情，那些在乡下听惯了鸡鸣的人，移居到城里之后，就不再容忍同样的声音。同样的人，仅仅是时间和地点发生改变，态度截然不同。在他们心目中，闹钟更能精准地提供唤醒服务，完全可以取代一只公鸡。

因为民众的声讨，因为电视台的报道，最后城管部门直接介入，以扰乱城市环境的罪名将那只公鸡捕杀。住宅小区恢复了往常的安静。那个孩童惊恐伤心的哭声，却一直留在小区上空。他不明白那些穿制服的叔叔为什么要杀死一只美丽的大公鸡。

安徒生在童话《夜莺》中，讲述了一个关于声音的故事：在某些人的精心安排下，人造夜莺与夜莺开始同台演唱，它们的演唱竟然被誉为美妙的"双重奏"。夜莺来自生命的歌声，并没有真正触动那些麻木的灵魂，他们把从来都格外吝啬的赞美，慷慨地给予人造夜莺。他们知道它不是真的，但它"逼真"，在他们眼里"逼真"比"真"更重要。乐师是这样评价真假夜莺的："你们永远也猜不到一只真的夜莺会唱出什么歌来；然而在这只人造夜莺的身体里，一切早就安排好了。要它唱什么曲调，它就唱什么曲调！你可以说出一个道理来，可以把它拆开，可以看出它的内部活动，它的华尔兹舞曲是从什么地方起，会到什么地方止，会有什么别的东西接上来。"

众人异口同声地说："这正是我们的要求。"

歌唱也是一种言说方式。他们对人造夜莺的喜欢，是因为那是一种可以预料、可以设置、可以控制的声音，是一种让人放心也让人舒心的声音。

关于声音的记忆，还有一幕场景让我难以忘却。那是在一个冬日早晨，机关大院里人头攒动，大家手执铁锹在认真地铲雪。铁锹与地面碰撞发出的刺耳声，在那个冬日清晨响彻整个机关大院。我也混迹在铲雪队伍里。我觉得手中铁锹铲过的，不是冰雪，而是冰洁的记忆。我低头默默地铲着，一会儿居然找到一种节奏，觉得这刺耳的声音变得动听起来，像一支无法形容的大合唱。到了上班时间，一辆铲车进入机关大院，开始轰隆隆地铲雪。大院里从来没有过这么巨大的声音，铲雪的机关干部纷纷撤回办公室，在轰隆隆的机器声里开始办公。清运垃圾的环卫车也进了机关大院，一车又一车的雪被运走。下雪是美的，洁白的雪花飘落大地，当人的脚步踏雪而过，雪开始变得污浊。城市是容不下雪的。人们在欣赏了下雪的过程之后，就开始动手把雪运送到郊外，阳光下，他们已经没有耐心等待雪的融化。机关大院很快就被清扫得干干净净，就像从来没有下过雪一样。我站在十一楼的窗前，把目光投向大院以外，看到的却是另一番景象：厚厚的积雪，泥泞的道路，还有倾着身子艰难走路的人。这世界一片洁白，我听不到任何窗外的声音。在开着暖气的房间里，我回想久远的童年，耳边响起堆雪人的欢笑声，卖糖葫芦的吆喝声，还有来自铁匠铺里的声音。那天我们在乡村遇到一个铁匠，他弓腰打铁的动作，完全是我童年记忆中的样子。他机械一样不停地举起手中的铁锤，砸向一截烧得通红的铁，发出叮当的声音。这声音，像是在铁的内部被转化之后，再传达出来的一种声音。一截铁与一段声音之间的关联，在一个孩子的心灵中产生，不管这个世界发生了什么，他一直记住了这种关联，铁匠身后的炉火成为他童年记忆的不变背景。如今这样的场景已经很难见到，这样的声音几乎完全消失了。我在胶东乡村游走，潜意识里一直在寻找一个符合我的童年记忆的铁匠。这个忽冷忽热的世界，我不知道该如何应对，从铁匠对待一截铁的态度，我受到某种启发。一个铁匠，懂得一截铁藏在体内的温度，懂得如何在冷热之间成全一截铁的梦想。我不曾想过一截坚硬的铁被塑形的过程，对于铁与铁匠分别意味着什么，我只是记住了那些叮叮当当的声音。我紧捂双耳，却无法阻绝它们。在众多声音中，来自铁匠铺的声音留了下来，一直回响在我的心里。

如今，具有童年属性的声音越来越少，取而代之的是另一些嘈杂和喧闹。它们没有来由，亦不明去处。

声音是有骨头的。在现代文学馆，我站在鲁迅先生铜像前，他的忧愤表情传达出的是骨头的气息，让人有一种想哭的冲动。先生此刻的呐喊，是无声的。这种无声的呐喊在我的内心产生巨大回声，不停地撞击我与世界之间的那道墙壁。历史事件撞到一个人的心灵内壁所产生的回声，也许比声音本身更真实，也更珍贵。如今这种回声越来越少，人心已变得麻木与冷漠。当一个人对自己的时代问题不再敏锐，不再激动，肯定是因为他的心灵以及更多的心灵出了问题，这些心灵的问题堆垒在一起，即是整个时代的不可回避的问题。

在所有声音中，我最珍视的是心灵的回声。通过心灵的回声，可以为整个时代把脉。

发声，论辩，直到事实渐渐浮出水面，也许这是最好的出路。可是现实状况是，我们争论到最后常常忘记了为什么争论，被一种莫名的力牵引着，陷入一个意想不到的陌生之地。那些围绕会议桌的面孔，让我总想打开门，看看会议室外面被讨论的世界究竟是什么样子。

那些发生在眼皮底下的事情，被他们略过了。

众声喧哗中，反抗遮蔽、抵抗湮没的方式，就该是另一种说话方式比如呐喊或歌唱吗？

我不想成为一个盲目的声音制造者。这个世界已经如此喧嚣，大家都在忙着说话，借助说话引起他人注意。我更信任在众声言说中默默转身前行的人，他只留下一个背影给这个世界。

我们在说话的时候，世界并不是一个倾听者。

我心苍茫。人群中，我依然面带微笑，试着与每个人说话。被抽走了骨头的声音，还是声音吗？它如何传递，并且打动更多的心灵？

声音也是会扎根的。当附着在声音上的水与土都被清理掉了，这样的声音缺少最起码的环境，生长变成一件艰难的事情。"在一切我们判定为噪音的东西之外，总还有另外一种声音预告一切声音的终结。当我勉强听到自己胃和心脏的声音时，黑暗在呼啸。"（费尔南多·佩索阿）

是的，黑暗在呼啸。我看到了声音与黑暗之间的隐秘关联。在声音之外，我看到黑暗与另一个自己相遇。

四

护林人起初觉得这个职业可以天天与大自然相伴，听万物天籁之声，过一种与世隔绝的浪漫生活。护林人走进山林，很快就陷入孤寂。他待在空无一人的山里，对着一棵又一棵的树，把会背诵的古诗背了无数遍。终于有一天，他看见一个人，就拼命地追赶过去。那人见状，吓得撒腿就跑。他一直在后面追，那人则像逃命一般狂奔。巨大的山林里，他最终追上了那个陌生人。他的理由让人诧异，他就是想追上他，与他说说话，他已经很久没有与人说话了。这是一个多么孤独的人。

在地坛。空空荡荡。偶有行人走过，路和树又陷入空空荡荡之中。我不想说话。在每一条路上，在每一棵树下，都有他的影子。我是寻找影子的人。

地坛与城市街道近在咫尺。我惊奇于这里的安静。当年的他坐在轮椅上从这里走过，一定也曾这样注视过地坛之外的那条公路。那条路将会通往哪里，也许他曾这样问过。他是坐在轮椅上的人。坐在轮椅上的他，对来路与去向更为明晰。

在"鲁院"学习的日子里，我去的第一个地方就是地坛。那天我们一伙人结伴而去，回来后，一直想单独再去一次，想在地坛里静静地坐一个下午。早在若干年前，我曾去过一次，那时我刚开始写作，还不懂他。后来我走上文学创作之路，才渐渐理解了他。他去世的时候，有媒体采访，我写下这样一段话：

"史铁生去世后，我们更加认识到他的存在价值。那么多人自发地以不同方式怀念他，追思他。在当今社会，一个作家的离世，能够牵动这么多人的心，引起这么巨大的社会反响，应该说是非常少见的。我们怀念史铁生，不仅仅是因为他写下了优秀的文学作品，更因为他有着健全和高贵的人格，对于一个当代作家来说，这是尤其稀缺和令人敬重的。他坐在轮椅上，但他的人格是站立的；他无法走进更多的现实生活，但他的精神世界有着常人难以抵达的深度和广度。他是一面镜子，照出了我们的灵魂在当下现实中的残缺，我们对他的怀念，其实也是一种对自我的反省与追问。史铁生并没有超脱于这个世界之外，他始终活在俗世中，领受命运的不公，遭受常人难以想象的苦痛。但他并不抱怨，始终对这个世界怀着爱意，是一个精神明亮的人，一个内省的人，一个干净的人，一个有力量的人。他的写作，在很大程度上为文学挽回了尊严。"

地坛如今成了百姓散步健身的所在。在日常的脚步声中，我听到一个声音。他说给自己听，与灵魂对话，他的喃喃自语成为太多人愿意倾听的声音。那些声音穿越时空，终将留下来。

并不是每个人都可以听到这种声音。

一个人内心的安静，并不是因为对声音的拒绝和逃避，而在于对不同声音的包容与宽容。喧嚣不但没能改变他，反而让他更加认清了自己，更加坚定了自己，让他在众多声音中发出自己的声音。一个可以从旋涡中撤出身来的人，他的体内一定藏着比旋涡更大的力；一个愿意舍弃并且懂得选择的人，他的丰富往往是别人难以理解的。

我一直以为，一个成熟男人的内涵是通过他的沉默来体现的。之所以产生这种想法，大约源于对语言秘密的探究与熟知。语言可以装扮成各种样式被说出口，或温柔，或冷峻，或慷慨激昂，或理性严谨……很多去往人心、打动人心的语言，其实并非来自人心。它们的产生，更多的是为了携带某些"东西"抵达某个地方。那些看似作为附属品的"东西"，恰恰是语言所难以言说的事物，也是语言的真正动机和目的所在。因为对语言秘密的洞察,很多时候我宁愿选择沉默。有一种声音是无声的。众声喧哗之中,我听到了它们,听到那些同行者的安静呼吸和心跳。

每天的午夜,我坐在书房里,耳边总会飘起一抹声音,像是大海的呼吸,又像是松针落地,隐约可以听得到,但还不至于构成一种打扰。那声音渐渐汇集着,越来越密,我分不清它们究竟来自何方,将要去往哪里。那些若有若无的声音,成为我睡梦的底色,总会随着晨曦的降临渐渐淡去。因为,一些更为明确和巨大的声音开始碰撞起来,那些安静的呼吸很快就被淹没了。

然而我记住了那丝微弱的声音,它让我常常听不到窗外的轰鸣。

五

去国家大剧院观看一场经典歌剧音乐会,从主持人到演唱者都不用麦克风,完全的原声。因为是小剧场,我坐在台下,听得真切,这样的不通过麦克风传达出来的原声竟然让我有些不适,甚至觉得失真。在单位,我每天泡在会议室里,活在麦克风传达出的声音中,内心的参照出了问题,早已习惯了那些变声的声音,并且视之为正常。小剧场的掌声热烈,我端坐在那里,无限悲伤。这种毫不修饰的声音唤醒了我的心灵中对麻木早就习以为常的那一部分。原声是美的,然而那是一种久远的美,一种来自童年的美,一种因为过度真实而让我感到不适的美。置身在原声场域,最真实的声音竟然让我产生了最不真实的感觉,有一种想从此留下来,同时又想立即逃出去的感觉。我无所适从。

幼年时,我曾把一张纸卷成筒状,对着天空喊,对着人群喊,对着旷野喊。我兴奋于自己的声音被筒状的纸改变成了另一种声音,这个声音让年幼的我产生一种莫名的成就感。后来,我越来越习惯了这种被传递的变形的声音。

在科技馆,我把脑袋置于一个巨大的玻璃罩里,听到一种模拟的胎儿在母腹中的声音,咚咚咚,或急骤,或舒缓。那么真实和体贴的声音,来自子宫的声音,回响在我的耳边。这是高科技第一次彻底征服我,让我回到生命原点,体验生命在原点的声音——子宫中的声音,我们不再有记忆的声音。可是我一直相信一个人在子宫听到的声音，一定以某种方式在记忆里储留下来，并且会在以后的生命中以某种方式表达出来。那是生命最原初的对声音的理解，也是一个生命对声音的最诚实的"贯彻"。那个声音一直回响在心里，却没有被说出口，更不期待别人的所谓理解，它只遵从心灵的法则，以至于当我借助高科技听到这样的仿真声音时，虽然无法确切地翻译它，转述它，但在瞬间我就听懂了———一种语言无法说出的懂。那一刻，我流下了眼泪。

（原载《江南》2015 年第 5 期）

图书在版编目（CIP）数据

空间 / 王月鹏著 . —济南：山东文艺出版社，2016.5
（文学鲁军新锐文丛）
ISBN 978-7-5329-5219-9

Ⅰ . ①空… Ⅱ . ①王… Ⅲ . ①散文集—中国—当代
Ⅳ . ① I267

中国版本图书馆 CIP 数据核字 (2016) 第 050542 号

空间
王月鹏卷

山东省作家协会 编

主管部门	山东出版传媒股份有限公司
出版发行	山东文艺出版社
社　　址	山东省济南市英雄山路 189 号
邮　　编	250002
网　　址	www.sdwypress.com

读者服务	0531-82098776（总编室）
	0531-82098775（市场营销部）
电子邮箱	sdwy@sdpress.com.cn

印　　刷	山东临沂新华印刷物流集团
开　　本	680 毫米 ×1000 毫米 16 开
印　　张	16　插页 /2
字　　数	250 千
版　　次	2016 年 5 月第 1 版
印　　次	2016 年 5 月第 1 次印刷
书　　号	ISBN 978-7-5329-5219-9
定　　价	36.00 元

版权专有，侵权必究。如有图书质量问题，请与出版社联系调换。